AGATHA CHRISTIE COMPLETE COLLECTION
DEAD MAN'S FOLLY

AGATHA CHRISTIE COMPLETE COLLECTION

DEAD MAN'S FOLLY

죽은 자의 어리석음 애거서 크리스티 장편 소설 | 송경아 옮김

DEAD MAN'S FOLLY

Copyright © 1956 Agatha Christie Limited.

All rights reserved.

AGATHA CHRISTIE, POIROT,

the Agatha Christie Signature and the AC Monogram Logo

are registered trademarks of Agatha Christie Limited in the UK and elsewhere.

All rights reserved.

www.agathachristie.com

Korean Translation Copyright © Minumin 2013, 2025

Korean translation edition is published by arrangement with
Agatha Christie Limited through Shinwon Agency.

이 책의 한국어판 저작권은 신원 에이전시를 통해
Agatha Christie Limited와 독점 계약한 ㈜민음인에 있습니다.

저작권법에 의해 한국 내에서 보호를 받는 저작물이므로
무단 전재와 무단 복제를 금합니다.

정식 한국어 판 출간에 부쳐

나는 한국에서 우리 할머니의 작품을 정식으로 출간한다는 소식을 듣고 무척 기뻤다. 할머니가 1920년부터 1970년 무렵까지 오랜 세월에 걸쳐 집필한 작품들은 21세기인 지금 읽어도 신선하고 재미있다. 등장 인물들이 워낙 자연스러워서 요즘 사람들과 다를 바 없고 이들이 등장하는 상황과 장소가 전 세계 사람들의 애정과 향수를 자극하기 때문이다. 한국 독자들은 이번에 새로 나온 정식 한국어 판을 통해 그동안 접하지 못했던 애거서 크리스티의 일부 작품들을 읽을 수 있을 것이다. 덕분에 한국에 새로운 세대의 애거서 크리스티 팬들이 탄생할지도 모르겠다는 생각을 하면 가슴이 벅차다.

애거서 크리스티는 대표적인 두 명의 주인공으로 기억되는 작가이다. 14권의 작품에 등장하는 마플 양은 영국의 작은 시골 마을에서 평온한 나날을 보내며 뜨개질과 수다로 소일하는 미혼의 할머니이지만, 놀라운 기억력과 날카로운 두뇌 회전으로 주변에서 벌어진 살인 사건을 해결한다.

그리고 마플 양과 상반되는 성격을 지닌 에르퀼 푸아로는 자신만 만나고 콧수염을 포함한 자신의 외모와 벨기에라는 국적에 대한 자부심이 상당하다. 그는 이집트와 이라크를 비롯한 세계 각지에서 수수께끼를 해결하며 『오리엔트 특급 살인 *Murder On The Orient Express*』, 『나일 강의 죽음 *Death On The Nile*』, 『애크로이드 살인 사건 *The Murder Of Roger Ackroyd*』 등 애거서 크리스티의 여러 대표작에 모습을 드러낸다.

황금가지의 대담하고 참신한 표지와 전반적인 디자인 덕분에 작품의 성격이 잘 살아난 것 같아 기쁘다. 또한 한국 독자들이 할머니의 원작이 지닌 참된 묘미를 느낄 수 있도록 충실한 번역을 위해 애써 준 점도 높이 사고 싶다.

할머니의 작품이 20세기의 그 어떤 작가들보다 많이 팔리고 있는 이유는 나이와 국적에 상관없이 읽을 수 있는 재미와 감동을 갖추었기 때문이다. 모쪼록 한국 독자들도 황금가지에서 선보이는 애거서 크리스티 작품들을 즐겁게 감상하기를 바란다.

매튜 프리처드
애거서 크리스티의 손자
ACL 이사장

페기 트레블리언과 험프리 트레블리언 부부에게

차례

정식 한국어 판 출간에 부쳐 — 5

1장 — 11
2장 — 24
3장 — 36
4장 — 56
5장 — 72
6장 — 92
7장 — 110
8장 — 127
9장 — 142
10장 — 157
11장 — 171
12장 — 186
13장 — 203
14장 — 214
15장 — 224
16장 — 234
17장 — 253
18장 — 275
19장 — 280
20장 — 287

1장

I

 전화를 받은 것은 푸아로의 유능한 비서 레몬 양이었다.
 그녀는 속기 공책을 밀어내고 수화기를 든 다음 억양 없이 말했다.
 "트라팔가(街) 8137번지입니다."
 에르퀼 푸아로는 등받이 의자에 기대어 눈을 감았다. 그러고는 손가락으로 테이블 가장자리를 부드럽게 톡톡 두드리며 생각에 잠겼다. 비서에게 불러 주던 편지에 쓸 멋진 미사여구를 지어내는 중이었다.
 레몬 양이 수화기를 손으로 막고 낮은 목소리로 물었다.
 "데번주 나스컴에서 온 지명 전화인데 받으시겠어요?"
 푸아로는 얼굴을 찌푸렸다. 특별히 떠오르는 사람이 없었다.

"누구라고 말했습니까?"

그가 조심스럽게 묻자 레몬 양이 수화기에 대고 말했다.

"실례지만 성함이? 네? 에어레이드(공중 공습—옮긴이)라고요?"

그녀는 설마 그렇겠냐는 듯이 되물었다.

"아, 네……. 다시 한번 말씀해 주시겠어요?"

레몬 양은 다시 에르퀼 푸아로를 향해 고개를 돌렸다.

"아리아드네 올리버 부인이랍니다."

에르퀼 푸아로의 눈썹이 치켜 올라갔다. 어떤 얼굴이 떠올랐다. 바람에 휘날리는 듯한 회색 머리칼…… 독수리 같은 옆얼굴…….

그는 일어나서 수화기를 건네받고는 짐짓 과장된 어투로 말했다.

"에르퀼 푸아로입니다."

"지금 받으시는 분이 에르퀼 푸아로 씨 맞나요?"

전화 교환원이 의심스럽다는 듯이 물었다. 푸아로는 그렇다고 확인해 주었다.

"푸아로 씨와 연결되었습니다."

바로 뒤따라 교환원의 가늘고 새된 억양은 사라지고 장엄하게 울리는 콘트랄토(여성의 낮은 음—옮긴이)가 들렸다. 푸아로는 수화기를 귀에서 몇 센티미터 떨어뜨렸다.

"무슈 푸아로, 당신인가요?"

"예, 접니다만, 마담."

"올리버예요. 기억하실지 모르겠네요."

"물론 기억하지요, 마담. 어떻게 잊을 수 있겠습니까?"

"뭐, 가끔씩 기억 못 하는 사람들도 있던걸요. 사실은 자주 그래요. 저도 제가 개성 있다고는 생각하지 않아요. 눈에 띈다면 그건 제가 자주 머리 모양을 바꾸기 때문이겠지요. 하지만 그런 건 별일이 아니잖아요. 바쁘신데 제가 방해한 것은 아닌가요?"
"아뇨, 아뇨. 그렇지 않습니다."
"다행이에요. 정말 당신에게 폐를 끼치고 싶지는 않답니다. 그런데 사실은…… 푸아로 씨, 당신이 필요해요."
"제가 필요하다고요?"
"예, 지금 당장요. 비행기를 타시나요?"
"저는 비행기를 타지 않습니다. 속이 울렁거려서요."
"저도 그래요. 게다가 기차보다 더 빠른 것 같지도 않아요. 이 근처에 공항이라곤 엑서터뿐인데 그것도 몇 킬로미터 떨어져 있거든요. 그러니까 기차로 오세요. 패딩턴에서 나스컴으로 오는 12시 기차가 있어요. 충분히 타실 수 있을 거예요. 제 시계가 맞다면 45분 남았어요. 보통은 시계가 잘 맞지 않지만요."
"하지만 마담, 지금 어디 계십니까? 이게 다 무슨 일 때문입니까?"
"나스컴의 나스 저택이에요. 나스컴역에 차나 택시를 준비해 놓을게요."
"하지만 왜 제가 필요하시다는 겁니까? 이게 다 무슨 일이죠?"
푸아로는 흥분된 어조로 되풀이해 물었다.
"전화가 아주 이상한 곳에 놓여 있어요. 이 전화는 홀에 있고…… 사람들이 지나가면서 이야기를 해 대는 바람에…… 잘 들리지 않아요. 하지만 당신을 기다릴게요. 모두 흥분할 거예요. 안녕히."

딸깍. 수화기를 내려놓는 소리가 들렸다. 이제 전화기에서는 웅웅거리는 작은 소음만 들렸다.

푸아로는 얼떨떨한 가운데 전화기를 내려놓았다. 레몬 양은 무심한 표정으로 편지를 다시 받아쓸 준비를 갖추었다. 그녀는 전화벨이 울리기 전에 푸아로가 구술한 편지의 마지막 구절을 작은 목소리로 되풀이했다.

"존경하는 선생님, 말씀 드리건대, 선생님이 세운 가설은……."

푸아로는 가설 이야기는 집어치우자는 듯이 손을 내저었다.

"올리버 부인이었습니다. 아리아드네 올리버. 탐정 소설가. 레몬 양도 읽어 보았을 겁니다……."

그러나 푸아로는 레몬 양이 자기 계발서만 읽고 허구로 가득 찬 범죄 소설 따위는 경멸의 눈초리로 쳐다본다는 것을 떠올리며 말을 멈추었다.

"부인은 제가 오늘 데번주로 내려와 주길 바라는 모양입니다. 그것도 즉시, 음……."

그는 시계를 흘끗 보았다.

"35분 안에."

"그럼 뛰어가셔야겠군요. 그런데 왜 오라는 거죠?"

"저도 궁금한 바입니다! 아무 이야기도 하지 않았거든요."

"모를 일이네요. 왜 아무런 말씀도 않으셨을까요?"

"아마 누가 엿들을까 봐 꺼려서 그런 모양입니다. 그래, 분명히 그런 눈치였습니다."

에르퀼 푸아로가 곰곰이 생각하며 말했다.

레몬 양은 자기 고용주가 올리버 부인을 변호하자 심기가 불편해져 신경을 곤두세웠다.

"아, 정말 사람들 생각하는 건 참! 그렇게 막연하고 허황된 이야기로 선생님을 불러내다니! 선생님처럼 중요한 분을! 예술가나 작가라는 족속들은 정말 제멋대로라니까요. 균형 감각이라는 게 없어요. '유감. 런던을 떠날 수 없음.' 하고 전보를 칠까요?"

그녀는 손을 전화기로 뻗었다가 푸아로가 저지하는 바람에 멈추었다.

"두 투(천만에)! 그 반대입니다. 당장 택시를 불러 줘요."

푸아로는 목소리를 높였다.

"작은 여행 가방에 세면 도구 몇 가지를 챙겨 줘요. 빨리, 아주 빨리 부탁해요. 제시간에 기차역에 도착해야 하니까."

II

나스컴까지 거리는 340킬로미터였다. 기차는 행로 중 280킬로미터 정도를 최고 속도로 달리다가 마지막 50킬로미터 구간에서 속도를 낮춰 부드럽게 연기를 내뿜으며 나스컴역으로 들어갔다. 내리는 사람은 에르퀼 푸아로 한 사람뿐이었다. 그는 기차의 출입 계단과

플랫폼 사이에 벌어진 틈새를 조심스럽게 건넌 뒤 주변을 둘러보았다. 기차 후미 화물칸에서 짐꾼 하나가 바쁘게 일하고 있었다. 푸아로는 여행 가방을 집어 들고 플랫폼을 따라 출구로 걸어갔다. 그는 차표를 건넨 뒤 역 사무실을 빠져 나왔다.

역 광장에는 커다란 험버 세단차가 서 있었다. 제복을 입은 운전사가 푸아로를 알아보고 다가오더니 공손하게 물었다.

"에르퀼 푸아로 선생님이십니까?"

그는 푸아로의 가방을 받은 뒤 차문을 열었다. 차는 역에서 철교를 지나 울타리가 양쪽에 높게 쳐진 구불구불한 시골길을 달렸다. 곧 오른쪽으로 땅이 경사지면서 멀리 안개가 자욱한 언덕과 함께 아름다운 강변이 보였다. 운전사는 그 길로 접어들더니 차를 멈추었다.

"헬름 강입니다, 선생님. 멀리 다트무어가 보이지요."

운전사는 감탄사를 기대하는 것이 분명했다. 푸아로는 "마그니피크(장관이군)!" 하고 몇 번 중얼거리며 맞장구를 쳐 주었다. 사실 그는 자연 경관에는 그다지 매력을 못 느꼈다. 오히려 잘 경작되고 깔끔하게 정돈된 텃밭을 보았으면 경탄을 했을 터였다. 그때 두 아가씨가 차를 지나쳐 힘겹게 언덕을 오르기 시작했다. 밝은색 스카프를 머리에 매고 반바지를 입고 있었으며 등에는 무거운 배낭을 짊어지고 있었다.

"이웃에 유스호스텔이 있습니다, 선생님."

운전사는 자신이 푸아로에게 데번의 가이드 역할을 해야겠다고 마음먹은 것이 분명했다.

"후다운 공원이죠. 플레처 씨의 땅이었답니다. 유스호스텔 협회가 그곳을 사서 개장했어요. 여름에는 꽤 사람들로 붐비지요. 하룻밤에 100명 넘게 숙박하기도 합니다. 여행객들은 이틀 이상 머물 수 없게 되어 있어요. 이틀이 지나면 나가야 합니다. 남자 여자 가릴 것 없이 오는데, 주로 외국인들이지요."

푸아로는 멍하니 고개를 끄덕였다. 처음 든 생각은 아니지만, 뒷모습을 볼 때 반바지가 잘 어울리는 여성은 거의 없다는 생각을 또 하고 있었다. 그는 안타까워하며 눈을 감았다. 아, 도대체 왜 젊은 여자들이 저렇게 차려입을까? 진홍색으로 익은 허벅지는 정말 매력이 없었다!

"짐이 무거운 것 같군요."

푸아로가 중얼거렸다.

"그렇죠, 선생님? 역이나 버스 정류장에서도 꽤 긴 거리랍니다. 후다운 공원까지 3킬로미터는 되거든요."

운전사가 머뭇거렸다.

"괜찮으시다면 선생님, 저 아가씨들을 태워 줄 수도 있습니다."

"좋을 대로 하십시오."

푸아로가 상냥하게 말했다. 그는 텅 빈 차에 호화롭게 앉아 있는데 길에는 젊은 여자들이 땀을 흘리며 헐떡거리고 있었다. 이성에게 매력적으로 보이려면 어떻게 차려입어야 하는지 전혀 모르는 채 무거운 배낭에 짓눌린 아가씨들. 운전사는 차를 출발시켜 엔진 소리를 내며 두 아가씨 옆에 천천히 멈추었다. 땀이 흐르는 붉은 얼굴들이 희망에 차서 바라보았다.

푸아로가 문을 열자 아가씨들이 올라탔다.

"정말 친절하시네요. 생각보다 길이 멀었거든요."

외국 억양을 쓰는 금발 아가씨가 말했다. 다른 아가씨는 햇빛에 탄 얼굴을 붉히며 그저 고개만 몇 번 끄덕일 뿐이었다. 머릿수건 밑으로 밤색 곱슬머리가 비어져 나왔다. 그녀는 이를 내보이며 "그라지에." 하고 중얼거렸다. 금발 아가씨가 서툰 영어로 쾌활하게 이야기했다.

"나는 영국으로 2주 휴가 왔어요. 네덜란드에서 왔어요. 영국을 아주 좋아해요. 스트랫퍼드 에이번에 갔어요. 셰익스피어 극장과 워릭 성이요. 그다음에는 클로벨리에 갔다가, 엑서터 성당과 토키에 갔어요. 아주 좋았어요. 여기서 아름다운 명소를 찾았다가 내일은 강을 건너요. 플리머스로 가요. 플리머스 호우에서 신세계가 발견되었다지요?"

"그러면 시뇨리나, 당신은요?"

푸아로는 다른 아가씨 쪽을 보았다. 그러나 그녀는 미소를 지으며 곱슬머리를 흔들 뿐이었다. 네덜란드 아가씨가 친절하게 대신 대답했다.

"얘는 영어를 잘하지 못해요. 우리 둘 다 프랑스어는 약간 해요. 그래서 우리는 기차에서 이야기를 했어요. 얘는 밀라노 근처에서 왔어요. 영국에 식료품 가게를 운영하는 친척이 있어요. 어제 엑서터에 친구와 함께 왔는데, 친구는 엑서터의 가게에서 상한 송아지 햄 파이를 먹었어요. 그래서 아파서 그곳에 머물러 있어요. 더운 날씨에는 좋지 않아요. 송아지 햄 파이요."

그때 길이 세 갈래로 나뉘었다. 운전사는 속도를 낮추었다. 아가씨들은 차에서 내려 두 가지 언어로 고맙다고 말한 뒤 왼쪽 길로 올라갔다. 운전사는 잠시 올림푸스 같은 고고함을 버리고 볼멘소리로 말했다.

"송아지 햄 파이뿐만이 아니랍니다. 콘월식 파이 요리도 조심하는 게 좋을걸요? 휴일에는 아무거나 파이에 집어넣거든요!"

그는 다시 오른쪽 길로 차를 몰았다. 길은 곧 울창한 숲으로 접어들었다. 그는 이어서 후다운 공원의 유스호스텔에 숙박하는 사람들에 대한 최종 평결까지 내렸다.

"물론 투숙객 중에는 훌륭한 젊은 아가씨들도 있지요. 하지만 무단 침입이라는 개념을 그 사람들에게 이해시키기란 아주 어렵답니다. 그 사람들은 정말 놀라울 정도로 불쑥불쑥 쳐들어와요. 신사의 땅은 사유지라는 것을 이해하지 못하는 것 같아요. 언제나 우리 숲을 돌아다니다가 뭐라고 주의라도 줄라치면 못 알아듣는 척 하지요."

푸아로는 침울한 표정으로 고개를 저었다.

그들은 계속 숲속의 가파른 언덕길을 내려간 다음 커다란 철문을 지났다. 구불구불한 길을 올라가던 그들은 마침내 강을 내려다보고 있는 조지 왕조풍의 희고 커다란 저택 앞에 멈추었다.

운전사가 차 문을 열자 키가 크고 머리카락이 검은 집사가 계단 위에 나타나 물었다.

"에르퀼 푸아로 선생님이십니까?"

"그렇습니다."

"올리버 부인이 기다리고 계십니다, 선생님. 부인은 아래쪽 포대(砲臺)에 계십니다. 길을 안내해 드리지요."

숲을 따라 나 있는 구불구불한 길을 내려가자 아래쪽 강이 흘끗흘끗 보였다. 마침내 총안이 뚫린 흉벽이 있는 둥근 공터가 나왔다. 그 흉벽 위에 올리버 부인이 앉아 있었다.

올리버 부인이 푸아로를 맞이하기 위해 일어서자 무릎에 있던 사과 몇 알이 굴러 떨어졌다. 사과는 올리버 부인을 만날 때마다 꼭 따라다니는 소품 같았다.

"나는 왜 이렇게 물건을 잘 떨어뜨리나 몰라. 잘 지내셨어요, 무슈 푸아로?"

올리버 부인이 사과를 입에 가득 문 채 우물거리며 말했다.

"트레 비엥, 셰르 마담(아주 잘 지냈지요, 친애하는 부인). 부인께서는요?"

푸아로가 정중하게 인사했다.

올리버 부인은 마지막으로 보았을 때와 좀 달라 보였다. 이미 전화로 힌트를 준 것처럼 또 한 번 머리에 새로운 시도를 한 것이다. 푸아로가 마지막으로 본 그녀의 머리는 마치 바람에 흩날리는 듯한 모양을 하고 있었다. 이번에는 머리를 파란색으로 물들인 다음, 인공적으로 만든 작은 곱슬머리들을 층층이 쌓아올려 가짜 후작 부인처럼 만들었다. 그러나 그 후작 효과는 목 부근에서 끝났다. 나머지 부분은 이를테면 '실용적인 전원 스타일'이라고나 할 수 있을지도 모르겠다. 그녀는 강렬한 계란 노른자 색의 거친 트위드 코트와 스커트, 상당히 탁해 보이는 겨자색 점퍼를 입고 있었다.

"오실 거라 믿고 있었어요."

올리버 부인이 쾌활하게 말했다.

"아실 리가 없으셨을 텐데요."

푸아로가 퉁명스럽게 말했다.

"아니에요, 알고 있었다니까요."

"저도 아직 제가 왜 여기 왔는지 스스로에게 묻고 있는데요?"

"저는 그 답을 알아요. 호기심 때문이죠."

푸아로가 눈을 반짝거리며 그녀를 바라보았다.

"부인의 그 유명한 여성적 직관이 이번만큼은 크게 빗나가지 않은 것 같습니다."

"제 여성적 직관을 비웃지 마세요. 전 언제나 살인자를 곧장 알아채지 않던가요?"

푸아로는 여성에게 정중하게 대하기 위해 침묵을 지켰다. 그렇지 않았다면 "아마 다섯 번째 시도에서 맞히셨고, 그것도 늘 옳지는 않았죠!" 하고 대답했을 것이다.

그는 그렇게 말하는 대신 주위를 둘러보았다.

"정말 아름다운 땅을 갖고 계시군요."

"여기요? 어머, 이건 제 소유가 아니에요, 무슈 푸아로. 그렇게 생각하셨나요? 아니에요. 이곳은 스터브스라는 사람의 소유지랍니다."

"그 사람이 누구죠?"

"그다지 관심 가질 만한 사람은 아니에요. 그냥 부자죠. 저는 여기 일 때문에 와 있어요."

올리버 부인이 애매모호하게 말했다.

"아, 부인의 세되브르(걸작)에 지방색을 입히시려고요?"

"아뇨, 아뇨. 그냥 제가 말한 그대로예요. 일을 하고 있어요. 살인을 준비하기 위해 고용되었지요."

푸아로가 그녀를 뚫어지게 바라보았다. 올리버 부인은 그를 안심시키려는 듯이 말했다.

"진짜 살인 사건은 아니에요. 내일 커다란 축제가 열리는데, '살인 추적'이라는 흥미로운 프로그램이 있어요. 그걸 제가 준비하는 거죠. 보물찾기 같은 거예요. 다만 보물찾기는 너무 흔하니까 사람들이 흥미를 가질 만한 것으로 준비했지요. 그걸 고안해 달라고 저에게 상당한 금액을 제안했답니다. 정말 재미있어요. 평상시의 울적한 일상생활에서 벗어난 기분이 들어요."

"어떻게 하는 건가요?"

"음, 물론 희생자가 있어요. 그리고 단서가 있고, 용의자도 있지요. 모두 다 관습대로랍니다. 아시지요? 뱀파이어와 공갈범과 젊은 연인들과 음흉한 집사와 기타 등등. 입장료로 반 크라운을 내고 첫 번째 단서를 받은 뒤 희생자를 찾으면 되지요. 그리고 무기를 찾아 누가 살인을 저질렀는지, 왜 그랬는지 하는 동기를 말하는 거죠. 그 다음에 상을 주고요."

"멋지군요!"

"사실은 생각보다 준비하기가 훨씬 어려웠어요. 진짜 살아 있는 사람들은 꽤 영리하다는 걸 염두에 두어야 하거든요. 내 책에서는 그럴 필요가 없는데 말이죠."

"그래서 그 준비를 도와 달라고 저를 부르신 겁니까?"

푸아로는 굳이 목소리에서 묻어나는 맹렬한 분노를 감추려고 애쓰지 않았다.

"오, 아니에요. 물론 아니지요! 제가 다 했어요. 내일 할 일은 모두 다 준비됐어요. 그런 게 아니라, 완전히 다른 이유 때문에 오시라고 했답니다."

"무슨 이유인가요?"

올리버 부인은 손을 무심코 머리 위로 가져갔다. 그녀는 익숙한 손짓으로 머리를 미친 듯이 휘저으려다가, 자신의 헤어스타일이 얼마나 복잡한지 기억했다. 그래서 대신 그녀는 귓불을 잡아당기며 감정을 가라앉혔다.

"제가 바보라고 해도 좋아요. 하지만 무엇인가 잘못된 것 같아요."

2장

푸아로는 올리버 부인을 뚫어지게 바라보았다. 일순간 침묵이 감돌았다. 마침내 푸아로가 날카롭게 물었다.

"무엇이 잘못되었다고요? 어떻게?"

"모르겠어요……. 그걸 선생님이 찾아내 주셨으면 해요. 자꾸 이상한 기분이 들어요. 마치 조종당하고 속아 넘어가는 기분……. 원하신다면 바보라고 불러도 좋아요. 하지만 저는 이 말만은 해야겠어요. 내일 가짜가 아니라 진짜 살인 사건이 일어나더라도 전 놀라지 않을 거예요!"

푸아로는 그녀를 뚫어지게 쳐다보았다. 그녀 역시 그를 분연히 마주 보았다.

"매우 흥미롭군요."

"저를 바보 천치라고 생각하시겠죠?"

올리버 부인이 방어하듯 말했다.

"저는 한 번도 부인을 바보라고 생각한 적이 없습니다."

"저는 당신이 직관에 대해서 어떻게 말하는지…… 아니면 어떻게 보는지 알고 있어요."

올리버 부인은 여전히 미심쩍다는 듯 말했다.

"사물은 여러 가지 이름으로 불리게 마련입니다. 저는 부인이 어딘지 불길한 기운을 알아차렸다는 것을 기꺼이 믿습니다. 부인이 보거나 들은 것이 정확히 무엇인지 부인은 알지 못하는 수가 있으니까요. 오직 그 결과만 알고 계신 겁니다. 이렇게 말해도 된다면, 부인은 자신이 아는 것이 무엇인지 제대로 모르고 계십니다. 좋으시다면 그것을 직관이라고 이름 붙여도 되겠지요."

"명확하게 알 수가 없으니 참 바보가 된 느낌이에요."

올리버 부인이 처량하게 말했다. 푸아로는 그녀를 격려했다.

"곧 알게 될 겁니다. 부인은…… 뭐라고 하셨더라? 속고 있다는 기분이 든다고 하셨죠? 그 말뜻을 조금 더 분명하게 설명해 주시겠습니까?"

"음, 좀 어렵네요……. 말하자면 이건 '내가 만든 살인'이라는 걸 아시죠? 제가 그것을 구상하고 기획했어요. 전부 다 들어맞게 되어 있지요. 꼭 들어맞아야 해요. 작가들에 대해서 조금이라도 아신다면 이것도 아실 거예요. 작가들이 다른 사람의 제안을 얼마나 못 견뎌 하는지요. 사람들은 이렇게 말하죠. '멋져요! 하지만 이렇게 저렇게 저렇게 하면 더 좋지 않을까요?' 아니면 '희생자가 B 대신 A라면 어떨까요? 훌륭한 아이디어 같은데요. 아니면 살인자가 E 대신 D로 밝혀진다든가?' 이런 말을 들으면 이렇게 말하고 싶어지죠. '흥, 좋아! 그런 방식을 원한다면 자기가 직접 써 보지 그래?'"

푸아로가 올리버 부인을 지그시 쳐다보았다.

"그런 일이 일어나고 있다는 겁니까?"

"꼭 그렇지는 않아요……. 그런 바보 같은 제안들이 들어와서 발끈 화를 냈더니 양보하더군요. 하지만 그 사람들은 사소하고 자잘한 제안들을 은근슬쩍 끼워 넣었어요. 저는 다른 사람들을 감독하느라 제대로 알아차리지 못하고 받아들였고요."

"알겠습니다. 예…… 그것도 하나의 방법이죠……. 조잡하고 터무니없는 것을 앞으로 내밉니다. 하지만 진짜 목적은 다른 데 있죠. 작고 중요하지 않은 사안을 변경하는 것이 진짜 목적이었던 겁니다. 이런 말씀을 하시려는 거지요?"

"바로 그 말이에요. 물론 그게 제 상상일 수도 있어요. 하지만 저는 그렇게 생각하지 않아요. 또 하여간 그런 게 문제가 되는 것 같지도 않아요. 하지만 그것 때문에 걱정이 돼요. 그것과 일종의…… 음…… 분위기지요."

"누가 그렇게 변경하자고 제안했습니까?"

"여러 사람이요. 만약 한 사람뿐이었다면 제 의견에 좀 더 확신을 가졌을 거예요. 하지만 한 사람만이 아니었어요. 저는 실제로는 그렇다고 생각하지만요. 전혀 의심할 바 없는 다른 사람들을 움직이는 누군가가 한 명 있다는 뜻이에요."

"누구인지 짚이는 바가 있습니까?"

올리버 부인은 고개를 흔들었다.

"누군지 몰라도 매우 영리하고 조심스러운 사람이에요. 그리고 그 누구라도 될 수 있어요."

"어떤 인물들이 있지요? 아주 한정되어 있을 것 아닙니까?"

"일단은……."

올리버 부인이 설명하기 시작했다.

"이곳의 소유주인 조지 스터브스 경이 있어요. 부자이고 평민이고 사업적인 면 이외에는 무서울 정도로 멍청한 것 같아요. 하지만 사업에서는 철두철미할 거예요. 그리고 레이디 스터브스, 그러니까 해티가 있어요. 남편보다 20살 정도 어리고, 꽤 아름답지만 물고기처럼 말이 없어요. 사실 나는 그녀가 정신 박약이라고 생각해요. 물론 그의 돈 때문에 결혼했겠지요. 옷과 보석밖에는 아무 생각도 없어요. 그다음에는 마이클 웨이먼이에요. 그는 젊은 건축가예요. 예술가답게 선이 굵고 잘 생겼지요. 그는 조지 경의 테니스장 부속 건물을 디자인하고, 폴리를 수리하고 있어요."

"폴리? 그건 뭔가요? 가장 무도회?"

"아뇨. 건축 용어예요. 기둥이 있는 흰 사원 같은 것인가 봐요. 큐 왕립 식물원에서 봤을 거예요. 그다음에는 브루이즈 양이에요. 비서와 가정부를 겸하고 있는데, 집안일을 돌보고 편지도 써요. 아주 엄격하고 능률적인 사람이죠. 그밖에도 집안일을 도우러 오는 사람들이 있어요. 강가의 오두막을 빌린 젊은 부부가 있어요. 알렉 레게와 그의 아내 샐리. 그리고 매스터턴 가족의 대리인인 워버턴 대위가 있고, 물론 매스터턴 가족이 있죠. 그리고 예전에는 문간채였던 곳에 사는 폴리엇 노부인. 원래는 그 부인의 남편 쪽 일가가 나스의 주인이었어요. 하지만 그들은 죽거나 전쟁 때 전사했고, 상속세가 워낙 많아서 마지막 상속자가 그곳을 팔아 버렸어요."

푸아로는 이 인물 목록에 대해 생각해 보았다. 하지만 당장은 이름을 주워들은 것 말고는 아무것도 떠오르는 게 없었다. 그는 원래 이야기로 돌아왔다.

"살인 추적은 누가 한 생각이지요?"

"매스터턴 부인의 생각이었던 것 같아요. 그녀는 지방 의회 의원의 아내인데 일을 잘 조직한답니다. 축제를 열자고 조지 경을 설득한 것도 그 부인이에요. 아주 오랫동안 비어 있었으니까 사람들이 이곳을 보기 위해 기꺼이 돈을 지불하고 입장할 거라고 생각한 거예요."

"모두 더할 나위 없이 정직해 보이는군요."

"모두 정직해 '보이지요'. 하지만 그렇지 않아요. 정말이에요, 무슈 푸아로. 뭔가 잘못되었어요."

올리버 부인이 집요하게 말했다. 푸아로는 올리버 부인을 바라보았다. 올리버 부인도 푸아로를 마주 보았다.

"제가 여기 온 것은 어떻게 설명했습니까? 부인이 저를 부른 이유를요."

"간단했어요. 살인 추적의 시상식을 선생님이 하실 거예요. 모두

들 기대하고 있어요. 제가 선생님을 잘 알고 있어서 설득할 수 있다고 말했어요. 선생님의 이름을 걸면 멋진 홍보가 될 게 분명하다고…… 물론 그렇게 될 거고요."

올리버 부인이 재치있게 덧붙였다.

"그리고 그 제안은 받아들여졌습니까? 이의 없이?"

"모두의 가슴이 두근거렸다니까요."

올리버 부인은 젊은 세대 한두 명이 "에르퀼 푸아로가 누구죠?" 하고 물었다는 것은 말할 필요가 없다고 생각했다.

"다들? 아무도 반대하지 않았다는 건가요?"

올리버 부인이 고개를 끄덕였다.

"유감이로군요."

"그게 어떤 단서가 되었을 수도 있다는 말씀인가요?"

"범죄를 저지르려는 자라면 제 존재를 반길 리가 없지요."

"제가 이 모든 걸 상상해 낸 것처럼 보이실 거예요. 저도 선생님께 말씀드리기 전까지는 제 판단 근거가 이렇게 적은 줄 몰랐어요."

올리버 부인이 애처롭게 말했다.

"진정하세요. 저도 흥미가 생겼답니다. 어디부터 시작할까요?"

푸아로가 부드럽게 말했다. 올리버 부인이 시계를 흘낏 보았다.

"마침 차 마실 시간이에요. 저택으로 돌아가면 다 만날 수 있어요."

그녀는 푸아로가 온 길과 다른 길을 택했다. 이번 길은 반대 방향으로 나 있는 것 같았다.

"이 길로 가면 보트하우스를 지나가요."

올리버 부인의 말이 끝나자마자 보트하우스가 눈에 들어왔다. 그림같이 아름다운 이엉집으로 강 쪽으로 튀어나와 있었다.

"저기에 시체가 있을 거예요. 살인 추적용 시체 말이에요."

"그러면 누가 살해당하는 겁니까?"

"젊은 여성 도보여행자랍니다. 사실은 젊은 핵 과학자의 유고슬라비아인 전처라는 설정이죠."

올리버 부인이 입심 좋게 말했다. 푸아로는 눈을 껌벅였다.

"물론 겉보기에는 핵 과학자가 그녀를 죽인 것 같아요. 하지만 당연히 그렇게 간단하지는 않아요."

"당연히 그렇겠지요. 부인이 꾸몄으니까요."

올리버 부인이 손을 저으며 그 칭찬을 받아들였다.

"사실 그녀는 지방 대지주에게 살해당한 거랍니다. 동기가 정말 독창적이에요. 그걸 맞히는 사람은 많지 않을 거예요. 그렇지만 다섯 번째 단서에 아주 분명한 실마리가 있답니다."

푸아로는 올리버 부인이 짠 교묘한 플롯을 듣는 대신 실질적인 질문을 했다.

"시체는 어떻게 준비하기로 했나요?"

"소녀단 단원이에요. 원래는 샐리 레게가 하기로 되어 있었어요. 그런데 사람들이 그녀에게 터번을 쓰고 점을 치라고 다시 시켰어요. 그 바람에 마를린 터커라는 소녀단 단원이 하기로 된 거죠. 좀 멍청하고 이 일 저 일 냄새 맡고 돌아다니는 아이예요."

올리버 부인이 덧붙여 설명했다.

"아주 쉬워요. 농부 스카프와 배낭만 있으면 돼요. 그 아이는 인기척이 들리면 목에 끈을 묶고 마룻바닥에 쓰러져 있기만 하면 돼요. 그 불쌍한 아이에겐 좀 지루하겠죠. 발견될 때까지 보트하우스에 틀어박혀 있어야 하니까요. 하지만 그 애를 위해서 만화책을 많이 준비해 두었어요. 사실은 살인자에 대한 단서가 그 만화책 중 한 권에 끼적여져 있답니다. 모든 게 아귀가 척척 들어맞게 되어 있어요."

"부인의 독창성에 넋이 나가겠습니다! 대단한 것들을 생각해 내시는군요!"

"그런 것을 생각해 내는 건 전혀 어렵지 않아요. 너무 많이 생각나고 복잡해지는 바람에, 그중에서 어떤 것들은 포기해야 한다는 것이 괴롭지요. 이제 이 길로 올라가요."

그들은 강을 따라 높고 가파른 지그재그 길로 올라가기 시작했다. 숲속에서 모퉁이를 돌자 작고 흰 벽기둥의 사원이 보였다. 해진 플란넬 바지와 보기 흉한 녹색 셔츠를 입은 젊은이가 뒤로 물러서서 얼굴을 찡그린 채 사원을 보고 있었다. 그는 인기척이 들리자 고개를 돌렸다. 올리버 부인이 간략히 소개를 했다.

"이쪽은 마이클 웨이먼 씨, 이쪽은 무슈 에르퀼 푸아로예요."

젊은이는 무성의하게 고개를 끄덕여 인사하더니 씁쓸한 어조로 말했다.

"이상도 하지요. 사람들이 건물을 세우는 장소 좀 보세요! 예를 들어 여기 이 건물요. 겨우 1년 전에 세워졌어요. 이런 건물 양식 중에서는 아주 훌륭하고 시대와도 잘 어울려요. 하지만 왜 여기죠? 이런 물건은 드러나 보이도록 되어 있는 겁니다. 사람들 말마따나 '높은 곳에 올려놓도록' 말이죠. 훌륭한 잔디와 수선화가 심긴 자동차 도로 따위와 함께요. 하지만 이 불쌍한 작은 녀석은 나무들 한가운데에 박혀 있는 바람에 아무 데서도 보이지 않아요. 강에서 이놈을 바라보려면 나무를 20그루나 잘라내야 할 걸요."

"아마 마땅한 장소가 없었겠지요."

올리버 부인의 말에 마이클 웨이먼이 코웃음을 쳤다.

"저택 옆의 풀이 무성한 강둑 꼭대기라면 자연 배경으로 완벽하죠. 하지만 안 돼요, 이 거물 양반들은 모두 똑같아요. 예술적인 감각이 없어요. '폴리'라는 것에 대한 환상만 갖고 주문을 한다니까요. 마땅한 장소를 찾아 돌아다닙니다. 그런데 커다란 오크나무가 골짜기로 쓰러져서 보기 싫은 흉터를 남긴 거죠. 멍청한 당나귀는 이렇게 말합니다. '폴리를 세워서 이곳을 말끔하게 단장하면 되겠군.' 생각하는 게 그 정도밖에 안 된다니까요. 돈 많은 도시 촌놈들 같으니. 말끔하게 단장! 집 여기저기에 빨간 제라늄과 칼세올라리아 화단은 안 됐는지 몰라요! 그런 사람은 이런 장소를 가져서는 안 된다고요!"

그는 잔뜩 열이 오른 것 같았다.

'이 젊은이는 조지 스터브스 경을 좋아하지 않는 게 확실하군.'

푸아로는 속으로 생각했다.

"이 건물은 콘크리트 위에 세워져 있지만, 그 아래 흙이 물러서 건물이 가라앉습니다. 여기 온통 금이 갔어요. 이곳은 곧 위험해질 겁니다……. 전체를 헐고 집 근처 강둑 꼭대기에 다시 세우는 편이 나아요. 하지만 그 완고한 늙은 바보는 이 말을 듣지 않을 겁니다."

"테니스장 부속 건물 쪽은 어때요?"

올리버 부인이 물었다. 젊은이의 얼굴에 그늘이 더 짙게 드리워졌다. 그는 신음 소리를 내며 말했다.

"그는 중국 탑 같은 것을 갖고 싶어해요. 괜찮다면 용을 달아 달랍니다! 그건 단지 레이디 스터브스가 중국풍 쿨리 모자를 쓴 자기 모습을 그려 보고 있기 때문이지요. 이래선 누가 건축가 같은 것이 되고 싶겠습니까? 품위를 아는 건축가는 돈이 없고, 돈이 있는 사람은 빌어먹을 정도로 끔찍한 것을 원하는데요!"

"삼가 동정을 표합니다."

푸아로가 근엄하게 말했다. 건축가는 비꼬듯이 말했다.

"조지 스터브스, 그 사람은 자기가 누구라고 생각하는 거죠? 전쟁 중에는 웨일즈의 안전한 구석탱이에서 편안히 해군 본부 일이나 파고 있지 않았습니까? 그러고선 호위함에서 근무했다는 것을 암시하려고 턱수염을 길렀죠. 사람들 말로는 그렇다는군요. 돈 냄새로 악취가 나요. 완전 악취입니다!"

"하지만 당신네 건축가들한테는 돈 많은 사람이 필요하잖아요? 아니면 일거리가 하나도 없을 테니까요."

올리버 부인이 따끔하게 지적한 다음 집 쪽으로 걸음을 옮겼다. 푸아로와 기가 꺾인 건축가도 그녀를 따라갔다.

"이 폭군들은 제1원칙을 이해하지 못해요."

건축가가 씁쓸하게 말했다. 그는 한쪽으로 기울고 있는 폴리를 향해 마지막 한 방을 날렸다.

"기초가 썩으면 모든 것이 썩죠."

"심원한 말씀이군요. 예, 심원합니다."

푸아로가 말했다.

숲 바깥으로 나오자 희고 아름다운 집이 보였다. 그 뒤로 짙은 나무들이 솟아 있었다.

"정말 아름답군요."

푸아로가 중얼거렸다.

"그가 여기에 당구장을 짓고 싶답니다."

웨이먼이 악의에 차서 말했다.

아래쪽 강둑에는 작은 노부인이 관목 덤불에서 전지가위를 놀리며 바쁘게 일하고 있었다. 그녀는 살짝 헐떡거리며 올라와 그들에게 인사했다.

"오랫동안 방치해 둬서 엉망이에요. 요즘은 관목에 대해 잘 아는 사람을 구하기가 너무 어렵답니다. 여기 산허리는 삼사월이면 색색으로 타올라야 하는데 올해는 실망스러워요. 작년 가을에 죽은 나무를 전부 잘라 냈어야 했어요."

"이분은 무슈 에르퀼 푸아로예요. 이분은 폴리엇 부인이고요."

올리버 부인의 소개에 노부인의 얼굴이 환하게 빛났다.

"이분이 위대한 푸아로 선생이시군요! 내일 와서 우리를 도와주신다니 친절하기도 하시지! 여기 이 영리하신 부인이 아주 알쏭달

쏭한 문제를 내셨답니다. 정말 신기한 경험이 될 거예요."

푸아로는 이 작은 부인의 우아한 태도에 약간 놀랐다. 이 부인이 집 주인이었겠구나 하는 추측이 들었다. 그는 정중하게 말했다.

"올리버 부인은 제 오랜 친구랍니다. 부인의 요청에 응답할 수 있어서 기쁘지요. 정말 아름다운 곳이로군요. 참 훌륭하고 장엄한 저택입니다."

폴리엇 부인은 푸아로의 말 그대로라는 듯 고개를 끄덕였다.

"그래요. 제 남편의 증조할아버지께서 1790년에 지으셨죠. 그 전에는 엘리자베스 왕조풍의 저택이었어요. 그 집은 1700년경에 불타서 무너졌답니다. 폴리엇 가문은 1598년부터 이곳에 살았어요."

폴리엇 부인의 목소리는 차분하면서도 사무적이었다. 푸아로는 그녀를 좀 더 주의 깊게 관찰했다. 수수한 트위드를 입었고, 키와 몸집이 작았다. 회색 머리카락은 머리끈으로 질끈 맸다. 가장 주목할 만한 특징은 맑은 청잣빛 눈이었다. 외관에 무신경한 듯 보였지만 어딘지 모르게 상류층 인사가 가질 법한 분위기를 풍기고 있었다.

집으로 함께 걸어가면서 푸아로가 조심스럽게 말을 꺼냈다.

"낯선 사람들이 여기 사는 걸 보면 힘드시지요?"

잠시 침묵이 흐른 다음 폴리엇 부인이 대답했다. 그녀의 목소리는 맑고 명확했지만 희한하게도 별 감정이 깃들어 있지 않았다.

"힘든 일이라면 아주 많지요, 푸아로 선생님."

3장

폴리엇 부인이 집 안으로 안내했다. 푸아로는 잠자코 그녀를 뒤따랐다. 아름답게 꾸며진 집이었다. 폴리엇 부인은 왼쪽 문으로 들어가 우아한 가구들이 놓인 작은 거실을 지나 큰 객실로 들어갔다. 객실에 가득 찬 사람들이 일제히 떠들고 있어 순간 귀가 멍할 정도였다.

"조지. 이분은 친절하게도 우리를 도와주러 오신 푸아로 선생님이세요. 이쪽은 조지 스터브스 경이랍니다."

폴리엇 부인이 말했다.

커다란 목소리로 이야기하던 조지 경이 빙그르 돌아섰다. 그는 몸집이 큰 남자로 불그스레한 얼굴에 뜻밖에도 턱수염을 기르고 있었다. 그 턱수염은 자기가 시골 종자 역인지 자치령의 전도유망한 젊은이 역인지 아직 마음을 정하지 못한 배우처럼 조화롭지 못한 인상을 풍겼다. 마이클 웨이먼의 말과는 달리 그 턱수염에서 해군 같은 분위기는 풍기지 않았다. 그의 태도와 목소리는 명랑했지만, 눈은 작고 날카로웠다. 사람을 꿰뚫는 듯한 담청색 눈이었다.

그는 푸아로를 따뜻하게 맞았다.

"친구분인 올리버 부인이 선생을 모셔 와서 참으로 기쁩니다. 모두 부인의 기발한 착상 덕분이지요. 선생은 대단한 인기인이 될 겁니다."

조지 경은 슬쩍 주위를 둘러보았다.

"해티?"

그는 약간 날카로운 어조로 그 이름을 되풀이했다.

"해티!"

레이디 스터브스는 다른 사람들과 약간 거리를 두고 커다란 안락의자에 몸을 기대고 있었다. 그녀는 주변 일에는 도통 관심이 없는 것처럼 보였다. 대신 의자 팔걸이 위에 뻗어 있는 자기 손을 내려다보며 미소를 짓고 있었다. 그녀는 셋째 손가락에 끼워진 커다란 외알박이 에메랄드 반지가 녹색 깊숙한 곳까지 빛을 받도록 왼쪽에서 오른쪽으로 돌리고 있었다.

그녀는 깜짝 놀란 어린애 같은 표정으로 눈을 들더니 말했다.

"안녕하세요."

푸아로는 그녀의 손 위로 고개를 숙여 절했다. 조지 경이 소개를 계속했다.

"매스터턴 부인입니다."

매스터턴 부인을 보자 푸아로는 블러드하운드 경찰견을 희미하게 떠올렸다. 그녀는 툭 튀어나온 주걱턱에 커다랗고 슬픔에 잠긴 듯한 살짝 핏발이 선 눈을 갖고 있었다.

그녀는 고개를 숙여 인사한 뒤 하던 이야기를 계속했다. 깊게 울리는 목소리를 듣자 푸아로는 다시금 블러드하운드가 짖는 소리를 떠올렸다. 부인이 힘차게 말했다.

"찻집용 천막에 대한 이 바보 같은 논쟁은 그만 끝내야 해요, 짐. 남들 보기에 분별이 있어야죠. 어리석은 여자들의 편협한 논쟁 때문에 프로그램 전체를 망칠 수는 없잖아요."

"오, 물론이지요."

함께 이야기하던 남자가 대답했다.

"워버턴 대위입니다."

조지 경이 일러 주었다.

체크 무늬 스포츠 재킷을 입은 워버턴 대위는 어딘지 말 같은 느낌을 주었다. 그는 하얀 이를 여러 개 드러내 보이며 늑대 같은 미소를 지었다.

"걱정 마십시오, 제가 해결하지요. 제가 가서 네덜란드인 삼촌(부모나 친척처럼 솔직하고 직설적인 충고를 하는 사람 — 옮긴이)처럼 이야기해 주겠습니다. 그 점술집 천막은 어때요? 목련나무 옆? 아니면 진달래나무 옆 잔디밭 끝 쪽?"

조지 경이 소개를 계속했다.

"레게 씨 부부입니다."

햇볕에 타서 얼굴이 심하게 벗겨진 키 큰 젊은이가 유쾌하게 웃었다. 그의 아내는 붉은 머리에 주근깨가 있는 매력적인 여인이었다. 그녀는 친밀한 태도로 고개를 숙이더니, 매스터턴 부인과의 논쟁에 뛰어들었다. 그녀의 높고 유쾌한 목소리가 매스터턴 부인의 짖는 듯한 낮은 목소리와 이중주를 이루었다.
"……목련나무 옆은 안 돼요…… 병목 현상이……."
"……띄엄띄엄 흩어져 있는 게 낫겠죠…… 하지만 줄을 서면……."
"……훨씬 더 시원해요. 그러니까 해가 집에 온통 내리쬐면……."
"……코코넛 던지기는 집과 너무 가까우면 안 돼요…… 남자애들은 아주 거칠게 던지고……."
"이쪽은 브루이즈 양입니다. 집안일을 모두 책임지고 있죠."
브루이즈 양은 커다란 은제 차 쟁반 뒤에 앉아 있었다.
그녀는 40대의 검소하고 유능해 보이는 여인으로, 활기차고 유쾌한 태도를 보였다.
"안녕하세요, 푸아로 선생님. 오실 때 너무 붐비지는 않으셨는지요? 이맘때는 기차가 아주 끔찍하게 붐빈답니다. 차를 좀 갖다 드릴게요. 우유? 설탕? 어느 쪽이 좋으세요?"
"우유를 아주 조금 넣어 주세요, 마드무아젤. 그리고 설탕은 4개 넣어 주시고요."
브루이즈 양이 요청대로 차를 타는 동안 그는 이렇게 덧붙였다.
"여러분은 모두 열성적으로 일하고 계시는군요."

"네, 그럼요. 언제나 마지막에 살펴봐야 할 일이 아주 많거든요. 그리고 요즘에는 사람들이 아주 희한한 방식으로 기대를 저버려요. 큰 천막도 있고, 텐트와 의자와 요리 준비도 챙겨야 해요. 계속 살피고 있어야 한답니다. 아침 반나절 내내 전화통에 매여 있었지요."

"이 못들은 어쩌지, 아만다? 그리고 클록 골프(코스를 시계 문자판 모양으로 둥글게 12등분한 골프 — 옮긴이)에 쓸 여분의 골프채는?"

"다 준비되었어요, 조지 경. 골프 클럽의 벤슨 씨가 아주 친절하게 돌봐 주셨답니다."

그녀는 푸아로에게 컵을 건네 주었다.

"샌드위치 하나 하시겠어요, 푸아로 선생님? 저건 토마토, 이건 파테(다진 고기나 간을 요리한 것 — 옮긴이)랍니다. 아니면 크림 케이크를 드시겠어요?"

브루이즈 양이 네 덩이의 설탕을 생각하며 물었다.

푸아로는 크림 케이크를 먹을 작정이었다. 그는 특히 달고 촉촉한 놈으로 집었다. 접시 위에 조심스럽게 균형을 잡아 케이크를 올려놓은 다음 여주인 옆에 앉았다. 그녀는 여전히 손에 낀 보석에 빛이 노닐도록 손을 움직이고 있었다. 그러더니 기뻐하는 아이 같은 미소를 지으며 푸아로를 쳐다보았다.

"보세요. 예쁘죠, 네?"

그는 레이디 스터브스를 주의 깊게 관찰했다. 그녀는 선명한 자홍색 밀짚으로 된 커다란 쿨리 스타일 모자(넓은 원뿔꼴의 밀짚모자 — 옮긴이)를 쓰고 있었다. 모자 밑으로 보이는 얼굴 피부는 죽은 사람처럼 희었으나, 머리에 쓴 모자가 분홍빛 그림자를 드리우고 있었다. 그녀는 이국적인 스타일로 두껍게 화장을 하고 있었다. 죽은 듯이 하얗고 광택 없는 피부, 선명한 시클라멘색 입술, 눈에 듬뿍 칠한 마스카라, 모자 아래의 검고 매끄러운 머리카락은 벨벳 모자처럼 얼굴에 꼭 맞았다. 그 얼굴에는 나른하고 이국적인 아름다움이 깃들어 있었다. 말하자면 그녀는 우연히 영국 거실에 붙잡혀 있는 열대 태양의 생물처럼 보였다. 그러나 푸아로를 놀라게 한 것은 그녀의 눈이었다. 그 눈은 어린아이 같고, 공허한 시선을 보내고 있었다.

그녀는 속 이야기를 터놓는 어린아이 같은 태도로 질문했고, 푸아로 역시 어린아이에게 하듯이 대답했다.

"아주 멋진 반지네요."

푸아로가 말했다. 그녀는 기뻐하며 자랑했다.

"어제 조지가 선물했어요. 조지는 나한테 여러 가지 물건을 줘요. 아주 친절해요."

그녀는 마치 비밀 이야기를 나누는 것처럼 목소리를 낮추었다.

푸아로는 다시 반지와 의자 옆에 뻗은 손을 보았다. 손톱은 매우 길었고 짙은 암갈색으로 칠해져 있었다.

그의 마음속에 '그들은 땀 흘려 땅을 갈지 않고, 물레도 잣지 않으며…….' 하는 인용구가 떠올랐다.

확실히 레이디 스터브스가 땅을 갈거나 물레를 잣는 광경은 상상할 수 없었다. 하지만 그녀를 들판의 백합이라고 말할 수도 없었다.

그녀는 훨씬 더 인공적인 생물이었다.

"이 방은 아주 아름답군요, 마담."

푸아로가 감상하듯이 둘러보며 말했다.

"그런가 봐요."

레이디 스터브스가 애매하게 대답했다.

그녀는 한쪽으로 머리를 기울인 채 여전히 반지에만 주의를 쏟고 있었다. 그녀는 손을 움직이면서 초록 광채의 심연을 바라보았다. 그녀가 속내를 털어놓듯이 속삭였다.

"보이세요? 나한테 윙크를 하고 있어요."

그녀가 웃음을 터뜨리는 바람에 푸아로는 깜짝 놀랐다. 크고 거침없는 웃음소리였다.

방 저편에서 조지 경이 말했다.

"해티."

그의 목소리는 아주 부드러웠지만 희미한 경고를 담고 있었다. 레이디 스터브스는 웃음을 멈추었다.

푸아로는 상투적인 방식으로 말했다.

"데번셔는 참 아름다운 곳이지요. 안 그런가요?"

"낮에는 멋져요. 비가 오지 않으면요."

레이디 스터브스는 그렇게 말하더니 서글픈 목소리로 덧붙였다.

"하지만 나이트클럽은 하나도 없어요."

"아, 알겠습니다. 나이트클럽을 좋아하시는군요?"

"네, 그럼요."

레이디 스터브스가 흥분된 목소리로 대답했다.

"왜 그렇게 나이트클럽을 좋아하시나요?"

"음악과 춤이 있잖아요. 그리고 나는 가장 예쁜 옷을 입고 가장 화려한 팔찌와 반지를 끼지요. 다른 여자들도 모두 멋진 옷과 보석으로 치장하지만 내 것만큼 멋지지는 않아요."

그녀는 크나큰 만족감을 보이며 미소 지었다. 푸아로는 동정심에 약간 마음이 아팠다.

"그런 일들이 전부 즐거운가요?"

"네. 나는 카지노도 좋아해요. 어째서 영국에는 카지노가 하나도 없지요?"

"그건 저도 자주 궁금하답니다. 아마 영국의 특성과 어울리지 않는가 봅니다."

푸아로가 한숨을 쉬며 말했다.

그녀는 이해하지 못하겠다는 표정으로 그를 바라보다가 살짝 몸을 기울이고 말했다.

"내가 한번은 몬테카를로에서 6만 프랑이나 땄어요. 27번에 걸었더니 그대로 나왔거든요."

"아주 흥분하셨겠군요, 마담."

"아, 그럼요. 조지가 나한테 게임할 돈을 줘요. 하지만 대체로 난 그걸 잃죠."

그녀는 서글퍼 보였다.

"그거 안됐군요."

"하지만 사실 그건 문제될 게 없어요. 조지는 아주 부자예요. 부자라는 건 좋은 일이고요. 그렇게 생각하지 않으세요?"

"아주 좋은 일이지요."

푸아로가 상냥하게 말했다.

"아마 내가 부자가 아니었다면 아만다처럼 보였을 거예요."

그녀는 차 테이블에 있는 브루이즈 양 쪽으로 시선을 돌렸다. 그리고 냉정하게 뜯어본 뒤 말했다.

"아만다는 정말 못생겼어요. 안 그래요?"

그 순간 브루이즈 양이 고개를 돌려 쳐다보았다. 레이디 스터브스가 큰 소리로 말한 것은 아니지만, 푸아로는 아만다 브루이즈가 아마도 들었을 거라고 생각했다.

시선을 돌리자 푸아로는 워버턴 대위와 눈이 마주쳤다. 대위는 빈정거리는 듯한 눈길로 즐겁게 바라보고 있었다.

푸아로는 주제를 바꾸려고 해 보았다.

"축제를 준비하느라 아주 바쁘셨겠어요?"

해티 스터브스는 고개를 흔들었다.

"아뇨, 그건 정말 지루한 것 같아요. 아주 어리석어요. 하인들과 정원사들이 있잖아요. 그들이 준비를 하면 되지 않아요?"

"아, 해티. 그건 네가 자라온 섬 영지에서나 그렇지. 하지만 요즘 영국 생활은 그렇지 않아. 그랬으면 좋겠지만 말이야."

폴리엇 부인이 끼어들어 말했다. 그녀는 가까운 소파에 앉아 있었다. 그녀가 한숨을 쉬었다.

"최근에는 직접 모든 것을 다 해야 해."

레이디 스터브스가 어깨를 움츠렸다.

"그건 바보 같아요. 모든 걸 직접 해야 한다면 대체 부자여서 좋을 게 뭐예요?"

"어떤 사람들은 재미를 느끼기도 하지."

폴리엇 부인이 그녀에게 미소를 지으며 말했다.

"나는 그래. 모든 일이 다 재밌는 건 아니지만 어떤 일은 즐거워. 직접 정원을 손질하는 것도 좋고 내일 같은 축제를 준비하는 것도 좋아."

"그건 파티 같은 건가요?"

레이디 스터브스가 희망에 차서 물었다.

"파티 같은 거지. 사람들이 아주 아주 많은 파티."

"그럼 애스콧 경마 같은가요? 사람들이 모두 커다란 모자를 쓰고 아주 멋을 부리는?"

"음, 애스콧 같지는 않아."

폴리엇 부인이 상냥한 목소리로 덧붙였다.

"하지만 이곳 일을 즐겨 보려고 노력해야지, 해티. 오늘 아침만 해도 그래. 차 마실 시간까지 침대에 누워 있을 게 아니라 우리를 도왔어야 했어."

"두통이 있었어요."

해티가 뾰로통하게 대꾸했다. 하지만 금세 기분이 풀려 폴리엇 부인에게 애정 어린 미소를 지었다.

"하지만 내일은 잘할 거예요. 부인이 말하는 건 뭐든지 할게요."
"정말 상냥하구나, 해티."
"내일 입을 새 드레스가 있어요. 오늘 아침에 왔어요. 위층으로 함께 가서 보실래요?"

폴리엇 부인이 머뭇거렸다. 그러나 레이디 스터브스는 일어나서 끈덕지게 졸랐다.

"오셔야 해요. 꼭이요. 정말 예쁜 드레스예요. 지금 당장 오세요!"
"그래, 알았어."

폴리엇 부인이 반쯤 웃으며 일어났다.

그녀의 작은 몸이 해티의 큰 키를 따라 방을 나갈 때 침착한 미소 대신 지친 기색이 떠오르자 푸아로는 깜짝 놀랐다. 잠시 긴장을 늦춰 경계를 풀고 사회적 가면을 벗은 것 같은 모습이었다. 그러나 달리 보이기도 했다. 많은 여자들이 그렇듯이 남모르는 질병을 몰래 앓고 있을지도 모른다. 그녀는 동정이나 연민을 받는 것을 좋아하는 사람이 아니라고 푸아로는 생각했다.

워버턴 대위는 방금 해티 스터브스가 비운 의자에 쓰러지듯 앉았다. 대위도 두 여자가 방금 지나간 문을 바라보았다. 그러나 그는 노부인 쪽에 대해서는 아무 말도 하지 않았다. 대신 슬쩍 웃은 뒤 느릿느릿 점잔을 빼며 말했다.

"아름다운 여자예요, 그렇지 않습니까?"

대위는 조지 경이 매스터턴 부인과 올리버 부인을 테라스로 데리고 나가는 것을 곁눈질했다.

"늙은 조지 스터브스를 제대로 손아귀에 넣었죠. 이 이상 좋을 수가 없을걸요! 보석, 밍크, 기타 등등. 상류 사교계에 어울리기에는 그녀가 좀 모자란다는 걸 그가 알고 있는지 모르겠어요. 아마 그건 상관없다고 생각하겠지. 어쨌건 부자들은 지적인 동반자를 바라는 게 아니니까."

"스터브스 부인의 국적이 어디지요?"

푸아로가 호기심에 차서 물었다.

"남아메리카인 같아 보인다고 언제나 생각해요. 하지만 서인도 제도에서 왔다고 들었습니다. 설탕이나 럼 같은 것이 있는 그런 섬들 있잖습니까. 그곳의 오래된 가문 중 하나로 아주 백인의 자손이랍니다. 혼혈인이라는 이야기는 아닙니다. 그런 섬에서는 모두 근친결혼을 한다고 들었어요. 지능 장애가 왜 생겼는지 설명이 되지요."

젊은 레게 부인이 다가왔다.

"이거 보세요, 짐. 당신이 내 편이 되어 주었어야죠. 그 천막은 우리 모두 결정한 곳에 세워야 했어요. 진달래와 가까운 잔디밭 끝 말이에요. 세울 수 있는 장소라고는 그곳뿐이에요."

"매스터턴 부인은 그렇게 생각하지 않던걸요."

"그럼 당신이 부인과 이야기해서 그 생각을 버리게 해야죠."

그는 딴에는 교활한 미소를 지으며 말했다.

"매스터턴 부인이 내 상사인걸요."

"윌프레드 매스터턴이 당신 상사죠. 하원 의원은 그 사람이에요."

"하지만 솔직히 그녀가 하원 의원이 되었어야 했어요. 남편을 쥐

락펴락하잖소. 내가 그걸 모르나.”

조지 경이 테라스에서 돌아왔다.

"여기 있었군, 샐리. 당신이 필요해요. 누가 번(둥근 빵 — 옮긴이)에 버터를 바를지, 케이크를 팔지, 왜 멋진 모직품을 팔기로 한 자리에 정원 채소 매점이 있어야 하는지…… 모두 신경 쓸 수는 없잖소? 에이미 폴리엇은 어디 있지? 그 부인이라면 이 사람들을 어떻게 할 수 있을 텐데. 사실 그럴 수 있는 사람이라곤 그 부인밖에 없지.”

"해티와 함께 위층에 올라갔는데요.”

"아, 그랬나?”

조지 경은 애매하고 무기력한 태도로 주변을 둘러보았다. 브루이즈 양이 입장권을 만들던 자리에서 튀어 오르듯이 일어났다.

"제가 부인을 데려올게요, 조지 경.”

"고마워요, 아만다.”

브루이즈 양이 방에서 나갔다.

"철조망을 좀 더 치라고 해야겠어.”

조지 경이 중얼거렸다.

"축제 때문에요?”

"아니, 아니. 우리 숲과 후다운 공원이 인접하는 곳에 치려고. 철망이 녹슬어 떨어져서 자꾸 그놈들이 들어오거든.”

"누가 들어오나요?”

"무단 침입자들이지!”

조지 경이 갑자기 소리쳤다. 샐리 레게가 재미있다는 듯이 말했다.

"당나귀 반대 운동을 하는 벳시 트로트우드 같아요."

"벳시 트로트우드? 그건 또 누구야?"

조지 경이 무뚝뚝하게 말했다.

"디킨스요."

"아, 디킨스. 『픽윅 보고서』를 한번 읽었지. 나쁘진 않았어. 사실 전혀 나쁘지 않아서 놀랐지. 아무튼 유스호스텔 같은 쓸데없는 것이 생긴 이후 무단 침입자들이 늘어 골칫거리야. 그놈들은 말도 안 되는 셔츠를 입고 동에 번쩍 서에 번쩍 해. 오늘 아침에는 거북이 같은 무늬로 뒤덮인 옷을 입고 있는 바람에 내가 취했나 생각했다니까. 그놈들 절반 정도는 영어도 못해요. 그냥 영문 모를 말만 지껄이지……."

그가 외국인 흉내를 냈다.

"'오, 꼬옹요…… 네, 부탁…… 가르쳐 줘요…… 여기 배 타는 길?' 나는 아니라고 말하고, 소리도 치고, 그놈들을 왔던 곳으로 되돌려 보내지. 하지만 그동안에도 그놈들은 눈만 끔뻑이며 쳐다볼 뿐이야. 내가 무슨 말을 하는지 이해를 못해. 여자애들은 키득거리기나 하고. 국적은 또 어찌나 다양한지 이탈리아인, 유고슬라비아인, 네덜란드인, 핀란드인…… 에스키모가 나와도 놀라지 않겠어! 그놈들 절반이 공산주의자라고 해도 나는 놀라지 않을 거야!"

조지 경이 침울하게 말을 끝냈다.

"이봐요, 조지. 공산주의자 이야기는 하지 마세요. 제가 가서 날뛰는 여인들을 진정시키는 걸 도와 드릴게요."

레게 부인이 말했다. 그녀는 조지 경을 테라스로 데리고 나가며 어깨 너머로 말했다.

"이리 오세요, 짐. 와서 대의명분을 위해 온몸을 불살라 보세요."

"좋습니다. 하지만 나는 푸아로 선생께 살인 추적을 설명해 드리고 싶소. 이분이 상을 수여할 테니까요."

"그건 나중에 해도 되잖아요."

"여기서 기다리지요."

푸아로가 찬성하듯 말했다.

잠시 침묵이 흐른 다음, 알렉 레게는 기지개를 펴며 의자에서 일어났다. 그는 한숨을 지었다.

"여자들이란! 꼭 벌떼 같다니까."

그는 그렇게 말한 뒤 고개를 돌려 창밖을 바라보았다.

"그리고 저건 또 다 뭐란 말입니까. 아무한테도 중요하지 않은 앞마당 축제인데요."

"하지만 중요하게 여기는 사람들도 분명히 있는데요."

푸아로가 지적했다.

"왜 사람들이 분별을 갖지 못할까요? 왜 생각이 없을까요? 전 세계에 벌어지고 있는 난장판 좀 생각해 보세요. 지구에 사는 자들은 자살 행위를 하느라 정신없다는 걸 깨닫지 못한단 말입니까?"

푸아로는 이 질문이 대답을 얻고자 한 질문이 아니라고 판단했다. 그의 판단은 옳았다. 알렉 레게는 그냥 의심스럽다는 듯이 고개를 흔들었을 뿐이었다.

"너무 늦기 전에 우리가 뭔가 할 수 있다면……."

알렉 레게는 말을 멈추었다. 그는 잔뜩 화가 난 얼굴이었다.

"아, 그래요. 당신이 무슨 생각을 하고 있는지 알겠습니다. 나를 신경과민에다 흥분 잘하는, 뭐 그런 사람으로 생각하고 있겠죠. 그놈의 빌어먹을 의사들처럼. 휴식을 취하고, 기분 전환을 하고, 바닷바람을 쐬라고 충고하겠죠. 맞아요. 샐리와 나는 여기 내려왔고, '물레방앗간 오두막'을 3개월 동안 빌렸고, 나는 그들의 처방을 따랐죠. 낚시를 하고, 목욕을 하고, 오랫동안 산책을 하고, 일광욕을 하고……."

"일광욕을 하셨다는 것은 알겠습니다."

푸아로가 예의바르게 말했다.

"아, 이거요?"

알렉은 피부가 벗어진 얼굴로 손을 가져갔다.

"어쩌다 화창했던 영국의 이번 여름이 낳은 결과죠. 하지만 이게 다 무슨 소용이죠? 달아난다고 해서 진실로부터 벗어날 수는 없습니다."

"그렇죠. 달아나는 건 절대로 아무 소용 없죠."

"이런 전원에서 맑은 공기를 쐬고 있으면 더욱 분명히 깨닫게 될 뿐입니다. 이런 사태에 대해 이 나라 사람들은 믿을 수 없을 정도로 무관심하다는 사실 말입니다. 지적인 샐리마저도 똑같아요. '왜 신경을 써?' 샐리는 그렇게 말하죠. 미치겠습니다! 왜 신경을 쓰냐고?"

"궁금해서 그러는데, 왜 신경을 쓰시죠?"

"세상에, 선생도 그런 말씀을 하십니까?"

"아니요, 충고하려는 게 아닙니다. 그냥 선생님 대답을 듣고 싶어서 그럽니다."

"누군가가 무엇을 해야 한다는 걸 모르시겠습니까?"

"그리고 그 누군가가 당신이고요?"

"아뇨, 아뇨, 나 개인이 아닙니다. 이런 시대에는 개인적이 되어선 안 되지요."

"왜 안 되는지 모르겠는데요. 당신이 '이런 시대'라고 부르는 이때도 인간은 여전히 개인으로 존재하지 않습니까?"

"하지만 그러면 안 됩니다! 죽느냐 사느냐 하는 문제가 걸린 긴박한 시대에, 별거 아닌 개인적인 병이나 취미에 몰두할 생각을 하면 안 되지요."

"그 말씀은 완전히 틀렸습니다. 최근 있었던 전쟁에서 심한 공습이 벌어지는 와중에도, 나는 죽음에 대한 생각보다 새끼발가락에 난 아픈 티눈에 훨씬 몰두했답니다. 그 당시에는 어떻게 그럴 수 있는지 스스로에게도 놀랐지요. 나는 나 자신에게 말했어요. '생각해 봐. 지금 당장 죽음이 닥칠 수도 있어.' 하지만 여전히 나는 티눈을 의식했어요. 사실 죽음의 공포만큼이나 티눈이 괴롭다는 것 때문에 마음에 상처를 입었죠. 하지만 내가 죽을지도 모르기 때문에 내 삶의 소소하고 개인적인 모든 일들이 더 큰 중요성을 얻게 되었습니다. 나는 한 여자가 교통사고로 쓰러져 다리가 부러지는 것을 보았어요. 그런데 그녀는 자기 스타킹에 줄이 간 것을 보고 울음을 터뜨렸답니다."

"그건 여자들이 얼마나 바보인지 보여 주는 일화에 지나지 않아요!"

"인간이 어떤 존재인지 보여 주는 일화랍니다. 개인적인 삶에 열중한 덕분에 인류는 지금까지 존속할 수 있었던 겁니다."

알렉 레게는 비아냥 섞인 웃음을 터뜨렸다.

"때로는 인류의 존속이 유감이로군요."

"그건 그러니까 일종의 자기 비하인데, 자기 비하는 가치 있는 겁니다. 이곳 당신네 지하철에 전쟁 중에 걸렸던 표어가 있어요. '모든 것이 당신에게 달렸다.' 어떤 저명한 신학자가 한 말 같은데, 내 의견으로는 위험하고 바람직하지 않다고 봅니다. 그 말은 진실이 아니기 때문이죠. 모든 것이…… 말하자면…… 모모 군데에 사는 아무개 부인에게 달려 있지는 않아요. 그리고 만약 그 부인이 자기에게 모든 것이 달려 있다고 생각하게 되면, 그녀에게도 물론 좋지 않을 겁니다. 그녀가 세상사에서 자기가 할 수 있는 일에 대해 생각하는 동안 아이는 주전자를 머리에 뒤집어쓰겠지요."

"선생의 관점은 구식이로군요. 그렇다면 선생의 표어는 뭔지 들어보고 싶습니다."

"내 표어를 공식적으로 내걸 필요는 없습니다. 이 나라에는 더 오래된 말이 있고, 나는 그 말에 아주 만족하니까요."

"그 말이 뭔데요?"

"신을 믿어라, 하지만 만일의 경우를 대비하라."

알렉 레게는 즐거워 보였다.

"오오…… 선생에게서 나오리라고는 전혀 예측하지 못했던 말이군요. 선생은 내가 이 나라에서 이루어지기를 바라는 일이 무엇인지 아시나요?"

"분명히 뭔가 대단하고 불쾌한 일이겠지요."

푸아로가 미소를 지으며 말했다. 그러나 알렉 레게는 여전히 진지했다.

"정신적으로 박약한 사람들을 절멸시키는 것을 보고 싶습니다. 지금 당장요! 그들에게 아이를 낳지 못하게 하고요. 한 세대 동안 지적인 사람들만 아이를 낳도록 한다면 그 결과가 어떨지 생각해 보십시오."

푸아로는 냉담하게 답했다.

"정신병동의 환자가 아주 많이 늘겠지요. 사람도 식물처럼 위쪽의 꽃만큼이나 아래쪽의 뿌리가 필요하답니다, 레게 씨. 꽃이 아무리 크고 아름답다 한들 땅 속의 뿌리가 잘린다면 꽃은 곧 시들겠지요."

그는 스스럼없는 어조로 덧붙였다.

"당신은 레이디 스터브스를 사형 감방에 들어갈 후보로 생각합니까?"

"예, 그렇지요. 그런 여자가 무슨 소용이 있죠? 사회에 어떤 공헌을 했습니까? 머릿속에는 옷이나 모피나 보석 외에 다른 생각이 하나라도 들어 있나요? 그러니까, 그녀가 무슨 소용이 있죠?"

"당신과 나는 확실히 레이디 스터브스보다 더 지성적이지요. 하지만 우리는 사실 그만큼 볼만하지는 못하니 유감입니다."

푸아로는 차분하게 말하며 서글프게 고개를 흔들었다.

"볼만하다니……."

알렉이 코웃음을 치며 말을 시작하려 했다. 그러나 올리버 부인과 워버턴 대위가 테라스에서 들어오는 바람에 대화가 중단되었다.

4장

"살인 추적의 단서와 장치를 꼭 와서 보셔야 해요, 무슈 푸아로."
올리버 부인이 숨가쁘게 말했다.

푸아로는 일어나서 고분고분 그들을 따라갔다. 그들 셋은 홀을 가로질러 사무실처럼 소박한 가구가 놓인 작은 방으로 들어갔다.

"왼쪽에는 살인 무기들이 있습니다."

워버턴 대위가 베이즈(책상보나 커튼용의 올이 거친 나사 ─ 옮긴이)가 덮인 작은 카드 테이블을 손으로 가리키며 말했다. 그 위에는 작은 권총과 불길한 얼룩이 묻은 녹슨 납 파이프, '독'이라는 꼬리표가 붙은 파란 병, 빨랫줄 한 가닥과 피하 주사기가 있었다.

"이것들이 '무기'고요, 이건 '용의자'들이에요."

올리버 부인이 설명하며 인쇄된 카드를 건네주었다. 푸아로는 흥미진진하게 그 카드를 읽었다.

용의자

에스텔 글린: 아름답고 신비한 젊은 여인, 블런트 대령의 손님

블런트 대령: 시골 지주

조운: 블런트 대령의 딸

피터 게이: 조운의 남편, 젊은 핵 과학자

윌링 양: 가정부

퀴에트: 집사

마야 스타비스키: 젊은 여성 여행자

에스테반 로욜라: 초대받지 않은 손님

푸아로는 선뜻 이해가 안 돼 눈을 깜박이며 올리버 부인을 쳐다보았다. 그가 예의바르게 물었다.

"굉장한 등장인물들이군요. 하지만 여쭤보아도 되겠습니까, 마담? 살인 추적의 참가자들은 무엇을 하지요?"

"카드를 뒤집어 보십시오."

워버턴 대위가 말했다. 푸아로는 카드를 뒤집었다. 카드 뒤편에는 이렇게 인쇄되어 있었다.

이름:

주소:

〈해답〉

살인자의 이름:

무기:

동기:

시간과 장소:

그런 결론에 다다른 이유:

"참가자들은 모두 이 카드를 1장씩 받습니다. 단서를 적을 공책과 연필도요. 단서는 총 6개입니다. 보물찾기처럼 단서 하나에서 다른 단서를 찾을 수 있고, 무기는 의심쩍은 장소에 숨겨져 있지요. 여기 첫 번째 단서인 스냅 사진입니다. 모두 이런 걸 가지고 시작하지요."

워버턴 대위가 재빨리 설명했다. 푸아로는 얼굴을 찌푸리며 작은 인쇄물을 요모조모 뜯어보았다. 그런 다음 그것을 뒤집어 보았다. 그는 여전히 어리둥절한 표정이었다. 워버턴이 웃었다.

"독창적인 속임수 사진입니다, 그렇죠? 하지만 일단 알고 나면 아주 간단해요."

그는 혼자 흡족해하며 말했다. 무슨 사진인지 아직 알아채지 못한 푸아로는 점점 불쾌해졌다.

"창살이 쳐진 창문 같은 건가요?"

그가 넌지시 말해 보았다.

"그렇게 보이기도 하지요. 인정합니다. 하지만 아니랍니다, 이건 테니스 네트의 일부입니다."

푸아로는 그 스냅 사진을 다시 보았다.

"아. 그래요, 말씀대로군요. 무엇인지 듣고 나니 분명히 그렇게 보이는군요!"

"사물을 보는 방식에 달려 있는 거죠."

워버턴이 웃었다.

"아주 심오한 진실이군요."

"두 번째 단서는 테니스 네트 한가운데 아래쪽에 있는 상자에서 찾게 될 겁니다. 상자 속에는 이 빈 독약 병과 코르크 마개가 들어 있습니다."

"하지만 아시지요? 이건 마개를 비틀어 여는 병이에요. 그러니까 진짜 단서는 코르크 마개죠."

올리버 부인이 재빨리 말했다.

"부인이 언제나 독창성으로 넘친다는 것은 알고 있습니다, 마담. 하지만 잘 모르겠는 것은……."

올리버 부인이 끼어들었다.

"물론 줄거리도 있어요. 잡지 연재물에서 보는 것처럼 일종의 시놉시스예요."

그녀는 워버턴 대위에게 물었다.

"광고 전단은 갖고 있나요?"

"인쇄소에서 아직 나오지 않았습니다."

"하지만 그 사람들은 약속을 했잖아요!"

"그래요, 그랬죠. 모두 언제나 약속을 하긴 하지요. 광고 전단은 오늘 저녁 6시까지 준비해 놓기로 했습니다. 제가 차로 가져올 테고요."

"네, 좋아요."

올리버 부인은 한숨을 내쉬며 푸아로를 바라보았다.

"자, 그러면 말로 설명해야겠네요. 하지만 저는 말을 썩 잘하지 못해요. 글은 아주 명쾌하게 쓸 수 있는데, 말로 하면 엉망진창 뒤섞여 무슨 말인지 종잡을 수 없지요. 그래서 나는 아무에게도 내 플롯에 대해 말하지 않는답니다. 그러지 않기로 했어요. 왜냐하면 사람들이 나를 멀거니 쳐다보면서 '음…… 그래요. 하지만…… 무슨 일이 일어나는지 잘 모르겠어요. 그 이야기로는 책을 만들 수 없을 것 같은데요?' 그러면서 기를 꺾으니까요. 하지만 그 말은 틀렸어요. 내가 쓰면 책이 되니까!"

올리버 부인은 잠시 말을 멈추고 숨을 골랐다. 그녀는 다시 말을 이어 갔다.

"음, 이런 이야기예요. 젊은 핵 과학자 피터 게이가 있어요. 그는 공산주의자들에게 돈을 받고 있다는 의심을 받아요. 그의 첫 아내는 죽었고, 그는 조운 블런트라는 아가씨와 결혼했어요. 그렇지만 첫 아내는 죽지 않았고, 그녀는 비밀 요원이거나 아니기 때문에 나타나요. 내 말은 그녀가 진짜 여행자일 수도 있다는 거예요. 그리고 그 아내는 연애를 하고 있는데, 이 로욜라라는 남자가 마야를 만나거나 염탐하기 위해서 나타나요. 그리고 협박 편지가 있는데, 가정부가 그것을 보냈을 수도 있고, 집사가 보냈을 수도 있어요. 그리고 권총이 사라지고, 그 협박 편지는 누가 받는 건지 모르는데, 피하 주사기가 만찬에 나타났다가 사라지고……."

올리버 부인은 푸아로의 반응을 살펴보다가 말을 멈추었다. 그녀는 공감한다는 듯이 고개를 끄덕였다.

"나도 알아요. 두서없이 들리죠? 하지만 그렇지 않아요. 내 머릿속에서는…… 그리고 광고 전단에 있는 시놉시스를 보면 선생님도 금방 이해하게 되실 거예요. 하여간 이 이야기는 아무 상관도 없는 걸요. 안 그래요? 제 말은, 그러니까 적어도 선생님한테는 그렇다는 거예요. 선생님이 하실 일은 상을 수여하는 것뿐이에요. 상품도 훌륭하답니다. 일등상은 권총 모양의 은제 담배 케이스예요. 그리고 정답자가 얼마나 명석하게 추리했는지 약간 찬사만 곁들여 주시면 돼요."

푸아로는 해답을 내놓는 사람은 정말 영리한 사람이라고 속으로 생각했다. 사실 정답자가 있을지도 의심스러웠다. 살인 추적의 플롯과 사건은 안개에 휩싸여 있는 것 같았다.

"자, 나는 인쇄소에 가 봐야겠습니다."

워버턴 대위가 손목시계를 흘끗 보더니 쾌활하게 말했다. 올리버 부인이 투덜댔다.

"하지만 그 사람들이 일을 다 끝내 놓지 않았으면……."

"아, 잘 끝내 놨답니다. 제가 전화해 봤습니다. 그럼 이따가."

대위가 방을 나가자마자 올리버 부인이 푸아로의 팔을 움켜잡고 속삭였다.

"어때요?"

"어떻다니, 뭐가요?"

"뭔가 발견했어요? 누군가 수상한 점을 알아차렸다거나?"

푸아로는 가볍게 비난을 담아 대답했다.

"저한테는 모든 사람과 모든 일이 지극히 정상으로 보입니다."

"정상이라고요?"

"음, 썩 맞는 말은 아니겠군요. 부인 말씀대로 레이디 스터브스는 확실히 정상에 못 미치지요. 레게 씨는 꽤 비정상적으로 보이고요."

"오, 그는 멀쩡해요. 신경쇠약을 앓고 있는 거지요."

올리버 부인이 안달하며 말했다. 그 말은 좀 이상하게 들렸지만 푸아로는 다른 질문 없이 액면 그대로 받아들이기로 했다.

"모든 일이 예측 가능한 선상 위에 놓여 있는 것 같습니다. 신경의 흥분, 과잉 자극, 전반적인 피로, 강한 불쾌감, 이런 여흥을 준비할 때면 늘 생겨나는 일이지요. 다만 부인이 지적해 주신다면……."

올리버 부인이 다시 그의 팔을 움켜쥐었다.

"쉿! 누가 오고 있어요."

푸아로는 형편없는 멜로드라마 같은 느낌이 들었다. 그는 점점 더 불쾌해졌다.

브루이즈 양의 유쾌하고 온화한 얼굴이 문가에 나타났다.

"아, 거기 계셨군요, 푸아로 선생님. 방을 안내해 드리려고 찾고 있었어요."

푸아로는 브루이즈 양을 뒤따라갔다. 계단을 올라가 복도를 지나자 통풍이 잘되고 강이 내려다보이는 커다란 방이 나왔다.

"욕실은 바로 맞은편에 있어요. 조지 경은 욕실을 더 짓자고 말씀하시지만 그렇게 되면 방의 비례가 안타까울 정도로 망가질 거예요. 편안히 지내셨으면 좋겠습니다."

"정말 안락해 보이는군요."

푸아로는 마치 작품을 감상하듯 작은 서가와 독서용 램프, 침대 옆에 놓인 '비스킷'이라는 꼬리표가 붙은 상자를 둘러보았다.

"당신은 이 집을 완벽하게 꾸며 놓은 것 같군요. 감사하다는 인사를 당신께 드려야 할까요, 아니면 이 집의 매력적인 여주인께 드려야 할까요?"

"레이디 스터브스는 자신의 매력을 꾸미는 데 모든 시간을 다 바치시지요."

브루이즈 양이 신랄한 어조로 말했다.

"아주 화사한 젊은 여성이지요."

"말씀대로예요."

"하지만 다른 측면에서는 아마……."

그는 갑자기 말을 멈추었다.

"실례했습니다. 제가 경솔하게 굴었군요. 해서는 안 될 말을 한 것 같습니다."

브루이즈 양은 그를 진지하게 바라보더니 냉담하게 말했다.

"레이디 스터브스는 자기가 무슨 일을 하는지 잘 알고 있습니다. 선생님 말씀처럼 화사하고 젊을 뿐만 아니라 매우 빈틈없는 여성이기도 하답니다."

그녀는 돌아서서 방을 나갔다. 푸아로는 어안이 벙벙하여 눈썹을 잔뜩 치켜 올렸다. 저 유능한 브루이즈 양이 그렇게 생각하고 있단 말이지, 응? 나름대로 다른 이유가 있어서 그렇게 말한 것일까? 그런데 왜 그런 말을 처음 보는 나에게 했을까? 처음 보는 사람이라서? 외국인이라서 그랬을 수도 있지. 에르퀼 푸아로는 경험상 외국인에게 말한 것은 말한 것으로 치지 않는 영국인이 많다는 것을 알고 있었다!

그는 어리둥절해서 브루이즈 양이 나간 문을 멍하니 바라보다가, 창가로 걸어가서 밖을 내다보았다. 레이디 스터브스가 폴리엇 부인과 함께 나와 잠시 커다란 목련나무 아래에서 이야기를 나누는 것이 보였다. 그런 다음 폴리엇 부인은 작별의 뜻으로 고개를 끄덕이더니 정원용 양동이와 장갑을 들고서 자동차 도로를 따라 빠르게 걸어갔다. 레이디 스터브스는 그녀를 잠시 지켜보다가 목련꽃을 따서 향기를 맡은 다음 서서히 숲을 지나 강으로 통하는 길을 걸어가기 시작했다. 푸아로의 시야에서 사라지기 전에 그녀는 딱 한 번 고개를 돌려 어깨 너머를 바라보았다. 마이클 웨이먼이 목련나무 뒤에 조용히 서 있었다. 그는 잠시 우물쭈물하더니 키가 크고 늘씬한 몸을 움직여 숲속으로 난 길을 따라갔다.

'잘생기고 활동적인 젊은 남자라, 확실히 조지 스터브스 경보다는 매력적이지……'

그러나 그게 뭐 어쨌단 말인가? 언제 어디서나 일어나는 일이다. 부유하지만 매력 없는 중년 남편, 정신적으로 매우 발달하였거나 그렇지 않은 젊고 매력적인 아내, 매력적이고 감수성 풍부한 젊은이. 이게 올리버 부인이 전화로 긴급하게 불러들일 만한 일일까? 확실히 올리버 부인의 상상력은 생생하다. 그러나…….

"어쨌건 나는 간통 사건의…… 혹은 간통이 일어나려는 즈음에 상담역을 맡을 만한 사람은 아니야."

에르퀼 푸아로는 혼잣말을 했다.

무엇인가 잘못되었다는 올리버 부인의 그 유별난 직감은 실제로 무슨 근거에서 나온 것일까? 올리버 부인은 남다를 정도로 머리가 뒤죽박죽인 여성이고, 그녀가 탐정 소설을 어떻게 논리정연하게 써내려 가는지는 그가 알 바 아니었다. 그럼에도 불구하고 그녀는 때때로 아무도 눈치채지 못한 진실을 혼자 알아차려 그를 놀라게 했다.

"시간이 모자라…… 모자라. 올리버 부인의 생각처럼 이곳에서 뭔가 일이 잘못되어 가고 있는 걸까? 나도 부인의 생각 쪽으로 기울어지고 있어. 하지만 그게 뭘까? 누가 내게 빛을 비추어 줄까? 이 집 사람들에 대해 더 알아야 해. 훨씬 더 많이. 누가 내게 정보를 줄 수 있을까?"

그는 혼잣말로 중얼거렸다.

그는 잠시 생각에 깊이 잠긴 다음 모자를 쥐었다.(푸아로는 머리를 감싸지 않은 채 저녁 공기 속으로 나가는 위험한 일을 절대로 강행하지 않았다.) 그런 다음 서둘러 방에서 나와 계단을 내려갔다. 멀리서 매스터턴 부인의 울림 깊은 목소리가 고집스럽게 외치는 것이 들렸다.

훨씬 가까운 곳에서 조지 경의 호색적인 목소리가 크게 들려왔다.

"그 베일인가 뭐가는 빌어먹으라고 해. 당신을 내 하렘에 넣으면 좋을 텐데, 샐리. 내일 올 테니 내 운세 이야기를 많이 해 줘요. 무슨 말을 해 줄 거요, 응?"

살짝 드잡이를 하는 것 같은 소리가 나더니 샐리 레게가 숨가쁜 목소리로 말했다.

"조지, 이러면 안 돼요."

푸아로는 눈썹을 치켜올리며 옆문으로 빠져나갔다. 그는 전속력으로 달려 뒤쪽 자동차 도로로 내려갔다. 그의 방향 감각에 따르면 그 길은 앞쪽 자동차 도로와 만나게 될 것이다.

그의 예상은 맞아떨어졌다. 푸아로는 약간 헐떡이면서 폴리엇 부인 옆에 멈춰 섰다. 그는 그녀의 정원용 양동이를 대신 들었다.

"들어다 드려도 되겠지요, 마담?"

"아, 고맙습니다, 푸아로 선생님. 친절하시네요. 하지만 무겁지 않아요."

"집까지 들어다 드리겠습니다. 이 근처에 사십니까?"

"사실은 정문 옆 문간채에 살아요. 조지 경이 친절하게도 제게 그곳을 빌려주었답니다."

예전 집의 정문 옆 문간채⋯⋯ 그녀는 그 일을 어떻게 느낄까, 푸아로는 궁금했다. 그러나 그녀는 아주 침착했기 때문에 도통 감정을 엿볼 수가 없었다. 그는 화제를 바꾸었다.

"레이디 스터브스는 남편보다 훨씬 어리네요, 그렇죠?"

"23살 어리지요."

"육체적으로도 아주 매력적이고요."

폴리엇 부인이 조용히 말했다.

"해티는 사랑스럽고 착한 아가씨랍니다."

그가 기대했던 대답은 아니었다. 폴리엇 부인이 계속 말을 이어 갔다.

"사실 나는 그 애를 아주 잘 알아요. 잠깐 그 애를 돌본 적이 있거 든요."

"그건 몰랐습니다."

"아실 리가 없지요. 한편으로는 슬픈 이야기예요. 그녀의 가족들은 땅을 갖고 있었어요. 서인도 제도의 사탕 농장이었죠. 지진이 일어나 집이 불타고 무너졌습니다. 그 바람에 해티는 부모와 형제자매를 모두 잃고 말았어요. 해티는 파리의 수녀원에 있었기 때문에 목숨을 부지했어요. 하지만 하루아침에 친척 하나 없는 천애고아가 되었죠. 유언 집행자들은 해티가 외국에서 시간을 좀 보낸 다음 샤프론(젊은 아가씨의 보호자로 주로 노부인이 맡는다 — 옮긴이)을 두고 사교계에 나가야 한다고 생각했어요. 내가 그 애를 맡았지요."

폴리엇 부인이 건조하게 웃으며 덧붙였다.

"나는 사교계에 인맥이 많아요. 필요하다면 언제든지 사교계에 나갈 수 있지요. 사실은 죽은 총독과도 친구 사이였어요."

"그렇군요, 마담. 이제 알겠습니다."

"그 일은 나한테도 잘 맞았어요. 나는 어려운 시기를 겪고 있었거든요. 남편은 전쟁 발발 직전에 죽었어요. 해군에 있던 큰아들은 배와 함께 가라앉았고, 케냐에서 돌아온 작은아들은 특공대에 들어가 이탈리아에서 죽었어요. 세 사람 몫의 상속세를 한꺼번에 내야 했기에 영지를 내놓을 수밖에 없었어요. 아주 쪼들렸지요. 함께 여행하고 돌봐야 할 아가씨가 생겨 신경을 다른 데 쓸 수 있어서 기뻤죠. 나는 해티를 아주 좋아하게 되었어요. 그 애가…… 말하자면…… 혼자서는 자기 일을 꾸려 나갈 수 없다는 사실을 깨닫고는 더더욱 좋아하게 되었어요. 이해하시겠지요, 푸아로 선생님? 해티는 정신 박약이 아니에요. 하지만 시골 사람들 말을 빌리자면 '단순'하지요. 그 애는 쉽게 속고, 아주 온순하고, 남의 말을 곧이곧대로 들어요. 나로서는 그 애가 실질적인 재산이 없었다는 게 차라리 축복이라고 생각해요. 그 애가 재산 상속녀였다면 훨씬 어려운 처지가 되었을 수도 있어요. 그 애는 매력적이고 다정한 성격을 가졌기 때문에 남자들에게 쉽게 끌리고 영향을 받아요. 누군가가 분명 그 애를 돌보아야 했어요. 부모의 영지 문제를 완전히 매듭짓자 플랜테이션 농장이 다 망가져 자산보다 빚이 더 많다는 것이 밝혀졌지요. 조지 스터브스 경 같은 남자가 그녀를 사랑하고 결혼하고자 하는 것이 그저 고맙기만 했어요."

"아마…… 그래요…… 그게 해답이었겠군요."

"조지 경은…… 대놓고 말해서…… 자수성가한 사람으로 속물이긴 하지만, 아주 부자인 데다가 친절하고 근본적으로 점잖아요. 그 사람은 아내가 정신적 동반자가 되어 주기를 바라지는 않아요. 그러면 됐지요. 해티는 그가 원하는 그대로예요. 옷과 보석을 완벽하게 소화하고, 애정이 있고, 온순하고, 그에게 완전히 만족하지요. 그래서 매우 고마워요. 왜냐하면 그 애가 그의 청혼을 받아들이도록 내가 부추겼다는 것을 인정하지 않을 수 없거든요. 만약 결과가 나빴다면······."

그녀의 목소리가 좀 머뭇거렸다.

"그건 그렇게 나이 많은 남자와 결혼하라고 부추긴 내 잘못일 거예요. 아시겠죠? 말씀드린 대로 해티는 주변의 영향을 쉽게 받아요. 곁에 있는 사람이라면 누구라도 그 애를 조종할 수 있어요."

"부인께선 아주 분별 있게 처신하신 겁니다. 저는 영국인들처럼 낭만적인 사람이 아니랍니다. 훌륭한 결혼을 시키기 위해서는 로맨스보다 더 많은 것을 고려해야지요."

푸아로가 찬성하듯이 말한 다음 덧붙였다.

"그리고 여기 이곳, 나스 저택은 아주 아름다운 곳이로군요. 별천지 같습니다."

폴리엇 부인이 희미하게 떨리는 목소리로 말했다.

"당시에는 나스를 팔아야만 했지요. 그래서 조지 경이 사 준 것이 기쁘답니다. 전쟁 중에는 군에 징발되었기 때문에 그다음에 팔려서 게스트하우스나 학교가 될 수도 있었어요. 만약 그랬다면 방을 나누느라 원래의 아름다움은 사라졌겠지요. 이웃이었던 후다운의 플레처 가족도 집을 팔아야만 했는데 그곳은 유스호스텔이 되었어요. 젊은 사람들이 즐거워하는 것을 보면 물론 기쁘지요. 다행히 후다운은 후기 빅토리아 시대의 건물인 데다 건축적인 장점이 별로 없기 때문에 개조가 큰 문제는 아니죠. 나는 젊은이들이 우리 땅에 무단으로 넘어오는 게 두렵답니다. 그러면 조지 경은 매우 화를 내요. 사실 그 젊은이들이 때때로 희귀한 관목을 도끼로 잘라 가고 손상시키기도 해요. 그들은 강가 나루터로 가는 지름길을 찾으려고 이곳으로 넘어와요."

그들은 이제 정문 옆에 서 있었다. 작고 흰 1층 건물인 문간채는 자동차 도로에서 약간 뒤쪽으로 물러난 곳에 세워져 있었다. 문간채 둘레에는 작은 가로대가 쳐진 정원이 있었다.

폴리엇 부인은 푸아로에게 감사의 말을 하며 양동이를 받았다.

"나는 원래부터 이 문간채를 좋아했답니다. 30년 동안 우리 수석 정원사를 맡았던 머델이 이곳에서 살았어요."

그녀는 애정 어린 눈으로 문간채 건물을 바라보았다.

"나는 이곳이 꼭대기 오두막보다 훨씬 좋았어요. 조지 경은 그곳을 현대식으로 확장했지요. 그곳은 그렇게 해야 했어요. 이제 아주 젊은 사람이 수석 정원사가 되었어요. 그 사람은 젊은 아내를 두었는데, 요즘의 젊은 여자들은 전기다리미나 현대식 요리 도구나 텔레비전 같은 것은 전부 가져야 하잖아요? 사람이 시대에 맞춰야지요……."

그녀가 한숨을 쉬었다.

"이제 옛날 영지에 남아 있는 사람은 아무도 없어요. 모두 새 얼굴들이지요."

"최소한 부인은 안식처를 발견하셨으니 기쁩니다."

"혹시 선생님께서는 스펜서의 이 시를 아시나요? '고된 노동 후의 잠, 폭풍우 치는 바다 다음의 항구, 전쟁이 끝난 후의 평안, 삶 다음의 죽음은 매우 기쁘나니…….'"

그녀는 말을 잠시 멈추었다가 어조를 하나도 바꾸지 않고 다시 말했다.

"정말 악독한 세상이에요, 푸아로 선생님. 그리고 세상에는 아주 악독한 사람들이 있지요. 당신도 나만큼 잘 아실 거예요. 나는 젊은 사람들 앞에서는 이렇게 말하지 않아요. 이런 말은 그 사람들 기를 꺾을 수도 있으니까요. 하지만 그건 사실이에요…… 그래요, 아주 악독한 세상이에요……."

그녀는 가볍게 묵례를 한 뒤 돌아서서 집 안으로 들어갔다. 푸아로는 닫힌 문을 바라보며 가만히 서 있었다.

5장

I

푸아로는 탐험에 나선 기분으로 정문을 지나 가파르고 구불구불한 길을 내려갔다. 길은 곧 작은 부두에 닿았다. 사슬이 달린 커다란 종 위에 '나룻배를 타고 싶으면 울려 주세요.'라고 쓰인 간판이 달려 있었다. 부두 옆에는 여러 가지 배가 매어져 있었다. 눈이 짓무른 노인이 배를 잡아매는 기둥에 기대 있다가 발을 질질 끌며 푸아로 쪽으로 다가왔다.

"나룻배를 타고 싶으십니까, 선생님?"

"고맙지만 아닙니다. 나스 저택에서 좀 걸으려고 나왔어요."

"아, 위쪽 나스 저택에 계십니까? 저는 어린 시절에 그곳에서 일했고, 제 아들은 거기 수석 정원사였지요. 하지만 저는 보트를 돌봤답니다. 옛날의 폴리엇 주인님께서는 보트라면 정신을 못 차리셨어요. 아무리 날씨가 궂어도 항해를 하셨죠. 그렇지만 아드님인 소령은 항해를 좋아하지 않으셨어요. 말에만 신경을 썼죠. 경마 내기에 상당한 돈을 걸기도 했고. 게다가 술도 좋아하셔서 부인께서 힘들게 지내셨죠. 그 부인을 만나 보셨죠? 지금은 문간채에 사시는 분."

"예, 방금 거기서 오는 길입니다."

"그 부인도 폴리엇 사람이죠. 티버튼 쪽으로 재종 간이랍니다. 정원을 대단히 좋아하시죠. 저기 꽃이 핀 관목들이 다 그 부인이 심은 겁니다. 그곳이 전쟁 기간에 징발되고 두 젊은 신사분이 전사했어도 여전히 관목 손질을 해 웃자라지 않게 돌보셨어요."

"참 힘드셨겠군요. 아들이 둘 다 죽다니."

"아, 힘든 삶을 사신 분이죠, 이것저것요. 남편과도 갈등이 있었고, 그 젊은 신사분과도 갈등이 있었고. 헨리 씨 말고요. 그분이야 더 바랄 나위 없는 훌륭한 신사분이셨죠. 자기 할아버지처럼 항해를 좋아해서 결국 해군에 입대했어요. 그렇지만 제임스 씨는 엄청난 말썽쟁이였죠. 빚에, 여자들에, 그런 데다가 또 성질은 진짜 사나웠어요. 천생 착실하게 살지 못할 사람이었죠. 하지만 전쟁하고는 잘 맞았어요. 말하자면…… 제임스 씨한테는 좋은 기회였던 셈이죠. 아! 전쟁에서 용맹하게 죽은 사람들 중에는 평화로운 시대에는 착실하게 살 수 없는 사람들이 아주 많답니다."

"그럼 이제 나스 저택에는 폴리엇 사람들이 더는 살지 않는군요?"

푸아로가 묻자 물 흐르듯 술술 나오던 노인의 말이 갑자기 끊겼다.

"말씀대로입니다, 선생님."

푸아로는 호기심에 차서 노인을 바라보았다.

"대신 조지 스터브스 경이 있지요. 이 지방 사람들은 그를 어떻게 생각합니까?"

"그야 엄청난 부자라고 들었지요."

노인의 어조는 냉담했지만 재미있어하는 것 같기도 했다.

"부인은 어떤가요?"

"아, 런던에서 온 훌륭한 숙녀분요? 정원에는 별 소용없다지요, 그 부인은. 사람들은 그 부인이 여기가 없다고 하던데."

노인이 의미심장하게 관자놀이를 두드렸다.

"그 부인은 늘 좋은 말을 듣지는 못한답니다. 그 사람들이 여기로 온 지 딱 1년 되었어요. 그곳을 사서 모두 새것처럼 단장해 놓았죠. 그 사람들이 도착하던 걸 어제처럼 생생하게 기억한답니다. 저녁 때 도착했죠. 내가 기억하는 한 최악의 폭풍이 불어친 다음 날에요. 나무들이 사방으로 넘어졌죠. 나무 1그루가 도로를 가로막고 쓰러진 바람에 차가 들어올 수 있도록 톱질을 해서 치워야 했지요. 그리고 같이 서 있던 커다란 떡갈나무, 그게 쓰러지는 바람에 다른 나무들도 따라 쓰러졌어요. 근래에 보기 드문 난장판이었죠."

"아, 네. 그런데 그 폴리는 어디 있지요?"

노인은 옆으로 돌아서더니 넌더리가 난다는 듯이 침을 뱉었다.

"그놈의 폴리라는 물건은 진짜 바보짓(폴리)이에요. 새로 유행하는 허튼소리죠. 옛날 폴리엇 시대에는 폴리 같은 건 절대 없었어요.

그 부인의 생각이죠. 온 지 3주도 안 되어서 세워졌는데, 그 부인이 조지 경에게 그 생각을 불어넣은 게 분명해요. 저 나무들 사이에 이교도 사원처럼 삐죽 서 있으니 정말 바보처럼 보이잖습니까? 스테인드글라스를 넣고 시골풍으로 지은 훌륭한 여름집이라면 모를까. 그런 것에는 아무 불만 없어요."

푸아로는 희미하게 미소 지었다.

"런던의 숙녀들, 그 사람들은 자기들만의 환상을 지니고 있죠. 폴리엇 시대가 끝난 것이 슬프군요."

"우리는 그런 말 절대로 안 믿습니다, 선생. 나스에는 언제나 폴리엇 사람들이 있어요."

"하지만 그 집은 조지 스터브스 경의 것이잖습니까?"

"그럴지도 모르죠. 하지만 아직 폴리엇 사람이 1명 남아 있어요. 폴리엇 사람들은 참 약삭빠르다니까!"

"무슨 뜻이죠?"

노인은 교활한 눈초리로 푸아로를 곁눈질했다.

"폴리엇 부인이 저 문간채에 살고 있잖습니까, 네?"

"그렇죠. 폴리엇 부인은 문간채에 살고 있고, 세상은 아주 악독하고, 그 안의 사람들도 전부 악독하지요."

푸아로가 천천히 말했다. 노인은 그를 뚫어져라 쳐다보았다.

"아, 뭔가 알아내셨구만요."

그는 그렇게 말하더니 다시 발을 질질 끌며 멀어져 갔다.

"하지만 내가 뭘 알았다는 거지?"

푸아로는 천천히 언덕을 올라 저택으로 가면서 화난 목소리로 스스로에게 물었다.

II

에르퀼 푸아로는 꼼꼼하게 몸단장을 했다. 향료가 든 포마드를 콧수염에 바른 다음 끝을 멋지게 두 점으로 꼬아 올렸다. 그는 뒤로 물러서서 거울을 바라보았다. 제법 만족스러웠다.
징 소리가 저택 안에 울려 퍼지자, 그는 계단을 내려갔다. 크레셴도(점점 강하게), 포르테(강하게), 디미누엔도(점점 약하게), 랄렌탄도(점점 느리게)로 아주 예술적인 공연을 한 집사가 막 징을 걸이에 걸고 있었다. 어둡고 우울하던 그의 얼굴이 즐거워 보였다.
푸아로는 속으로 생각했다.
'가정부가 보냈을 수도 있고, 집사가 보냈을 수도 있는 협박 편지라…….'
이 집사라면 충분히 협박 편지를 쓰고도 남을 만한 인물로 보였다. 푸아로는 올리버 부인이 실생활에서 인물을 따온 건 아닐까 생각했다.
브루이즈 양이 어울리지 않는 꽃무늬 시폰 드레스를 입고선 홀을 가로지르고 있었다. 그는 그녀를 뒤따르며 물었다.
"여기 가정부가 있나요?"

"없어요, 푸아로 선생님. 요즘에는 그런 사람을 따로 두지 않는 것 같아요. 물론 진짜 큰 집은 빼고요. 생각해 보니 내가 가정부네요. 이 집에서 때로는 비서보다 가정부 노릇을 더 하지요."

그녀는 짧고 신랄하게 웃었다.

"그러면 당신이 가정부인가요?"

푸아로는 생각에 잠겨 그녀를 주시했다.

그는 브루이즈 양이 협박 편지를 쓰는 모습을 상상할 수 없었다. 아니, 익명의 편지라면 다른 문제다. 그는 브루이즈 양과 비슷한 여성들이 익명의 편지를 쓰곤 했던 일을 알고 있다. 야무지고 신뢰 가는 여자들, 주위 사람들이 전혀 의심하지 않던 여자들.

"집사 이름이 뭐죠?"

푸아로가 물었다.

"헨든인데요."

브루이즈 양은 약간 놀란 것 같았다. 푸아로는 마음을 가다듬고 재빨리 설명했다.

"전에 어디선가 본 것 같아서 물어보는 겁니다."

"그럴 법하지요. 그런 사람들은 대부분 4개월 이상 한 집에 머물지 못하니까요. 영국에서 갈 수 있는 자리는 다 돌았을걸요. 어쨌건 요즘 집사나 요리사를 고용할 수 있는 집은 많지 않잖아요."

그들은 거실로 들어갔다. 좀 부자연스러워 보이는 만찬 복장을 한 조지 경이 셰리주를 따르고 있었다. 철회색 새틴 옷을 입은 올리버 부인은 구식 전함 같았다. 레이디 스터브스는 《보그》에 실린 패션 스타일을 열심히 보느라 매끄러운 검은 머리를 숙이고 있었다.

알렉 레게와 샐리 레게, 짐 워버턴도 식사에 초대받았다.

"오늘 저녁에 할 일이 많습니다. 오늘은 브리지를 하지 맙시다." 워버턴이 경고했다.

"모두 온 힘을 다해 일해야 해요. 인쇄할 표지문도 쌓였고, 점을 칠 때 쓸 큰 카드도 있어요. 어떤 이름으로 지을까요? 마담 줄레이카? 에스메랄다? 아니면 집시 여왕 로마니 리?"

"'동방의 횃불'로 해요. 농촌에서는 집시를 아주 싫어해요. 줄레이카는 괜찮은 것 같아요. 그림물감 상자를 갖고 왔어요. 마이클이 게시판을 장식할 만한 구불구불한 뱀 그림을 그려 줄 수 있을 거예요."

"그럼 줄레이카보다 클레오파트라가 어떨까요?"

헨든이 문가에 나타났다.

"저녁 식사 준비가 되었습니다, 부인."

그들은 식당으로 들어갔다. 긴 테이블 위에 촛불이 놓여 있었다. 사람들의 그림자로 방 안이 가득 찼다.

워버턴과 알렉 레게는 여주인의 양쪽 옆에 앉았다. 푸아로는 올리버 부인과 브루이즈 양 사이에 앉았다. 브루이즈 양은 사람들과 축제 준비에 대해 활발하게 대화를 나누었다.

올리버 부인은 멍하니 생각에 잠겨 거의 말을 하지 않았다. 마침내 침묵을 깨기는 했지만 좀 이상한 변명을 했다.

"저 때문에 신경 쓰지 마세요. 그냥 잊어버린 게 뭐 없나 생각하고 있는 거니까요."

조지 경이 쾌활하게 웃었다.

"치명적인 결함 같은 거 말입니까?"

"바로 그거죠. 언제나 놓치는 게 하나씩 있어요. 어떨 때는 책이 인쇄될 때까지도 알아채지 못해요. 그러면 얼마나 속이 상하는지!"

올리버 부인의 얼굴에 속상함이 고스란히 드러났다. 그녀는 한숨을 쉬었다.

"대부분의 사람들이 그걸 알아차리지 못한다는 게 더 이상해요. 나는 속으로 말해요. '하지만 그 요리사는 커틀릿 2개가 남았다는 걸 알아차렸어야 마땅한데.' 하지만 다른 사람은 아무도 그런 생각을 하지 않아요."

마이클 웨이먼이 테이블 위로 몸을 기울이며 말했다.

"정말 재미있는 말씀인데요. '두 번째 커틀릿의 수수께끼'. 아뇨, 아뇨, 절대로 설명하지 마세요. 욕실에 들어가서 그 문제에 대해 생각 좀 해봐야겠어요."

올리버 부인은 그에게 멍하니 미소 지은 뒤 다시 아까처럼 생각에 빠졌다.

레이디 스터브스는 조용히 앉아 있다가 이따금씩 하품을 했다. 워버턴과 알렉 레게, 브루이즈 양은 그녀를 사이에 두고 이런저런 이야기를 나누었다.

사람들이 식당 밖으로 나가는데 레이디 스터브스가 층계 옆에서 멈추어 섰다.

"난 자러 갈래요. 정말 졸려요."

"레이디 스터브스, 할 일이 아주 많아요. 부인이 우리를 도와주실 거라고 생각했는데요."

브루이즈 양이 외쳤다.

"그래요, 알아요. 하지만 난 자러 갈래요."

레이디 스터브스가 어린아이 같은 만족감을 내보이며 말했다. 조지 경이 식당에서 나오자 그녀는 그에게 고개를 돌렸다.

"나 지쳤어요, 조지. 나 자러 갈래요. 괜찮죠?"

그는 레이디 스터브스에게 다가가 다정하게 어깨를 쓰다듬었다.

"미녀는 잠꾸러기니까 가서 자구려, 해티. 내일은 기운 내고."

조지 경은 그녀에게 가볍게 키스했다. 그녀는 계단을 올라가며 손을 흔들었다.

"모두 잘 자요."

조지 경은 그녀를 쳐다보며 미소를 지었다. 브루이즈 양은 숨을 크게 몰아쉰 뒤 무뚝뚝하게 돌아섰다.

"모두들 따라오세요. 할 일이 있잖아요."

그녀는 억지로 활기찬 음색을 지어내며 말했다.

사람들이 일을 시작했다. 브루이즈 양이 동시에 모든 일을 돌볼 수는 없으므로 곧 빈둥거리는 사람들이 몇 생겼다. 마이클 웨이먼은 플래카드에 '마담 줄레이카가 당신의 운세를 점쳐 줍니다.'라고 쓴 뒤 그 옆에 약이 바짝 오른 듯한 커다란 뱀을 1마리 그려 넣었다. 그런 다음 조심스럽게 사라졌다. 알렉 레게는 몇 가지 자잘한 일을 한 뒤 고리 던지기를 할 거리를 재야겠다며 밖으로 나갔다. 그러나 그는 다시 돌아오지 않았다. 반면 여자들은 원기왕성하고 성실하게 일했다. 에르퀼 푸아로는 여주인의 예를 따라 일찍 자러 갔다.

III

푸아로는 다음 날 아침 9시 30분에 식사를 하러 내려왔다. 아침은 전쟁 전처럼 전기 히터 위에 뜨거운 접시들을 얹고 줄지어 날아왔다. 조지 경은 스크램블드에그와 베이컨, 콩팥이라는 표준적인 영국인의 아침을 먹고 있었다. 올리버 부인과 브루이즈 양도 비슷한 음식을 먹었다. 마이클 웨이먼은 차가운 햄을 먹고 있었다. 레이디 스터브스만이 미식을 자제하고 얇은 토스트를 야금거리며 블랙커피를 홀짝거렸다. 그녀는 아침 식탁에 안 어울리는 커다란 연분홍색 모자를 쓰고 있었다.

우편물이 막 도착한 참이었다. 브루이즈 양은 거대한 편지 더미를 빠르게 가려내 몇 개의 무더기로 나누었다. 조지 경 친전이라고 표시된 것은 손대지 않고 남겼다. 나머지는 자신이 직접 뜯어 본 뒤 종류별로 분류했다.

레이디 스터브스는 3통의 편지를 받았다. 그녀는 영수증으로 보이는 2통의 편지를 옆으로 밀어냈다. 그러나 세 번째 편지를 펼치더니 갑자기 또렷이 말했다.

"어머나!"

너무나 깜짝 놀란 외침이라 모두 그녀를 바라보았다.

"에티엔느가 보낸 거예요. 제 사촌 에티엔느. 그가 요트를 타고 이리로 온대요."

"봅시다, 해티."

조지 경이 손을 내밀었다. 그녀는 테이블 아래로 편지를 건네주었다. 그는 편지를 펼쳐 읽었다.

"이 에티엔느 드 수사란 사람은 누구요? 사촌이라 그랬나?"

"그런 것 같아요. 재종간이에요. 잘 기억나지는 않아요…… 사실은 별로 기억이 안 나요. 그는…….."

"응, 여보?"

그녀는 어깨를 움츠렸다.

"상관없어요. 전부 아주 오래전 일인걸요. 저는 어린아이였어요."

"당신은 그를 잘 기억하지 못하겠지. 하지만 우리는 그를 환영해 줘야 해."

조지 경이 따뜻하게 말했다.

"어떤 면에선 오늘이 축제날이라 안됐는걸. 하지만 저녁 식사에 초대하면 되겠지. 아마 하루나 이틀 정도 묵는 것도 좋겠지. 이 지방 구경을 시켜 준다거나?"

조지 경은 친절한 시골 지주 역할을 하고 있었다.

레이디 스터브스는 아무 말도 하지 않고 커피 잔만 내려다보았다.

어쩔 수 없이 모두 축제에 대해 이야기를 했다. 푸아로만이 초연하게 테이블 머리맡에 앉은 날씬하고 이국적인 미녀를 바라보고 있었다. 그는 그녀의 마음속에서 무슨 생각이 진행되고 있는지 궁금했다. 바로 그 순간 그녀가 눈을 치켜뜨며 그가 앉아 있는 곳으로 빠르게 시선을 던졌다. 아주 빈틈없고 계산적인 눈초리라서 그는 깜짝 놀랐다. 눈이 마주치자 그 빈틈없는 표정은 사라지고 멍한 눈길로 돌아왔다. 그러나 한순간 다른 표정이 엿보였다. 차갑고, 계산적이고, 방심하지 않는…….

아니면 그것은 그의 상상일 뿐일까? 어쨌든 정신적으로 약간 결함이 있는 사람들이 때때로 타고난 간계를 내비쳐 그들을 잘 아는 사람들조차 놀라게 하는 일이 있지 않은가?

레이디 스터브스는 확실히 수수께끼 같은 구석이 있었다. 사람들은 그녀에 대해 서로 모순되는 생각들을 가지고 있었다. 브루이즈 양은 레이디 스터브스가 자기가 무슨 일을 하는지 아주 잘 안다고 넌지시 말했다. 그러나 올리버 부인은 그녀가 정신박약이라고 단정지었다. 그녀와 오랫동안 친밀하게 지내온 폴리엇 부인은 그녀가 완전한 정상은 아니며 보살핌과 주의를 필요로 한다고 말했다.

브루이즈 양은 편견을 갖고 있을 것이다. 그녀는 게으르고 무신경한 레이디 스터브스를 좋아하지 않았다. 푸아로는 브루이즈 양이 조지 경이 결혼하기 전부터 그의 비서 노릇을 했는지가 궁금했다. 만약 그렇다면 그녀는 새로운 통치자가 온 것이 못마땅해 골이 났을 수도 있다.

푸아로 자신도 폴리엇 부인과 올리버 부인의 의견에 진심으로 찬동하였다. 확실히 오늘 아침까지는. 아까 본 것은 그저 잠깐 스쳐 가는 인상이었을지도 모른다.

레이디 스터브스가 갑자기 테이블에서 일어났다.

"머리가 아파요. 방에 가서 누워야겠어요."

조지 경이 불안한 듯이 벌떡 일어섰다.

"내 소중한 아가씨. 괜찮지, 응?"

"그냥 두통이에요."

"오늘 오후에는 괜찮아지겠지, 응?"

"네, 그럴 것 같아요."

"아스피린 좀 드세요, 레이디 스터브스. 갖고 계시나요? 아니면 갖다 드릴까요?"

브루이즈 양이 기운차게 말했다.

"나도 조금 가지고 있어요."

그녀는 문 쪽으로 가다가 손가락 사이에서 쥐어짜고 있던 손수건을 떨어뜨렸다. 푸아로는 조용히 다가가 조심스레 주웠다.

조지 경이 아내를 따라가려고 했지만, 브루이즈 양이 불러 세웠다.

"오늘 오후 주차 문제 때문인데요, 조지 경. 미첼한테 지금 지시를 내릴 참이에요. 경이 생각하는 제일 좋은 계획은 전에 말씀하신······?"

푸아로는 방을 나가는 바람에 그다음 말은 듣지 못했다.

"마담, 이걸 떨어뜨리셨습니다."

그는 고개를 숙이며 손수건을 내밀었다. 그녀는 무심하게 그것을 집어 들었다.

"그랬나요? 고마워요."

"아프시다니 정말 유감입니다. 특히 사촌분이 오시는데요."

그녀는 난폭할 정도로 재빨리 대답했다.

"난 에티엔느를 보고 싶지 않아요. 그를 좋아하지 않아요. 그는 나빠요. 언제나 나빴어요. 난 그 사람이 무서워요. 항상 나쁜 일들을 해요."

식당 문이 열리고 조지 경이 홀을 가로질러 계단 위로 올라왔다.

"헤티, 불쌍한 내 사랑. 내가 당신을 방으로 데리고 가리다."

그들은 함께 계단을 올라갔다. 그는 팔로 그녀를 부드럽게 감쌌지만, 얼굴은 걱정에 빠진 표정을 짓고 있었다.

푸아로는 그들의 뒷모습을 바라보다가 돌아섰다. 그는 편지를 움켜쥐고 빠르게 지나가던 브루이즈 양과 마주쳤다.

"레이디 스터브스의 두통은……."

"내 발에 두통 따위가 없는 것처럼 그런 건 없어요."

브루이즈 양이 무뚝뚝하게 말한 뒤 자기 사무실로 들어가 문을 닫았다.

푸아로는 한숨을 쉬며 정문을 통해 테라스로 나갔다. 매스터턴 부인이 작은 차를 몰며 찻집용 천막을 세우는 것을 지시하고 있었다. 그녀는 쩌렁쩌렁 울리는 목소리로 혈기왕성하게 명령하다가 돌아서서 푸아로를 맞았다.

"정말 귀찮아 죽겠어요. 언제나 엉뚱한 곳에 설치한다니까요. 아뇨, 로저스! 더 왼쪽 왼쪽, 오른쪽이 아니라니까! 날씨가 어떤 것 같아요, 푸아로 선생님? 좀 수상하지 않아요? 비가 오면 모든 걸 망칠 텐데. 올해는 아주 상쾌한 여름 날씨였어요. 조지 경은 어디 있죠? 주차 문제를 상의하고 싶은데."

"부인이 두통을 앓아서 누이러 갔습니다."

"오늘 오후에는 괜찮아질 거예요."

매스터턴 부인이 자신 있게 말했다.

"행사니까요. 아시지요? 그녀는 훌륭하게 몸단장을 하고 어린애처럼 기뻐할 거예요. 저기 있는 못 한 다발 가져다 주실래요? 클록골프터에 숫자를 표시해야겠어요."

매스터턴 부인은 푸아로에게 억지 봉사를 떠맡기며 자신의 조수로 가차없이 부려먹었다. 그녀는 열심히 일하는 중간중간 쉬는 시간에 짐짓 친절하게 말을 걸었다.

"결국 다 직접 해야 한다니까요. 그 수밖에 없어요……. 그런데 엘리엇 집안과 친구시지요, 그렇죠?"

영국에 오래 머문 푸아로는 이것이 사회적인 인정을 위해 필요한 조치임을 알고 있었다. 매스터턴 부인은 지금 '당신은 외국인이지만 우리의 동료가 될 자격이 있다는 것을 알아요.'라고 말하고 있는 것이다. 그녀는 친밀한 태도로 계속 수다를 떨었다.

"나스에 다시 사람이 살게 되어서 다행이에요. 우리는 모두 이곳이 호텔이 될까 봐 걱정했답니다. 요즘 어떤지 아시죠? 시골로 드라이브를 가면 '게스트하우스', '모텔', '별 3개짜리 호텔' 같은 간판을 단 건물을 차례로 지나가게 되잖아요. 어렸을 때 살던 곳, 아니면 춤을 추려 가던 곳들이 전부 그렇게 되었어요. 네, 나스는 그렇게 되지 않아 기뻐요. 가엾은 에이미 폴리엇을 생각해서도 그렇고요. 폴리엇 부인은 많은 풍파를 겪었지만 전혀 불평하지 않아요. 정말이에요. 조지 경은 나스에 멋진 일을 해 주었어요. 나스를 통속적으로 만들지 않았죠. 에이미 폴리엇의 영향이 미친 결과인지, 조지 경이 좋은 취향을 타고났기 때문인지는 모르겠지만요. 그는 아주 좋은 취향을 갖고 있어요. 그런 사람으로서는 아주 놀랍죠."

"토지를 세습한 귀족 출신이 아니라고 들었습니다만?"

푸아로가 조심스럽게 물었다.

"사실은 조지 경도 아니라는데요, 뭘. 세례명이 그렇다고 들었어요. 조지 생어 경의 서커스에서 아이디어를 딴 게 아닌가 싶어요. 정말 재미있지요? 물론 우리는 절대로 비밀을 밝히지 않는답니다. 부자들에게는 속물근성이 조금 있어도 되지 않아요? 재미있는 사실은 혈통이 어떻든 간에 그는 어디에서든 완벽하게 환영받으리라는 거예요. 그는 격세 유전이에요. 18세기 시골 지주의 순수한 전형 아닌가요? 말하자면 그의 몸 안에는 훌륭한 혈통이 흐르고 있어요. 내 추측으로는 아버지가 신사, 어머니가 술집 여급이었을 것 같아요."

매스터턴 부인은 잠시 말을 멈추고 정원사에게 소리쳤다.

"진달래 있는 쪽이 아니야. 구주희(핀을 세워 놓고 공을 굴려 쓰러뜨리는 실내 경기로 현대 볼링의 전신이다 ― 옮긴이) 할 곳을 남겨야 해. 오른쪽으로, 오른쪽! 왼쪽이 아니라!"

그녀는 다시 푸아로에게 고개를 돌렸다.

"사람들이 오른쪽 왼쪽을 왜 구분 못 하는지, 정말 이상해요. 브루이즈라는 여자는 유능하지만, 불쌍한 해티를 좋아하지 않아요. 때때로 해티를 마치 죽일 듯이 쳐다본다니까요. 유능한 비서들이 상사와 사랑에 빠지는 일은 아주 흔하죠. 짐 워버턴은 지금 어디까지 왔을까요? 그가 '대위'라는 호칭에 집착하는 걸 보면 바보 같아요. 정규 군인도 아니었고 독일군 근처에는 가 본 적도 없는걸요. 물론 요즘 같은 때는 그냥 참고 견뎌야지요. 그래도 열심히 일하는 사람이니까요. 하지만 나는 그가 좀 수상해요. 아! 레게 부부가 왔네요."

슬랙스와 노란 풀오버를 입은 샐리 레게가 밝게 말했다.

"도와 드리러 왔어요."

"할 일은 얼마든지 있어요, 보자······."

매스터턴 부인이 웅웅 울리는 목소리로 말했다.

푸아로는 그녀가 잠시 주의를 돌린 틈을 타서 슬쩍 도망쳤다. 집 모퉁이를 돌아 앞쪽 테라스로 나온 그는 새로운 드라마를 지켜보게 되었다.

반바지에 밝은 블라우스를 입은 두 젊은 아가씨가 숲에서 나와 애매하게 그 집을 쳐다보며 서 있었다. 그들 중 한 명은 그가 전날 태워 준 이탈리아 아가씨였다. 조지 경이 레이디 스터브스의 침실 창문 밖으로 상체를 내민 뒤 노기등등하게 소리쳤다.

"너희 무단 침입이야."

"저기요?"

머리에 녹색 수건을 쓴 젊은 여자가 말했다.

"여기로 오면 안 된다고. 여긴 사유지야."

감청색 수건을 감은 다른 젊은 여자가 밝게 말했다.

"저기요? 나스컴 부두……."

그녀는 그 말을 조심스레 발음했다.

"그게 이 길이에요? 저기요?"

"너희는 무단 침입을 하고 있다고."

조지 경이 크게 소리쳤다.

"저기요?"

"무단 침입! 가는 길이 없어. 돌아가야 해! 돌아가! 너희가 온 길."

그들은 그가 손짓하는 것을 열심히 바라보더니 외국어로 유창하게 의논했다. 마침내 의심스럽다는 듯이 파란 수건이 말했다.

"돌아가요? 호스텔로?"

"맞아. 그리고 저 길로 가라고. 저쪽으로 돌아가는 길."

그들은 마지못해 물러났다. 조지 경은 이마를 닦으며 푸아로를 내려다보았다.

"사람들 돌려보내는 데 시간을 다 쓴다니까요. 저 꼭대기 문으로 들어오곤 했는데 그 문을 맹꽁이자물쇠로 잠갔지요. 그랬더니 이제는 울타리를 넘어오네요. 이 길을 통하면 해변이나 부두로 쉽게 내려갈 수 있다고 생각하는 거죠. 음, 물론 그럴 수 있죠. 훨씬 빠르니까요. 하지만 저들이 길을 드나들 권리는 없잖습니까? 한 번도 없었죠. 저들은 모두 외국인들이에요. 말을 해 봤자 하나도 알아듣지 못해요. 네덜란드어나 다른 나라 말로 대답이랍시고 재잘거린답니다."

"저 아가씨들 중 한 명은 독일인이고 다른 한 명은 이탈리아인인 것 같습니다. 어제 역에서 저 이탈리아 아가씨가 오는 걸 봤지요."

"그 사람들은 온갖 언어를 다 지껄인답니다…… 응, 해티? 뭐라고 했소?"

그는 다시 방 안으로 들어갔다.

푸아로가 돌아서자 올리버 부인과 체격이 잘 발달한 열넷 남짓 먹은 소녀가 보였다. 그녀는 소녀단 단원복을 입고 그의 뒤 가까운 곳에 서 있었다.

"이쪽은 마를린이에요."

올리버 부인이 말했다. 마를린이 키득거렸다.

"저는 무시무시한 시체지만요. 피를 묻히고 있지는 않을 거예요."

그녀의 어조에서 실망감이 묻어났다.

"피를 묻히지 않는다고요?"

"피를 묻히지 않아요. 그냥 끈으로 목을 조를 뿐이에요. 저는 칼로 찔리고 붉은 페인트 칠갑을 하는 편이 더 좋았어요."

"워버턴 대위는 너무 진짜처럼 보일까 봐 걱정했어요."

올리버 부인이 말했다.

"살인이라면 피가 나야죠."

마를린이 샐쭉거리다가 잔뜩 호기심 어린 눈길로 푸아로를 바라보았다.

"살인을 여러 번 보셨죠, 네? 부인 말씀으로는 그렇다던데요."

"한두 번입니다."

푸아로가 겸손하게 말했다.

그는 올리버 부인이 그들 둘만 남겨 놓고 가자 깜짝 놀라 바라보았다.

"섹스 살인광은 없었어요?"

마를린이 탐욕스럽게 눈을 반짝이며 물었다.

"물론 없었습니다."

"나는 섹스 살인광을 좋아해요. 그런 사람들에 대해 쓴 글을 읽어 보았어요."

마를린이 재미있어하며 말했다.

"그런 놈을 만나는 건 별로 좋아하지 않을걸요?"

"글쎄요, 모르겠어요. 그런데 아세요? 이 근처에 섹스 살인광이 있는 것 같아요. 우리 할아버지는 숲속에서 시체를 보신 적이 있어요. 놀라서 달아나셨다가 다시 돌아가 보니까 시체가 사라졌더래요. 여자 시체였어요. 하지만 할아버지는 노망이 나셨죠. 그래서 아무도 할아버지 말을 귀담아듣지 않아요."

푸아로는 소녀에게서 간신히 도망쳤다. 그는 에움길로 집으로 돌아가 침실에서 피난처를 찾았다. 휴식이 필요했다.

6장

 점심은 평소보다 이른 시간에 먹었다. 찬 음식을 뷔페식으로 얼른 먹은 뒤 곧장 축제 준비로 들어갔다. 2시 30분에 별로 유명하지 않은 영화배우가 축제를 개막하기로 되어 있었다. 비가 올 것처럼 하늘이 잔뜩 흐렸다가 다행히 차차 개기 시작했다. 3시가 되자 축제가 한창 무르익었다. 수많은 인파가 반 크라운의 입장료를 지불하였다. 긴 자동차 도로 한쪽 켠에도 차가 줄줄이 서 있었다. 유스호스텔에서 온 학생들이 한꺼번에 도착해 사방에서 외국어가 들렸다. 매스터턴 부인의 예측대로 레이디 스터브스는 2시 30분 직전에 침실에서 나타났다. 그녀는 쿨리 모자 모양의 커다란 검은 밀짚모자를 쓰고, 시클라멘색 드레스를 입었다. 그리고 커다란 다이아몬드를 여러 개 끼고 있었다.
 브루이즈 양이 조롱하듯 중얼거렸다.

"여기가 애스콧 경마장의 왕실 전용석인 줄 아나 봐요!"

그러나 푸아로는 그녀에게 진심으로 찬사를 보냈다.

"아름다우십니다, 마담."

"이거 멋지지요, 그렇죠? 애스콧에서 입었답니다."

해티는 행복한 표정을 지었다.

영화배우가 도착하는 바람에 해티는 그녀를 맞이하기 위해 앞으로 걸어갔다.

푸아로는 뒤쪽으로 물러났다. 그는 서글픈 기분으로 돌아다녔다. 모든 것이 여느 축제 분위기에 맞게 진행되고 있었다. 조지 경이 아주 열렬한 태도로 코코넛 떨어뜨리기와 구주희 경기, 고리 던지기를 주재하였다. 여러 개의 노점에서 그 지역 특산 과일, 야채, 잼과 케이크를 전시했다. 그리고 '팬시 물품'을 전시하는 노점도 있었고, 케이크나 과일을 양동이째 추첨식으로 판매하는 곳도 있었다. 추첨식 판매에는 돼지도 있었다. 그리고 아이들을 위한 고리 던지기를 2펜스에 한 번 할 수 있었다.

사람들이 점점 북적거릴 즈음 아이들의 무용 대회가 시작되었다. 푸아로는 올리버 부인의 자취도 볼 수 없었다. 다만 레이디 스터브스의 시클라멘 핑크빛이 군중 속에서 애매하게 돌아다니는 모습만이 두드러지게 눈에 띄었다. 그러나 사람들의 주의는 폴리엇 부인에게로 쏠리는 것 같았다. 그녀는 보통 때와는 전혀 다른 모습이었다. 수국빛 파란색 풀라 천 드레스와 멋있는 회색 모자를 쓰고 나타나 이런저런 절차를 감독했다. 막 도착한 사람들에게 인사를 하며 여러 가지 여흥거리가 있는 곳으로 안내를 했다.

푸아로는 근처에서 미적거리며 오가는 대화를 엿들었다.

"에이미, 잘 지냈어요?"

"오, 파멜라. 에드워드와 함께 와 줘서 정말 고마워요. 티버튼에서 이렇게 먼 길까지."

"날씨가 좋아서 다행이에요. 전쟁 전 해를 기억하세요? 4시쯤 폭우가 오는 바람에 프로그램을 전부 망쳤죠."

"하지만 올해 여름은 정말 멋져요. 도로시! 당신을 본 지 몇십 년쯤 된 것 같아요."

"나스의 전성기 때 와 봤어야 하는데. 강둑의 매자나무를 잘라 내셨군요."

"네, 그러니까 수국이 더 잘 보이죠?"

"정말 멋져요, 저 파란 빛깔 좀 봐! 정말이지 작년엔 대단한 일을 하셨어요. 다시 예전의 나스로 돌아온 것 같아요."

도로시의 남편이 굵고 낮은 목소리로 우렁차게 말했다.

"전쟁 때 여기 와서 사령관을 보았지. 심장이 멎어 버리는 줄 알았어."

폴리엇 부인은 좀 신분이 낮은 방문객들 쪽으로 주의를 돌렸다.

"내퍼 부인, 만나서 반가워요. 이쪽은 루시인가요? 정말 많이 컸군요!"

"애는 내년에 졸업해요. 아주 건강해 보이셔서 기뻐요, 마님."

"고마워요. 저는 아주 건강하답니다. 가서 고리 던지기를 해 보려무나, 루시. 나중에 찻집에서 봐요, 내퍼 부인. 나는 팀을 돕고 있을 거예요."

내퍼 씨로 보이는 초로의 남자가 수줍어하며 말했다.

"나스로 돌아오셔서 기쁩니다, 마님. 옛날로 돌아간 것 같아요."

폴리엇 부인은 뭐라고 대답을 했으나 두 여자와 몸집이 크고 건장한 남자 하나가 달려오는 바람에 들리지 않았다.

"에이미, 세상에! 정말 오랜만이에요. 이 축제는 대성공인 것 같아요! 장미 정원을 어쩜 저렇게 멋지게 가꾸셨어요? 비결을 꼭 알려주세요. 뮤리엘은 당신이 저 장미원을 온통 새 플로리번다(중간 크기의 꽃이 피는 장미의 일종 — 옮긴이)로 채우고 있다던데요?"

건장한 남자가 끼어들었다.

"마릴린 게일은 어디 있지요?"

"레기는 그 여자를 만나고 싶어 죽을 지경이에요. 제일 최근에 찍은 사진을 봤다더라고요."

"큰 모자를 쓰고 있는 저 여자인가? 참, 엄청난 옷차림이군."

"바보 같은 소리 하지 말아요. 저 사람은 해티 스터브스예요. 이 봐요, 에이미, 저 아가씨를 마네킹처럼 그냥 돌아다니게 놔두면 안 돼요."

"에이미?"

다른 친구가 그녀의 주의를 끌었다.

"이쪽은 에드워드네 집 로저예요. 세상에, 당신이 나스에 있는 걸 보니 어찌나 좋은지."

푸아로는 천천히 그곳을 떠났다. 그는 멍하니 1실링을 내고 돼지를 벌어다 줄지도 모르는 표를 샀다.

그의 등 뒤로 폴리엇 부인이 "와 주셔서 정말 고마워요." 하는 소리가 후렴처럼 희미하게 들렸다. 그는 폴리엇 부인이 자신이 얼마나 안주인 역할에 흠뻑 빠졌는지 깨닫고 있을지가 궁금했다. 아니면 완전히 무의식적인 행동이었을까. 오늘 오후의 그녀는 확실히 나스 저택의 여주인 폴리엇 부인이었다.

그는 '마담 줄레이카가 당신의 운을 2실링 6펜스에 점쳐 드립니다.'라고 쓴 천막 옆에 서 있었다. 차가 막 나오기 시작한 시간이어서 점을 보려고 줄 선 사람들은 없었다. 푸아로는 고개를 숙이고 천막으로 들어갔다. 그는 의자에 푹 주저앉아 쑤셔오는 발을 쉴 수 있는 특권을 얻기 위해 기꺼이 반 크라운을 지불했다.

마담 줄레이카는 흘러내릴 듯한 검은 로브를 입고 있었다. 머리는 금박 장식 스카프로 감고, 얼굴 아래쪽 절반은 베일로 가렸다. 그래서 그녀의 말은 잘 들리지 않았다. 그녀는 행운 부적 장식물이 달린 금팔찌를 딸랑거리며 빠르게 점을 쳐 주었다. 그녀의 말대로라면 푸아로는 앞으로 엄청난 돈을 벌어들이고, 검은 머리의 미인과 만나며, 사고에서 기적적으로 빠져나와 성공을 누리게 될 것이었다.

"다 좋은 말씀이로군요, 마담 레게. 그 말이 실현되기만 바랄 따름입니다."

"어머! 제가 누군지 아시는군요?"

샐리가 말했다.

"미리 정보를 얻었죠. 올리버 부인이 원래 당신이 '희생자'가 되기로 했는데 사람들이 점성술 쪽으로 낚아채 갔다고 하더군요."

"제가 그 '시체' 역을 하고 있었으면 좋겠어요. 훨씬 더 태평하잖아요. 모두 짐 워버턴의 잘못이에요. 아직 4시가 안 됐나요? 차를 마시고 싶은데. 4시부터 4시 30분까지는 휴식 시간이에요."

"아직 10분 더 있어야 합니다. 여기로 차 한 잔 가져다 드릴까요?"

푸아로가 커다란 구식 시계를 들여다보며 말했다.

"아뇨, 괜찮아요. 쉬고 싶어서 그래요. 이 천막 안에 있으면 숨이 막힐 것 같아요. 혹시 밖에 기다리는 사람들이 많은가요?"

"아뇨, 다들 찻집 앞에 줄을 서 있는 것 같습니다."

"잘됐군요."

푸아로는 천막에서 나오자마자 호객 행위에 여념이 없는 어느 여지에게 붙잡혀 6펜스를 내고 케이크의 무게를 맞추어야만 했다.

고리 던지기 노점의 주인은 뚱뚱하고 어머니 같은 여성으로, 푸아로에게 행운을 시험해 보라고 재촉했다. 그는 던지자마자 커다란 큐피(갓난아이 모양의 요정 인형의 상표명 — 옮긴이) 인형을 탔다. 어떻게 해야 할지 몰라 그냥 인형을 갖고 걷던 푸아로는 마이클 웨이먼과 마주쳤다. 마이클 웨이먼은 부두로 가는 길가에 우울하게 서 있었다.

"즐겁게 시간을 보내시나 봅니다, 푸아로 선생님."

그가 비웃듯이 물었다. 푸아로는 자기가 탄 상품을 바라보며 서글프게 말했다.

"정말 끔찍하지요, 안 그렇습니까?"

근처에 있던 어린아이가 갑자기 울음을 터뜨렸다. 푸아로는 재빨리 몸을 숙여 아이의 팔에 인형을 안겨 주었다.

"부알라(이거), 너한테 주는 거야."

아이가 울음을 뚝 그쳤다.

"여기 있다, 바이올렛. 참 친절하신 아저씨지? '고맙습니다.' 해요, 이럴 때는……."

"아이들의 가장행렬입니다. 첫 번째 순서는…… 3살에서 5살입니다. 줄을 서세요, 줄을."

워버턴 대위가 확성기로 소리쳤다.

푸아로는 저택 쪽으로 가다가 코코넛을 맞추기 위해 뒷걸음질하던 젊은 남자와 세게 부딪쳤다. 젊은 남자가 얼굴을 찌푸리자 푸아로는 기계적으로 사과했다. 그는 젊은 남자의 셔츠에 그려진 다채로운 패턴에 매혹되어 그것을 뚫어지게 쳐다보았다. 그는 그것이 조지 경이 말한 거북이 셔츠라는 것을 알아차렸다. 온갖 종류의 거북이와 남생이와 바다괴물들이 셔츠 위에서 몸부림치며 기어다니는 것 같았다.

푸아로가 눈을 껌벅이고 있는데 전날 차에 태워 준 네덜란드 아가씨가 알은척을 했다.

"축제에 왔군요. 친구도 왔나요?"

푸아로가 물었다.

"아, 네. 그 애도 오늘 오후에 여기 와요. 아직 그 애를 보지 못했지만, 우리는 5시 15분에 정문에서 버스를 타고 함께 떠날 거예요. 우리는 토키로 가고 거기서 나는 플리머스로 가는 다른 버스로 갈아타요. 편리해요."

네덜란드 아가씨가 왜 무거운 배낭을 지고 땀을 흘리는지 궁금했던 푸아로는 그제야 그 까닭을 알 수 있었다.

"오늘 아침 당신 친구를 봤습니다."

"아, 네. 독일 여자애인 엘사와 같이 있어요. 그리고 숲을 거쳐서 강의 부둣가로 가려고 했다고 말했어요. 그 집을 가진 신사가 매우 화를 내면서 그들에게 돌아가라고 했대요."

그녀는 조지 경이 참가자들에게 계속 코코넛을 맞추라고 독려하는 모습을 바라보더니 덧붙였다.

"하지만 오늘 오후에는 아주 점잖네요."

푸아로는 같은 사람이라도 불법 침입자 아가씨와 2실링 6펜스의 입장료를 지불하고 합법적으로 나스 저택과 그에 딸린 부지를 돌아다닐 수 있는 권리를 받은 아가씨는 다른 거라고 설명해 줄까 생각했다. 그러나 워버턴 대위와 그의 확성기가 그곳을 급습했다. 대령은 잔뜩 열이 올라 있었다.

"푸아로 선생님, 레이디 스터브스를 보셨습니까? 누구 레이디 스터브스를 보신 분 계십니까? 레이디 스터브스가 가장행렬 심사 위원을 하기로 되어 있는데 아무 곳에도 안 보여요."

"보기는 봤습니다. 보자…… 아, 30분쯤 전에 보았군요. 그렇지만 그다음에는 제가 운세를 보러 가는 바람에요."

"그 여자 참 기막히군. 어디로 사라진 거야? 아이들은 기다리고 있고, 원래 예정보다 시간도 늦었는데."

워버턴이 화를 내며 말하더니 주위를 둘러보았다.

"아만다 브루이즈는 어디 있죠?"

브루이즈 양도 눈에 띄지 않았다.

"정말 고약하잖아. 프로그램을 진행하려면 서로 협력해야 할 거 아냐. 해티가 어디 갔을까? 아마 집 안으로 들어갔겠지?"

그는 빠른 걸음으로 성큼성큼 걸어갔다.

푸아로는 밧줄이 쳐져 있는 곳으로 천천히 걸어갔다. 커다란 천막에서 차를 나누어 주고 있었지만 그는 줄이 길어서 차를 포기했다. 팬시 물품 노점을 살펴보다가 열성적인 노부인에게 붙잡혀 플라스틱 목걸이를 강매당할 뻔하기도 했다. 마침내 그는 안전한 거리를 두고 축제를 바라볼 만한 장소를 찾아 변두리 길을 둘러 갔다.

그는 올리버 부인이 어디 있을까 생각해 보았다. 그때 뒤에서 인기척이 들려 고개를 돌렸다. 피부가 아주 검고 머리끝부터 발끝까지 요트 복장으로 차려입은 젊은이 하나가 부두로 통하는 길을 올라오고 있었다. 그는 자기 앞에 펼쳐진 광경을 보고 당황한 듯이 멈추었다.

그가 머뭇거리며 푸아로에게 물었다.

"말씀 좀 묻겠습니다. 여기가 조지 스터브스 경의 집입니까?"

"그렇습니다."

푸아로는 잠시 말을 멈추었다가 머릿속에 떠오른 생각을 물어보았다.

"레이디 스터브스의 사촌분이신가요?"

"네, 저는 에티엔느 드 수사라고 합니다……."

"제 이름은 에르퀼 푸아로입니다."

그들은 서로 고개를 숙여 인사했다. 푸아로는 축제에 대해 설명해 주었다. 그의 설명이 끝날 때쯤 조지 경이 코코넛 맞추기 경기장에서 잔디밭을 건너 그들 쪽으로 다가왔다.

"드 수사? 만나서 기쁘오. 해티는 오늘 아침 자네 편지를 받았소. 요트는 어디 두었소?"

"헬머스에 정박해 놓았습니다. 제 론치(작은 증기선 ― 옮긴이)를 타고 강을 거슬러 이곳 부두로 올라왔지요."

"해티를 찾아야지. 이 근처 어디 있을 거요……. 오늘 저녁에 함께 식사하는 게 어떻소? 그랬으면 하네만."

"고맙습니다."

"자고 가도 좋을 텐데?"

"고마운 말씀입니다만, 저는 요트에서 자렵니다. 그게 더 편하거든요."

"여기 오래 머물 예정이오?"

"이삼 일 정도요. 사정에 달렸죠."

드 수사가 우아하게 어깨를 으쓱했다.

"해티도 분명히 기뻐할 거요."

조지 경이 예의바르게 말했다.

"그런데 해티는 어디 있지? 마지막으로 본 지 얼마 되지 않았는데."

그는 어리둥절한 표정으로 주위를 둘러보았다.

"지금 아이들의 가장행렬을 심사하고 있어야 하는데 알 수가 없구먼. 잠시 실례하겠소. 브루이즈 양에게 물어봐야겠소."

그는 서둘러 떠났다. 드 수사는 그의 뒷모습을 바라보았다. 푸아로가 드 수사를 보며 물었다.

"사촌을 본 지 오래되었나 보지요?"

드 수사는 어깨를 으쓱 올렸다가 내렸다.

"15살 때부터 쭉 보지 못했죠. 그 애는 프랑스 수녀원에서 교육을 받기 위해 해외로 나갔거든요. 어린아이일 때도 예쁘게 자랄 것 같았답니다."

그는 맞냐는 듯이 푸아로를 바라보았다.

"부인은 아름다우십니다."

"그리고 저 사람이 그 애의 남편이죠? 사람들이 호남형이라고 부를 만한 사람인 것 같습니다만 세련된 사람은 아닌 것 같군요. 해티가 적당한 남편을 찾기는 어려웠을 테니까요."

푸아로는 예의바르게 묻는 듯한 표정을 띠었다. 상대가 웃었다.

"아, 그건 비밀이 아닌 걸요. 15살 때도 해티는 정신 발육이 더디었거든요. 정신 박약이라고, 그렇게 부르지 않나요? 그 애는 여전한가요?"

"그렇게 보입니다. 네."

푸아로가 조심스럽게 말했다. 드 수사가 또 어깨를 으쓱거렸다.

"아, 좋습니다! 왜 여자들에게 지성적이 되라고 요구해야 합니까? 필요 없는 일인데."

조지 경은 화를 내며 돌아왔다. 브루이즈 양이 그와 함께 와서 숨 가쁘게 이야기했다.

"부인이 어디 있는지 전혀 모르겠어요, 조지 경. 마지막으로 본 것은 점술집 옆이었어요. 하지만 그것도 최소한 20분에서 30분쯤 전이에요. 집 안에는 없어요."

"올리버 부인이 만든 살인 추적이 어떻게 되어 가는지 보러 갔을 수도 있지 않은가요?"

푸아로가 물었다. 조지 경의 이마 주름살이 펴졌다.

"그럴 수도 있겠군요. 이봐요, 나는 이 코너를 떠날 수가 없소. 내 담당이라오. 아만다도 할 일이 많고. 푸아로 선생, 선생께서 좀 둘러봐 주실 수 있겠소? 길은 아시지요?"

푸아로는 길을 몰랐지만 브루이즈 양에게 대충 길을 안내받았다. 브루이즈 양이 씩씩하게 드 수사를 안내했고, 푸아로는 혼자 주문을 읊는 것처럼 중얼거리면서 갔다.

"테니스 코트, 동백나무 정원, 폴리, 위쪽 종묘원, 보트하우스······."

코코넛 맞추기 게임을 하는 곳을 지나가다가 그는 조지 경을 보았다. 푸아로는 눈부시게 환한 미소를 지으며 나무 공을 내밀고 있는 조지 경의 모습을 보며 재미있어했다. 상대는 그날 아침 그가 호통을 치며 내쫓았던 그 젊은 이탈리아 아가씨였다. 그녀는 그의 돌변한 태도에 어리둥절해하고 있었다.

그는 테니스 코트로 갔지만 모자를 푹 눌러쓰고 정원 의자에 앉아 졸고 있는 군인 분위기의 노신사밖에 보지 못했다. 푸아로는 저택으로 가는 길을 되짚어가 동백나무 정원으로 내려갔다.

동백나무 정원에서 푸아로는 자줏빛으로 화려하게 차려 입은 올리버 부인이 정원 의자에 앉아 가만히 생각에 잠겨 있는 모습을 발견했다. 그녀는 시든스 부인과 좀 비슷해 보였다. 올리버 부인이 옆자리에 앉으라고 손짓하더니 속삭였다.

"이건 두 번째 단서일 뿐인데, 내가 너무 어렵게 만들었나 봐요. 아직 아무도 안 왔어요."

그 순간 목울대가 툭 불거진 반바지 차림의 젊은이가 정원으로 들어왔다. 그는 환호성을 내지르며 한쪽 모퉁이에 선 나무를 향해 서둘러 달려갔다. 더욱더 만족스러운 함성이 들리는 것을 보아 그가 다음 단서를 발견했다는 것을 알 수 있었다. 두 사람을 지나치면서 그는 자신의 만족감을 다른 사람에게도 알려 주고 싶었던 것 같았다. 그는 남몰래 이야기하듯이 말했다.

"코르크 나무에 대해서 아는 사람이 많지 않아요. 교묘하게 만든 사진이었어요. 첫 번째 단서 말입니다. 하지만 전 그게 뭔지 알아차렸죠. 테니스 네트의 일부예요. 그곳에는 빈 독약 병과 코르크가 있었어요. 사람들은 대부분 빈 병에 주의를 기울이겠죠. 그건 속임수입니다. 아주 교묘해요. 코르크 나무는 온 세상을 통틀어 이 지역에서만 내한성이랍니다. 제가 희귀한 관목이나 나무에 흥미를 갖고 있어서 알지요. 자, 이제 어디로 가야 한다? 생각 좀 해 봐야지."

그는 들고 다니던 공책에 적힌 것을 보며 얼굴을 찌푸렸다.

"다음 단서를 베껴 오긴 했는데 이해가 안 되네요."

그는 의심스럽다는 듯이 두 사람을 쳐다보았다.

"두 분도 살인 추적에 참가하고 있는 건가요?"

"오, 아뇨. 그냥…… 구경하고 있는 거랍니다."

올리버 부인이 말했다.

"그래, '사랑스러운 여인이 어리석은 짓(폴리)을 저지를 때.' 어디서 들은 것 같은데."

"잘 알려진 인용구죠."

푸아로가 말했다.

"'폴리'는 건물도 될 수 있답니다. 희고 기둥이 있지요."

올리버 부인이 넌지시 힌트를 주었다.

"그렇군요! 정말 고맙습니다. 그런데 사람들 말로는 아리아드네 올리버 부인이 직접 이곳에 오셨다고 하던데요. 그분 사인을 받고 싶은데 혹시 근처에서 못 보셨나요, 네?"

"못 봤어요."

올리버 부인이 단호히 말했다.

"그 부인을 꼭 한번 보고 싶은데. 멋진 소설을 쓰거든요."

그러더니 그가 목소리를 낮추었다.

"들으셨나요? 그 부인은 물고기가 물 마시듯 술을 마셔 댄대요."

그가 서둘러 떠나자 올리버 부인이 화가 나서 말했다.

"정말이지! 레모네이드밖에 좋아하지 않는 사람한테 그 무슨 부당한 소리야!"
"하지만 부인은 저 젊은이가 다음 단서를 손에 넣도록 도와주지 않았습니까? 그게 더 부당하지 않을까요?"
"지금까지 여기 온 사람은 저 사람뿐인걸요. 조금 격려해 주고 싶었어요."
"하지만 사인은 해 주지 않을 거잖습니까?"
"그건 또 다른 문제예요. 쉿! 몇 명 더 오네요."
그러나 이번 사람들은 단서를 좇는 사람들이 아니었다. 입장료를 지불하고 이곳을 구석구석 구경해서 본전을 뽑기로 결심한 여자 2명이었다. 그들은 불평불만을 터뜨렸다.
"난 멋진 화단이 있을 거라고 생각했어. 하지만 온통 나무뿐이잖아. 나는 이런 건 정원으로 안 쳐."
한 여자가 다른 여자에게 말했다.
올리버 부인이 푸아로를 쿡쿡 찔렀고, 그들은 곧 조용히 사라졌다.
"아무도 시체를 찾지 못할 것 같지요?"
올리버 부인이 속상한 듯이 말했다.
"마담, 끈기와 용기를 가지세요. 이제 막 시작했는걸요."
푸아로가 위로하자 올리버 부인은 한결 기분이 밝아졌다.
"맞는 말이에요. 그리고 4시 30분이 지나면 입장료가 반값이 되니까 아마 사람들이 많이 몰려들 거예요. 가서 마를린 그 아이가 어떻게 하고 있나 좀 살펴보죠. 나는 그 아이를 별로 신뢰하지 않아요.

책임감이 없다니까요. 시체 노릇을 하는 대신 살금살금 빠져나가서 차나 마시고 있는 건 아닌지 모르겠어요. 사람들이 차를 얼마나 좋아하는지 아시죠?"

숲속 길을 따라 나란히 걸어가며 푸아로는 그곳의 지형에 대해 이야기했다.

"이곳은 아주 혼란스럽더군요. 길이 너무 많은 데다 어디로 향하는지 도통 알 수가 없습니다. 사방에 나무뿐이고."

"우리가 방금 남겨 두고 온 그 불만투성이 여자처럼 말씀하시네요."

그들은 폴리를 지나서 길을 지그재그로 내려가 강가로 갔다. 아래쪽에 보트하우스의 윤곽이 나타났다.

푸아로는 살인 추적자들이 보트하우스의 불을 켰다가 우연히 시체를 발견하게 된다면 곤란할 것이라고 말했다.

"요행이 있을 수 있다고요? 저도 그 생각을 했어요. 그래서 마지막 단서가 열쇠 하나뿐인 거랍니다. 열쇠가 없으면 그 문의 자물쇠를 열 수 없어요. 예일 자물쇠거든요. 안에서만 열 수 있답니다."

짧고 경사가 가파른 길을 내려가자 보트하우스 문이 나왔다. 보트하우스는 강을 내려다보도록 지어졌고, 작은 부두 아래 보트를 넣어 두는 곳이 있었다. 올리버 부인은 자줏빛 주름옷 안주머니에서 열쇠를 꺼내 자물쇠를 열었다.

"너 힘내라고 왔어, 마를린."

올리버 부인이 명랑한 목소리로 말하며 들어갔다. 순간 그녀는 마를린의 충실함을 부당하게 의심했던 것을 약간 후회했다. 마를린이 팔다리를 벌린 채 창가 옆 마루에 누워 가짜 '시체' 역할을 훌륭히 소화하고 있었기 때문이다.

마를린은 대답하지 않았다. 그녀는 미동도 하지 않고 누워 있었다. 열린 창문으로 바람이 부드럽게 불어와 테이블 위에 펼쳐진 만화책 더미가 펄럭거렸다.

"괜찮다니까. 나와 무슈 푸아로뿐이야, 마를린. 아직 아무도 단서를 찾지 못했어."

올리버 부인이 안달하며 말했다.

푸아로는 얼굴을 찌푸렸다. 그는 살며시 올리버 부인을 옆으로 밀치고 소녀에게 다가가 몸을 숙였다. 그는 가까스로 비명을 짓누르며 신음을 토해 냈다. 그는 올리버 부인을 올려다보았다.

"그러니까…… 당신이 예상한 일이 일어났습니다."

"당신 말씀은……?"

올리버 부인이 공포에 질려 눈을 커다랗게 떴다. 그녀는 버들고리 의자 하나를 움켜쥐고 그 위에 앉았다.

"그 말씀은…… 이 아이가 죽었다는 건가요?"

푸아로가 고개를 끄덕였다.

"네, 그렇습니다. 이 소녀는 죽었어요. 하지만 죽은 지 오래되지는 않았습니다."

"하지만 어떻게……?"

그는 소녀의 머리를 감싸고 있는 화려한 스카프의 귀퉁이를 들어올렸다. 올리버 부인은 빨랫줄 끝이 어디에 묶여 있는지 볼 수 있었다.

"꼭 내가 만든 살인 같아요. 하지만 누가? 왜 그랬을까요?"

올리버 부인이 동요하며 말했다.

"그것이 문제지요."

푸아로는 그녀의 질문이 해답지에서 물었던 문제이기도 하다는 말을 덧붙이려다가 참았다.

그리고 그 문제에 대한 대답은 그녀가 만든 해답대로일 수 없었다. 희생자는 핵 과학자의 유고슬라비아인 전처가 아니라, 사람들이 알고 있는 한 세상에 적이라고는 없었던 14살의 마을 소녀 마를린 터커이기 때문이었다.

7장

블랜드 경위는 서재의 탁자에 앉아 있었다. 그는 도착하자마자 조지 경을 만났으며, 조지 경의 안내를 받아 보트하우스로 내려갔다가 함께 집으로 돌아온 참이었다. 아래쪽 보트하우스에서는 사진반이 바쁘게 일하고 있었고, 지문반과 검시의도 방금 도착했다.
"여기라면 괜찮으시겠습니까?"
조지 경이 물었다.
"예, 좋습니다. 고맙습니다."
"지금 진행하는 프로그램들은 어떻게 할까요? 사람들에게 알리고 축제를 멈추어야 할까요? 아니면······."
블랜드 경위는 잠시 동안 생각에 잠겼다가 물었다.
"지금까지는 어떻게 하셨습니까, 조지 경?"
"아무 말도 하지 않았습니다. 사고가 있었나 하는 억측만 떠돌고 있어요. 그 이상은 아닙니다. 아직은 아무도 그 일이…… 음…… 살인이라고는 생각하지 않을 겁니다."

"그러면 당분간 그대로 놔둬 보지요."

블랜드가 결정을 내린 뒤 냉소적으로 덧붙였다.

"그 소식은 아마 빨리 퍼질 테니까요."

그는 다시 생각에 잠겼다가 물었다.

"이 축제에 얼마나 많은 사람들이 와 있는 것 같습니까?"

"200명 정도는 되겠지요. 그리고 시시각각으로 더 쏟아져 들어오고 있습니다. 아주 멀리서 온 사람들도 있는 것 같고요. 사실 이 행사 전체로 보면 엄청난 성공을 거둔 셈인데, 젠장, 운도 없지."

블랜드 경위는 조지 경의 운이 없다는 말이 살인 이야기지 축제의 성공 이야기가 아니라고 추측했고, 그 추측은 옳았다.

"200명이라. 그리고 그중 누구라도 이런 일을 저질렀을 수 있다는 말이죠?"

그는 생각에 잠겨 한숨을 쉬었다. 조지 경이 동정하듯이 말했다.

"참 까다롭군요. 하지만 누가 무슨 이유로 이런 끔찍한 짓을 저질렀는지 모르겠습니다. 정말 터무니없는 것 같아요. 누가 저런 소녀를 살해하고 싶었을까요?"

"그 소녀에 대해서 이야기해 주실 수 있습니까? 근처에 사는 소녀라던데요?"

"예, 그 아이 가족은 부두 근처의 오두막에 삽니다. 아버지는 지방 농장에서 일하지요. 내 생각에는 패터슨네 농장 같군요. 어머니는 오늘 오후에 이곳 축제에 와 있습니다. 브루이즈 양…… 제 비서죠. 그녀가 저보다 훨씬 더 잘 말해 줄 겁니다. 브루이즈 양이 소녀의 어머니를 밖으로 데려갔습니다. 어딘가에서 차를 따라 주며 진정시키고 있겠지요."

"잘하셨습니다."

경위가 칭찬하듯이 말했다.

"하지만 저는 아직 사건의 정황이 분명하게 잡히지 않습니다, 조지 경. 그 소녀는 저 아래 보트하우스에서 무엇을 하고 있었던 겁니까? 살인 추적인가 보물찾기인가가 벌어지던 중이라고 들었는데요."

조지 경이 고개를 끄덕였다.

"예, 우리는 그게 꽤 기발한 아이디어라고 생각했습니다. 지금은 그렇게 보이지 않지만요. 나보다 브루이즈 양이 더 잘 설명해 줄 수 있을 겁니다. 그녀를 곧 보내 드리겠습니다. 그러면 되겠죠? 지금 당장 알고 싶은 다른 일이 없으시다면요."

"당분간은 없습니다, 조지 경. 나중에 경에게 질문을 더 드릴지도 모르지만요. 제가 만나고 싶은 사람은 경과 레이디 스터브스, 그리고 시체를 발견한 사람들입니다. 그중 한 분은 이른바 이 살인 추적이라는 것을 고안한 여성 소설가라고 들었는데요."

"맞습니다. 올리버 부인, 아리아드네 올리버 부인입니다."

경위의 눈썹이 약간 위로 치켜 올라갔다.

"아, 그 사람입니까? 아주 잘 팔리는 소설가지요! 저도 그 사람 책을 많이 읽었습니다."

"부인은 지금 상당히 동요하고 계십니다. 당연한 일이겠죠. 경위님이 보고 싶어 한다고 전해 드리죠. 그러면 되겠지요? 제 아내는 지금 어디 있는지 모르겠습니다. 눈에 띄지 않네요. 이삼백 명의 인파 속 어딘가에 있겠지요. 하지만 만나 봤자 많은 말을 해 드릴 수는 없을 겁니다. 제 말은, 그 소녀나 다른 일들에 대해서 말입니다. 어느 쪽을 먼저 만나 보고 싶으신가요?"

"경의 비서인 브루이즈 양을 먼저 본 다음, 그 소녀의 어머니를 만나야겠군요."

조지 경은 고개를 끄덕인 뒤 방에서 나갔다.

이 지방 경관인 로버트 호스킨스가 문을 열어 주었다가 조지 경이 나가자 문을 닫았다. 그다음 그는 조지 경의 말을 설명해 주려는 듯이 자진해서 말했다.

"레이디 스터브스는 약간 모자랍니다. 여기가요."

그는 이마를 두드렸다.

"그래서 경이 별 도움이 되지 못할 거라고 말한 겁니다. 약간 돌았다, 이거지요."

"이 지방 아가씨와 결혼한 건가?"

"아뇨, 외국인일 겁니다. 어떤 사람들은 유색 혼혈이라고 말하는데, 제 생각에 그런 것 같지는 않습니다."

블랜드는 고개를 끄덕였다. 그는 잠시 침묵에 잠겨 종이에다가 연필로 낙서를 했다. 그러다가 그는 누가 봐도 비공식적인 질문을 던졌다.

"누가 이런 짓을 저질렀을까, 호스킨스?"

지금까지 무슨 일이 일어났는지 조금이라도 아는 사람은 호스킨스 경관밖에 없다고 블랜드는 생각했다. 호스킨스는 모든 사람과 모든 일에 엄청난 흥미를 보이는 호기심 강한 남자였다. 게다가 지방 경관이라는 지위뿐만 아니라 아내가 수다스러운 덕에 이곳 사람들의 특징을 잘 알고 있었다.

"저한테 물으신다면⋯⋯ 범인은 다른 지방 사람이겠죠. 이 지방 사람은 아닐 겁니다. 터커네는 멀쩡한 사람들입니다. 훌륭하고, 존경받을 만한 가족이죠. 아홉 식구 전부요. 나이 많은 계집애 둘은 결혼했고, 남자애 하나는 해군에 있고, 다른 하나는 육군에 복무하고 있고, 또 다른 여자애는 토키의 미용실에서 일하고 있습니다. 그 아래 아이들 셋만 집에 있지요. 남자애 둘에 여자애 하나요."

그는 잠시 생각에 빠졌다가 다시 말을 이어갔다.

"그중 누구도 '영리하다'고 할 만한 사람은 없습니다만, 터커 부인은 훌륭하고 깔끔하게 집안일을 해 나간답니다. 그녀는 11남매 중 막내인데, 늙은 아버지를 모시고 살고 있지요."

블랜드는 말없이 이 정보를 받아들였다. 호스킨스가 특이한 방식으로 설명하기는 했지만, 그것은 터커 가족의 사회적 지위와 신분을 대충 드러내고 있었다. 호스킨스가 계속 말을 했다.

"그래서 제가 다른 지방 사람이라고 말하는 겁니다. 후다운의 호스텔에 머무는 사람들 중 하나일지도 모르지요. 그중에는 별난 사람들이 꽤 있습니다. 이상한 짓들도 많이 하고요. 숲과 덤불 속에서 그놈들이 무슨 짓을 했는지 제가 본 대로 이야기하면 놀라실걸요! 공유지에 주차된 차 안에서 일어나는 일과 마찬가지로 못 볼 꼴이었습니다."

호스킨스 경관은 성적인 주제에 관해서는 거의 전문가 수준이었다. 그는 당직이 없는 날이면 술집 '황소와 곰'에서 파인트 잔을 기울이면서 대부분의 이야기를 그런 소재로 채웠다.

"음, 그런 일이 있었던 것 같지는 않아. 물론 조사가 끝나는 대로 의사가 알려 주겠지."

"네, 경위님, 그거야 의사 일이죠. 그건 당연합니다. 하지만 제가 말씀드리는 건, 다른 지방 놈들은 절대 속을 모른다는 겁니다. 어느 순간 악당으로 돌변할 수 있다니까요."

블랜드 경위는 그렇게 쉬운 문제는 아니라고 생각하며 한숨을 쉬었다. 호스킨스 경관이야 편하게 '다른 지방 사람'을 탓하는 것으로 충분할지 모르지만 말이다.

문이 열리고 의사가 들어왔다.

"내가 할 일은 다 했소. 그 여자애를 지금 실어 나갈 겁니까? 다른 옷들은 싸 놓았습니다."

"코트렐 경사가 알아서 할 겁니다. 자, 뭔가 찾아냈습니까?"

블랜드가 말했다.

"아주 명확합니다. 복잡한 건 아무것도 없어요. 빨랫줄로 목이 졸렸습니다. 이보다 더 간단하고 쉬울 수도 없을 겁니다. 살해되기 전에 어떤 식으로든 싸운 흔적은 없습니다. 그 아이는 살인이 저질러질 때까지도 무슨 일이 일어나고 있는지 몰랐을 겁니다."

"성폭행 흔적이 있습니까?"

"아뇨. 폭행, 강간, 삽입 흔적은 전혀 없습니다."

"그러면 성범죄는 아니겠군요?"

"제가 보기엔 전혀 아닙니다. 그 아이가 특별히 매력적인 아가씨도 아니고요."

"남자들과 사이가 어땠지?"

블랜드가 호스킨스 경관에게 물었다.

"남자애들이 그 여자앨 좋아했다고 말씀드리기는 어려울 것 같네요. 만약 그랬다면 그 아이는 좋아했겠지만요."

"아마 그렇겠지."

블랜드도 동의했다. 그는 보트하우스의 만화책 무더기와 그 여백에 끼적거려진 글귀들을 떠올렸다. '조니는 케이트와 함께 간다.', '조지 포지는 숲속에서 여행자들과 키스한다.' 그는 그 글에 소녀의 소망이 살짝 깃들어 있다고 생각했다. 하지만 전체적으로 볼 때 마를린 터커의 죽음에 성적인 면이 있어 보이지는 않았다. 그러나 물론 사람 일은 절대로 모르는 법이다……. 언제나 별난 범죄자들이 있었다. 비밀스러운 살인 욕구를 가지고 미성숙한 여성들을 희생자로 삼는 남자들. 그런 놈들 중 하나가 이 휴가철에 이 지역에 있을지도 모른다. 그런 것이 틀림없다고 믿어질 지경이다. 그것이 아니라면 이렇게 요령부득인 범죄의 동기를 알 방법이 없었기 때문이다.

'하지만 아직 시작일 뿐이잖아. 사람들의 말을 모두 들어 봐야지.'

"사망 추정 시간은 언제입니까?"

의사는 벽시계를 힐끗 보더니 자기 손목시계를 보았다.

"이제 막 5시 30분이군요. 내가 그 애를 검시한 시간이 5시 20분쯤이었다고 보고, 그 애가 죽은 지 1시간 정도 됐었으니깐…… 사건은 대강 4시에서 5시 20분 사이에 일어났습니다. 검시를 한 다음 뭐가 더 나오면 알려 드리지요."

그가 덧붙였다.

"제대로 된 보고서를 받기까지 오랜 시간이 걸리지 않을 겁니다. 저는 이제 나가 보겠습니다. 돌봐야 할 환자들이 있거든요."

그가 방을 떠나자 블랜드 경위는 호스킨스에게 브루이즈 양을 불러와 달라고 했다. 브루이즈 양이 방에 들어오자 그는 약간 안도했다. '이곳에 능률의 화신이 있도다.' 그는 단박에 알아차렸다. 그는 질문에 대한 분명한 대답을 얻을 것이고, 정확한 시간을 알게 될 것이고, 바보 같은 혼란 따위는 없을 것이다.

브루이즈 양이 앉으면서 보고했다.

"터커 부인은 제 거처에 있어요. 제가 비보(悲報)를 전하면서 차를 좀 드렸죠. 부인은 혼란에 빠져 있어요. 당연한 일이죠. 부인은 딸의 시신을 보려고 했지만, 그러지 않는 게 훨씬 나을 거라고 타일렀어요. 터커 씨는 6시에 일을 끝내고 부인이 있는 이곳으로 올 겁니다. 사람들에게 그가 오는지 살펴보고 있다가 도착하면 여기로 데려오라고 했어요. 마를린의 동생들은 아직 축제에서 놀고 있어요. 사람을 붙여 그 아이들을 돌보게 했습니다."

"훌륭하게 처리하셨군요."

블랜드 경위가 브루이즈 양의 조치에 동의했다.

"터커 부인을 보기 전에 당신과 레이디 스터브스의 말씀을 듣고 싶습니다."

"저도 레이디 스터브스가 어디 있는지 모르겠어요. 축제에 싫증이 나서 어디 헤매고 있겠지요."

브루이즈 양이 비꼬듯이 말했다.

"하지만 제가 말씀드릴 수 있는 것 이상을 부인께서 말씀하실 수 있을 것 같지는 않군요. 정확히 무엇을 알고 싶으신 거죠?"

"우선은 이 살인 추적의 세부적인 면을 다 알고 싶습니다. 마를린 터커라는 이 소녀가 어떻게 이 일에 끼어들게 되었는지도 알고 싶고요."

"그건 설명하기 쉬워요."

브루이즈 양은 간결하고 명쾌하게 살인 추적을 설명했다. 축제에 손님을 끌 수 있는 독창적인 프로그램이었고, 유명 소설가인 올리버 부인이 참여했다는 것, 그리고 음모의 윤곽을 간단히 설명했다.

"원래는 알렉 레게 부인이 희생자 역을 맡게 되어 있었어요."

"알렉 레게 부인이라뇨?"

경위가 물었다. 호스킨스 경관이 대신 설명했다.

"레게 씨와 레게 부인은 로더네 오두막에 살고 있습니다. 아래쪽 '물레방아 냇가' 옆에 있는 분홍색 오두막 말입니다. 그 부부는 여기에 한 달 전쯤 왔고, 두세 달 그곳을 빌리기로 했지요."

"알겠습니다. 그런데 당신 말씀으로는 레게 부인이 원래 희생자 역할을 맡기로 했었다고요? 그런데 왜 바뀌었습니까?"

"어느 날 저녁에 레게 부인이 사람들 점을 쳐 주었는데 아주 잘 맞히더라고요. 그래서 손님들을 끌기 위해 점술집도 하나 만들자고 결정했어요. 레게 부인은 동양풍 드레스를 입고 마담 줄레이카가 되어서 반 크라운씩 받고 점을 쳐 주기로 했어요. 그건 불법은 아니라고 생각하는데요, 경위님? 보통 이런 축제에서는 다들 하지 않나요?"

블랜드 경위가 희미하게 미소를 지었다.

"점이나 추첨 복권에는 늘 속임수가 끼어들기 마련이니까요, 브루이즈 양. 때때로 우리는…… 음…… 일벌백계를 해야 한답니다."

"하지만 보통은 적당히 눈치껏 하시지요? 자, 일은 그렇게 되었답니다. 레게 부인이 동의했기 때문에 시체 역할을 할 다른 사람을 찾아야 했어요. 이 지방 소녀단 단원들이 우리를 돕기로 되어 있었기 때문에 누군가 소녀단 단원 중 하나로 하자고 제안했던 것 같아요."

"그걸 제안한 사람이 누구였습니까, 브루이즈 양?"

"잘 모르겠어요……. 아마 의원 부인인 매스터턴 부인이었을 거예요. 아닌가, 워버턴 대령이었나? 확실하게는 잘 모르겠네요. 하여간 그런 식의 제안이 들어왔습니다."

"꼭 그 소녀가 선택된 이유라도 있습니까?"

"음……. 아뇨, 그렇지는 않아요. 그 아이 가족은 영지 소작인이에요. 때때로 그 아이 어머니인 터커 부인이 부엌일을 도와주러 오지요. 하지만 왜 그 아이를 선택했는지는 잘 모르겠어요. 아마 그 아이 이름이 제일 처음 떠올랐나 봐요. 그 아이에게 물어보았더니 아주 마음에 들어 하는 것 같았어요."

"그 소녀가 정말로 그 역을 하고 싶어 했습니까?"

"네. 걔는 아마 그 역을 맡는다고 추켜세워졌을 거예요. 좀 바보 같은 여자애거든요. 역할 같은 것을 연기할 수가 없었어요. 하지만 이건 아주 간단하죠. 그 애는 여러 사람 중에서 뽑혔다고 생각하고 기뻐했어요."

"그 소녀가 무슨 일을 해야 했습니까?"

"보트하우스에 머무르는 거예요. 그리고 누가 문간에 오는 소리가 들리면 마루에 누워 끈을 목에 감고 죽은 시늉을 하는 거죠."

브루이즈 양의 어조는 차분하고 사무적이었다. 죽은 척하기로 되어 있던 소녀가 실제로 죽어서 발견된 것이 감정에 전혀 영향을 끼치지 않은 것 같았다.

"축제를 즐길 수도 있었는데 그렇게 오후 한나절을 보내야 했다면 지루했겠네요."

블랜드 경위가 넌지시 떠보았다.

"한편으로는 그랬겠죠. 하지만 사람이 하고 싶은 대로 다 할 수는 없잖아요? 그리고 마를린은 자신이 시체 역을 맡는 걸 즐거워했어요. 뭔가 중요한 인물이 된 듯한 기분이 들었겠죠. 그리고 만화와 다른 읽을거리가 잔뜩 있었거든요."

"먹을 것도 있었나 보죠? 그곳에서 접시와 잔이 놓인 쟁반을 보았습니다."

"네. 큼지막한 케이크 한 조각과 라즈베리 주스를 받았죠. 제가 직접 갖다주었어요."

블랜드는 그녀를 날카롭게 쳐다보았다.

"당신이 갖다주셨다고요? 언제요?"

"오후 중반쯤에요."

"정확히 언제인지 기억할 수 있습니까?"

브루이즈 양은 잠시 생각에 잠겼다.

"봅시다. 아이들의 가장행렬 심사가 좀 지체되었어요…… 레이디 스터브스를 찾을 수가 없었거든요. 하지만 폴리엇 부인이 대신 맡아 주어서 괜찮았어요. 그래요, 분명히…… 확신하는데…… 내가 케이크와 과일 주스를 담은 건 4시 5분쯤이었어요."

"그리고 직접 보트하우스로 날라 주셨군요. 그곳에 닿은 건 몇 시였습니까?"

"보트하우스는 5분 거리예요. 제 생각에는 4시 15분쯤이었던 것 같군요."

"그러니까 4시 15분에는 마를린 터커가 별일 없이 잘 살아 있었다는 거지요?"

"물론이에요. 그리고 사람들이 살인 추적을 어떻게 하고 있는지 아주 궁금해했어요. 하지만 말해 줄 수 없었죠. 잔디밭에서 하는 프로그램들 때문에 정신없이 바빴거든요. 하지만 여러 사람이 참가했다는 건 알고 있었어요. 제가 알기로는 20명에서 30명 정도인데, 아마 훨씬 더 많았을 거예요."

"보트하우스에 도착했을 때 마를린이 어떻게 하고 있었습니까?"

"방금 말씀드렸잖아요."

"아뇨, 그 이야기가 아닙니다. 그러니까 문을 열었을 때 죽은 척하고 마루에 누워 있었습니까?"

"아뇨. 그곳에 들어가기 전에 제가 불렀으니까요. 그래서 그 아이가 문을 열어 주었고 저는 쟁반을 들고 들어가 테이블에 두었어요."

"4시 15분에 마를린 터커는 건강하게 살아 있었다는 이야기군요."

블랜드가 기록을 하며 말했다.

"브루이즈 양, 이게 아주 중요한 요점이라는 사실을 아시겠지요? 시간은 확실합니까?"

"시계를 보지 않았으니 확신할 수는 없어요. 하지만 그 직전에 시계를 보았으니 얼추 맞을 거예요."

그녀는 경위가 하는 말의 요점을 불현듯 깨달았다.

"그러니까 그 직후에 사건이……?"

"그로부터 오랜 시간이 걸리지는 않았을 겁니다, 브루이즈 양."

"어머나, 이것 보세요!"

브루이즈 양이 말했다. 상당히 부적절한 표현이었지만 브루이즈 양의 당황과 걱정을 잘 전달해 주는 말이었다.

"자, 브루이즈 양. 보트하우스 근처에서 누군가를 보았거나 마주친 적이 없습니까?"

브루이즈 양은 생각에 잠겼다.

"아뇨, 아무도 못 보았어요. 물론 만났을 수도 있어요. 오늘 오후 내내 개방되어 있었으니까요. 하지만 대체로 사람들은 잔디밭이나 다른 여흥거리 주위에 모여 있었어요. 텃밭이나 온실 주위에 있는 건 좋아해도, 생각만큼 숲속을 걸어 다니지는 않더라고요. 사람들은 이런 축제에서는 무리를 지어 다니는 경향이 있어요. 그렇지요, 경위님?"

경위도 아마 그럴 거라고 대답했다.

"잠깐만요. 폴리에 누가 있었던 것 같아요."

브루이즈 양이 갑작스럽게 기억이 난 듯 말했다.

"폴리?"

"네, 작고 흰 사원 터예요. 지은 지 일이 년밖에 안 됐어요. 보트하우스로 내려갈 때 보면 길 오른쪽에 있어요. 누가 그 안에 있었어요. 몰래 연애하는 사람들 같았어요. 한 사람이 웃으니까 다른 사람이 '쉿.' 하고 말했거든요."

"그들이 누군지는 모르시고요?"

"몰라요. 길에 있으면 폴리 앞쪽은 안 보여요. 옆면과 뒤는 막혀 있고요."

경위는 잠시 생각에 잠겼지만, 폴리 안의 연인들이 누군지는 몰라도 크게 의심스럽지는 않았다. 그보다는 그들이 누구인지 찾아내는 것이 더 나으리라. 누가 보트하우스에서 올라오거나 내려가는 것을 보았을 수도 있으니까.

"그밖에 다른 사람은 전혀 없었습니까?"

경위가 고집스럽게 물었다.

"경위님이 무슨 이야기를 듣고 싶어 하는지는 압니다만, 아무도 못 만났다는 말씀밖에 드릴 수가 없네요. 그렇지만 꼭 만나야 한다는 보장도 없지요. 제 말은, 들키고 싶지 않으면 그냥 진달래 덤불 뒤로 슬쩍 숨으면 간단하다는 겁니다. 보트하우스로 가는 길 양쪽에 관목과 진달래 덤불을 가꾸어 놓았으니까요. 마음만 먹는다면 한순간에 숨는 건 일도 아니지요."

경위는 질문을 다른 방향으로 옮겼다.

"이 소녀에 대해 달리 아시는 점은 없습니까? 단서가 될 만한 정보 말입니다."

"사실 그 아이에 대해서는 아무것도 모릅니다. 축제를 준비하기 전에는 말 한마디 나눠 보지 않은 것 같아요. 그저 주변에 보이는 여자애 중 하나였지요. 여러 번 보다 보니 얼굴이야 알았지만, 그것뿐입니다."

"그러니까 그 소녀에 대해서 아무것도 모르신다는 말씀입니까? 도움이 될 만한 게 전혀 없습니까?"

"누군가 그 아이를 죽여야만 할 이유를 전혀 모르겠어요. 그러니까 제 말은, 아시겠지만, 그런 일이 일어난다는 것 자체가 불가능해 보여요. 정신병자 소행으로밖에는 보이지 않네요. 가짜 희생자를 진짜 희생자로 만들고 싶은 욕구를 느낀 걸까요? 물론 어리석고 터무니없는 생각입니다."

블랜드는 한숨을 쉬었다.

"예, 알겠습니다. 이제 그 소녀의 어머니를 만나야겠군요."

터커 부인은 마른 몸집에 실처럼 가는 금발머리와 날카로운 코를 가진 여위고 각진 얼굴의 여인이었다. 그녀는 우느라 눈자위가 시뻘갰지만 정신을 차려 경위의 질문에 대답할 수 있었다.

"세상에 어떻게 이런 일이……. 하늘도 무심하시지요. 신문에서나 보던 일이 우리 마를린에게 일어나다니……."

"부인, 저희도 정말 유감입니다. 혹시 따님에게 해를 끼칠 만한 사람이 있었나요? 곰곰이 생각해서 말씀해 주셨으면 합니다."

블랜드 경위가 달래듯이 말했다.

"이미 생각하고 있었어요. 생각하고 또 생각했지요."

터커 부인이 갑자기 코를 훌쩍거리면서 말했다.

"하지만 아무 생각도 안 났어요. 마를린은 때때로 선생님께 꾸중을 듣기도 하고, 친구들과 싸우기도 했어요. 하지만 이런 게 심각한 일은 아니잖아요. 그 애에게 진짜 원한을 품을 만한 사람은 아무도 없었어요. 못된 장난을 할 사람도 없고요."

"따님에게서 어떤 종류의 것이든 누군가 자신에게 적대감을 가지고 있다는 말을 들으신 적 없습니까?"

"마를린 그 애는 자주 바보 같은 말을 하긴 했지만, 그런 이야기는 전혀 없었습니다. 화장이나 헤어스타일, 그리고 얼굴과 몸에 치장하고 싶은 것들에 대해서만 이야기했어요. 그 또래 여자애들이 어떤지 아시잖아요? 하지만 그 애는 립스틱을 칠한다거나 하는 그런 어줍잖은 일들을 하기엔 너무 어렸어요. 그 애 아버지도 그렇게 말했고, 저도 그랬습니다. 그렇지만 돈을 조금이라도 손에 넣으면 그런 짓을 저지르곤 했죠. 향수나 립스틱을 사서 감추는 일이 많았어요."

블랜드는 고개를 끄덕였다. 여기에서 도움이 될 만한 것은 전혀 없었다. 영화배우나 멋 부리기 등으로 머리가 꽉 찬 어리석은 10대 소녀. 마를린 같은 소녀는 주변에 널려 있었다.

"그 애 아버지가 뭐라고 말할지 모르겠어요. 신나게 놀 생각을 하며 이곳으로 오고 있을 거예요. 그는 코코넛을 아주 잘 맞춘답니다."

그녀는 갑자기 침착성을 잃고 흐느끼기 시작했다.

"제 생각에는 저 위 호스텔에 묵고 있는 못된 외국인 짓인 것 같아요. 외국인과 함께 지내는 것이 어떤지 경위님은 모르실 거예요. 대부분 괜찮다고들 하지만, 그들이 어떤 셔츠를 입고 다니는지 아세요? 그놈의 비키니 입은 여자들이 그려진 셔츠, 뭐 그렇게 말하더군요. 그뿐만 아니에요. 여기저기서 웃통을 훌떡 벗은 채 선탠을 한답니다. 그것 때문에 다 말썽이 일어나는 거예요. 정말이에요!"

터커 부인은 계속 흐느끼며 호스킨스 경관의 호위를 받아 방에서 나갔다. 블랜드는 이 지방 사람들은 모든 비극적인 사건을 익명의 외국인 탓으로 돌리는 편리하고도 오랜 전통의 판결 방식을 가지고 있다고 생각했다.

8장

"그 부인은 독설가예요."

호스킨스가 돌아오면서 말했다.

"남편에게 심하게 바가지를 긁는답니다. 늙은 아버지도 그 부인 앞에서는 벌벌 떨어요. 장담하건대 터커 부인은 그 계집애에게 두어 번 심한 소리를 했을 거예요. 필시 그것 때문에 죄책감을 느끼는 거죠. 여자애들이란 엄마들이 하는 소리에 별 신경을 안 쓰는데 말이죠. 오리 등짝의 물방울처럼 떨궈 버리지요."

블랜드 경위는 이 통념적인 말을 끊은 뒤 호스킨스에게 올리버 부인을 데려오라고 했다.

경위는 올리버 부인을 보고 약간 놀랐다. 부인은 몸집이 무척 컸으며, 그녀가 입고 있는 자줏빛 옷은 위용 있어 보이기까지 했다. 그리고 무엇보다 부인이 너무 크게 상심하고 있어서 놀랐다.

"무서워요."

올리버 부인이 경위 앞에 있는 의자에 자줏빛 블라망쥬(우유를 녹말과 젤라틴으로 굳힌 과자 — 옮긴이)처럼 털썩 무너지듯 앉았다.

"무섭다니까요."

부인이 또박또박 같은 말을 반복했다.

경위는 알아듣기 어려운 애매한 소리를 냈다. 그러자 올리버 부인이 맹렬한 기세로 말했다.

"이건 제 살인이기 때문이에요. 제가 한 거예요!"

블랜드 경위는 잠시 어리둥절한 상태에서 올리버 부인이 자백을 하는 건가 하고 생각했다.

"왜 내가 핵 과학자의 유고슬라비아인 아내가 희생자가 되도록 했는지 정말 모르겠어요."

올리버 부인이 공들인 머리를 미친 듯이 헝클어뜨리면서 말했다. 약간 취한 것 같아 보이기도 했다.

"난 정말 바보예요. 속에 또 다른 모습을 감춘 두 번째 정원사였어도 상관없었는데. 그랬다면 지금 이 일의 절반만큼도 문제가 되지는 않았을 거예요. 남자들은 대부분 자기 몸을 지킬 수 있으니까요. 지킬 수 없다고 해도 남자라면 자기 자신을 지킬 수 있어야 하고, 그러면 내가 지금처럼 크게 마음을 쓰지 않았어도 됐을 텐데. 남자들이 살해당하는 것 따위 누가 신경이나 쓰나요. 아내나 애인, 아이들 말고는 신경 쓰는 사람이 없잖아요."

이쯤 되자 경위는 올리버 부인에 대해 약간 의심을 품으며 재미있어했다. 이런 의심은 브랜디 향기가 슬쩍 풍기는 바람에 더 심해졌다. 이는 푸아로가 올리버 부인을 충격으로부터 구하기 위해 취한 특단의 조치였다.

올리버 부인이 블랜드 경위의 생각을 간파하였다.

"나는 미치지도 않았고 취하지도 않았어요. 내가 술을 물고기처럼 마시고, 모두 그렇게 생각하고 있다고 말하는 남자가 있긴 하지만요. 당신도 그렇게 생각하죠?"

"무슨 남자 말씀입니까?"

경위는 두 번째 정원사에 얽힌 예상치 않았던 드라마에서 누군지 알 수 없는 막연한 남자가 나타나자 정신을 집중했다.

"주근깨와 요크셔 억양을 가진 남자 말이에요. 하지만 아까 말한 대로 전 취하지도 않았고 미치지도 않았어요. 그냥 혼란스러워서 그래요. 정말 혼란스러워요."

그녀는 다시 한번 또렷이 되풀이했다.

"당연합니다, 부인. 아주 괴로우시겠지요."

"정말 무서운 건, 그 아이가 섹스 살인광의 희생자가 되고 싶어 했다는 거예요. 그런데 그렇게 되고야 만 거죠? 그렇죠?"

"오, 섹스 살인광은 절대 아닙니다."

"그런가요? 하느님께 감사할 일이로군요. 하지만 잘 모르겠네요. 그 아이는 오히려 그 편이 나았을지. 하지만 만약 섹스 살인광이 아니라면 누가 왜 그 애를 살해했지요, 경위님?"

"그래서 부인께서 저를 도와주셨으면 합니다."

올리버 부인은 핵심을 지적했다. 누가 왜 마를린을 살해했을까?

"도와 드릴 수가 없어요. 누가 그런 일을 했을지 상상이 안 돼요. 아니, 상상은 되지요. 뭐든지 상상은 할 수 있어요! 내 문제가 바로 그거예요. 지금 당장이라도 사태를 상상할 수 있어요. 심지어는 아주 그럴듯하게 보이게 할 수도 있지요. 하지만 결국 진실과는 전혀 동떨어져 있어요. 그러니까 그 애는 소녀들을 죽이고 돌아다니는 살인광에게 살해당했을 수도 있어요. 하지만 그건 너무 단순하고 우연의 일치가 많아요. 소녀 연쇄 살인마가 이 축제에 왔다는 거 말이에요. 그런 놈이 마를린이 보트하우스에 있다는 걸 어떻게 알겠어요? 아니면 그 애가 누군가의 연애에 관한 비밀을 알고 있었을 수도 있고, 누군가 밤에 시체를 파묻는 걸 보았을 수도 있어요. 아니면 정체를 감추고 있는 누군가를 알아보았을 수도 있고요. 아니면 전쟁 중에 묻어 놓은 보물에 대한 비밀을 알고 있었을 수도 있죠. 론치에 타고 있는 남자가 누군가를 강에 던졌는데 그 애가 보트하우스 창문으로 그 광경을 보았을 수도 있고요. 아니면 비밀 암호로 된 아주 중요한 메시지를 쥐고 있었는데, 막상 자기 자신은 그게 뭔지 모르고 있었을 수도……"

"제발 그만!"

경위가 손을 들었다. 그는 머리가 빙빙 돌았다.

올리버 부인이 순순히 입을 다물었다. 경위에게는 맞건 틀리건 그녀가 이미 범죄에 얽힌 모든 가능성을 다 상상해 낸 것처럼 보였지만, 그녀는 이런 식으로 꽤 오랫동안 이야기를 계속할 수 있는 것이 확실했다. 경위는 올리버 부인이 풍부하게 펼친 가정 속에서 한 구절을 포착했다.

"론치에 있던 남자라니 무슨 말씀이죠, 올리버 부인? 그냥 론치에 탄 아무 남자나 상상하신 겁니까?"

"그 사람이 론치를 타고 왔다고 누가 말해 줬어요. 누군지 기억은 안 나요. 우리가 아침 식사 때 이야기하고 있던 사람 말이에요."

"제발 좀 자세히 말씀해 주세요."

경위가 간청하는 어조로 말했다. 그는 이전에는 탐정 소설 작가들이 어떤 사람인지 전혀 몰랐다. 올리버 부인이 40권이 넘는 책을 썼다는 것만 알고 있었다. 이제 그는 올리버 부인이 140권을 쓰지 않은 것이 놀라울 따름이었다. 그는 단호한 목소리로 질문했다.

"론치를 타고 온 아침 식사 때의 남자라니, 그게 다 무슨 이야기입니까?"

"아침 식사 때는 론치를 타고 온 게 아니었어요. 요트였어요. 적어도 내가 꼭 그런 뜻으로 말한 건 아니에요. 편지 때문이에요."

"무슨 이야기입니까? 요트 얘기인가요, 편지 얘기인가요?"

블랜드가 날카롭게 물었다.

"편지예요. 레이디 스터브스의 사촌이 요트를 타고 오겠다고 보낸 편지. 그래서 레이디 스터브스가 겁에 질렸어요."

"겁에 질려요? 무엇 때문에요?"

"그 남자 때문일 거예요. 누구라도 그렇게 생각했을 거예요. 레이디는 그를 무서워했어요. 그가 온다고 하자 싫어했죠. 그래서 지금 숨어 있는 걸 거예요."

"숨어 있다고요?"

"근처 어디에서도 보이지 않으니까요. 모두 레이디 스터브스를 찾고 있어요. 난 그녀가 그 남자를 피해 어디 숨어 있다고 생각해요."

"그 남자가 누구인데요?"

경위가 물었다.

"무슈 푸아로에게 물어보세요. 내가 아니라 그분이 그 남자와 이야기를 했으니까요. 그 사람 이름은 에스테반…… 아뇨, 아니에요. 그건 제 플롯에 나오는 이름이에요. 드 수사, 맞아요, 그게 그 사람 이름이에요. 에티엔느 드 수사."

그러나 수사관의 주의를 끈 것은 다른 이름이었다.

"누구라고 하셨죠? 푸아로?"

"네, 에르퀼 푸아로 씨요. 시체를 발견할 때 나와 함께 있었어요."

"에르퀼 푸아로…… 희한하군요. 제가 아는 분과 같은 분일까요? 혹시 콧수염을 아주 크게 기른 몸집 작은 벨기에 남자 아닙니까?"

올리버 부인이 동의했다.

"네, 맞아요. 그 콧수염 엄청나지요. 그를 아시나요?"

"아주 옛날에 만났지요. 그 당시에 저는 젊은 경사였답니다."

"살인 사건 때문에 만나셨나요?"

"네, 그렇습니다. 그분이 여기서 뭘 하고 계신 거죠?"

"상을 주기로 되어 있었어요."

올리버 부인은 이렇게 대답하기 전 잠시 머뭇거렸지만, 경위는 눈치채지 못했다.

"그리고 부인이 시체를 발견했을 때 함께 계셨다고요. 흠, 그분과 이야기를 해 봐야겠군요."

"제가 데려다 드릴까요?"

올리버 부인이 치렁치렁한 자줏빛 치맛자락을 모아 쥐며 기대에 부풀어서 물었다.

"더 말씀하실 것은 없습니까, 부인? 아무리 사소한 것이라도 수사에 도움이 될 만한 것이 더 없습니까?"

"그런 것 같아요. 전 아무것도 몰라요. 아까 말한 것처럼 상상할 수는 있지만……."

경위는 말을 가로막았다. 더 이상 올리버 부인의 상상 속 추리를 듣고 싶지 않았다. 도움은커녕 혼란스럽기만 했다.

"정말 감사드립니다, 부인. 푸아로 선생께 여기 와서 저를 만나 달라고 전해 주십시오. 부탁 드립니다."

그가 힘차게 말했다.

올리버 부인이 방에서 나갔다. 호스킨스 경관이 흥미를 보이면서 물었다.

"그 푸아로라는 양반은 누굽니까, 경위님?"

"자네는 십중팔구 우스꽝스럽게 볼 거야. 프랑스인을 패러디해 무대에 세운 것 같은 인물이야. 하지만 사실은 벨기에 사람이라네. 겉으로 보기에는 바보 같지만 머리가 뛰어나. 이제 나이도 제법 됐을 텐데."

"그런데 드 수사라는 사람은 뭘까요? 뭔가 실마리를 건졌습니까, 경위님?"

그러나 블랜드 경위는 그 질문이 귀에 들어오지 않았다. 그는 이제야 깨달은 한 가지 사실 때문에 충격을 받아 아무런 소리도 들을 수 없었다.

처음에는 놀라고 화가 난 조지 경의 말이었다. '제 아내는 지금 어디 있는지 모르겠습니다. 눈에 띄지 않네요.' 그다음에는 사람을 얕잡아보는 것 같은 브루이즈 양의 말이었다. '레이디 스터브스가 어디 있는지는 모르겠어요. 축제에 싫증이 나서 어디 헤매고 있겠지요.' 이제는 올리버 부인이 레이디 스터브스가 숨은 이유를 자기 나름대로 추측하고 있었다.

"응, 뭐라고?"

블랜드 경위가 멍한 표정으로 되묻자 호스킨스 경관이 헛기침을 했다.

"그 드 수사라는 인물에게 뭔가 실마리가 있다고 생각하시는지 여쭤봤습니다, 경위님. 그자가 누구건 간에요."

호스킨스 경관은 여러 외국인이 아니라 하나의 특정한 외국인이 사건에 등장하자 기뻐하는 것이 분명했다. 그러나 블랜드 경위의 마음은 다른 길을 따라 달리고 있었다.

"레이디 스터브스를 만나야겠어. 부인을 데려오게. 근처에 없으면 찾아보고."

그가 무뚝뚝하게 말했다.

호스킨스는 약간 어리둥절했지만 순순히 방에서 나갔다. 그때 에르퀼 푸아로가 나타났다. 호스킨스는 약간 뒤로 물러나 에르퀼 푸아로를 들여보냈다. 그는 흥미롭다는 듯이 고개를 돌려 푸아로를 어깨 너머로 바라보다가 문을 닫았다.

"절 기억 못 하시겠지요, 푸아로 씨?"

블랜드가 손을 내밀며 말했다.

"분명히 기억합니다. 자, 잠시만 짬을 주세요. 당시엔 아직 젊은 경사셨죠…… 14년, 아니 15년 전에 만났죠. 블랜드 경사님."

"오, 기억력이 대단하시군요!"

"전혀 그렇지 않습니다. 경위님이 절 기억하는데 왜 제가 경위님을 기억 못 하겠습니까?"

'당신을 어떻게 잊겠어?'

블랜드는 속으로 생각했다. 그리고 그 이유는 전혀 듣기 좋은 것이 아니었다…….

"음, 이번에도 살인 사건에 도움을 주러 오셨군요, 푸아로 씨."

"맞습니다. 도와 달라고 불려 왔답니다."

"도와 달라고 불려 오셨다고요?"

블랜드가 어리둥절한 표정을 짓자 푸아로가 재빨리 말했다.

"살인 추적의 시상을 맡아 달라는 요청을 받았다는 겁니다."

"올리버 부인도 그렇게 말씀하시더군요."

"다른 말씀은 없으셨습니까?"

푸아로가 은근슬쩍 떠보았다. 사실 그는 올리버 부인이 경위에게 푸아로가 데번으로 와야 한다고 주장했던 진짜 동기를 조금이라도 암시했는지 알고 싶어 속이 탔다.

"다른 말을 했냐고요? 이런저런 이야기를 절대 멈추지 않으시던데요. 그럴 법도 하고 아닐 법도 한, 보트하우스 살인 사건의 동기 전부를요. 덕분에 머리가 핑핑 돌았습니다. 후유! 그 상상력이라니!"

"그 부인은 상상력으로 먹고 살지 않습니까, 몬 아미(친구여)."

푸아로가 냉담하게 말했다.

"드 수사라는 남자에 대해서도 이야기하던데 그것도 상상입니까?"

"아뇨, 그건 엄연한 사실입니다."

"아침 식사 때 편지를 받았느니, 요트인지 론치인지를 타고 강을 올라왔다느니 하던데, 영 종잡을 수가 없었습니다."

푸아로는 설명을 시작했다. 그는 아침 식탁에서 벌어진 장면, 편지, 레이디 스터브스의 두통에 대해 이야기했다.

"올리버 부인은 레이디 스터브스가 겁에 질렸다고 했습니다. 선생이 보시기에도 그랬습니까?"

"그런 것 같았습니다."

"사촌을 두려워했다니, 왜지요?"

푸아로가 어깨를 으쓱거렸다.

"모르지요. 제게 말한 것이라곤 그는 나쁘다…… 나쁜 남자라는 것뿐이었습니다. 아시겠지만, 그녀는 좀 단순하답니다. 정상 지능에 못 미치죠."

"예, 이 근방에서는 꽤 알려진 것 같더군요. 왜 드 수사를 두려워하는지는 말하지 않던가요?"

"예."

"하지만 그녀의 두려움은 진짜였다고 생각하십니까?"

"그렇지 않다면 레이디 스터브스는 아주 뛰어난 배우일 겁니다."

푸아로가 냉정하게 말했다.

"이 사건이 좀 이상하다는 생각이 들기 시작했습니다."

블랜드가 자리에서 일어나 방 안을 걸어 다니기 시작했다.

"이게 다 그 망할 여자 잘못입니다."

"올리버 부인?"

"예, 그 부인이 제 머릿속에다 멜로드라마 같은 생각을 마구 쑤셔 넣었어요."

"그런데 그게 사실일지도 모른다는 생각이 드시는 겁니까?"

"물론 전부 다 그렇다는 건 아닙니다. 하지만 그중 한두 가지는 겉보기만큼 그렇게 황당하지만은 않습니다. 그건 전부……."

그때 호스킨스 경관이 문을 열고 다시 들어오는 바람에 그는 말을 멈추었다.

"부인을 못 찾겠습니다, 경위님. 아무 데도 없습니다."

"그럴 줄 알았어. 찾아보라니까."

블랜드가 화를 내며 말했다.

"패럴 경사와 로리머 경관이 구내를 수색하고 있습니다. 집 안에는 없습니다."

"입구에서 표를 받는 사람에게 그녀가 여기서 나갔는지 물어봐.

걸어서든 차를 타고서든."

"예, 경위님."

호스킨스가 나갔다.

"그리고 마지막으로 언제 어디서 목격되었는지 알아봐."

블랜드가 호스킨스의 등 뒤에 대고 외쳤다.

"그러니까, 당신은 그런 식으로 생각하시는군요."

푸아로가 말했다.

"아직 어떤 식으로도 생각하지 않습니다. 하지만 이 안에 있어야 할 부인이 이 안에 없다는 사실에 방금 눈을 떴습니다! 그리고 왜 그런지 알고 싶습니다. 드 수사라는 양반에 대해 알고 있는 걸 더 말씀해 주십시오."

푸아로는 부두에서 올라온 젊은이와 만난 일에 대해 찬찬히 이야기했다.

"아마 이곳 축제에 아직 있을 겁니다. 조지 경에게 데려오라고 말할까요?"

"당분간은 그러지 마십시오. 우선은 약간 더 알고 싶습니다. 선생께서는 마지막으로 언제 레이디 스터브스를 보셨습니까?"

푸아로는 기억을 되짚어 보다가, 정확히 그게 언제인지 기억하기 힘들다는 것을 깨달았다. 그는 창이 깊은 까만 모자와 시클라멘 색 옷을 입은 레이디 스터브스를 지나치듯 본 것을 기억해 냈다. 잔디밭을 여기저기 돌아다니며 사람들에게 말을 걸고 있었다. 축제의 소음 속에서도 그녀의 독특한 웃음소리가 때때로 들려오곤 했다.

"4시보다 한참 전은 아니었던 것 같습니다."

푸아로가 애매하게 말했다.

"그때 그녀가 어디 있었죠? 누구와 함께 있었습니까?"

"집 근처에 모여 있는 무리 한가운데 있었습니다."

"드 수사가 도착했을 때도 거기 있었나요?"

"기억이 안 납니다. 그랬던 것 같지는 않습니다. 최소한 저는 그녀를 보지 못했으니까요. 조지 경이 드 수사에게 아내가 여기 어딘가에 있다고 말했습니다. 내 기억에는, 그녀가 예정대로 아이들의 가장 행렬을 심사하고 있지 않아 조지 경이 놀라워하는 것 같았습니다."

"드 수사가 도착한 것은 언제였습니까?"

"4시 30분경이었던 것 같습니다. 시계를 보지 않아서 정확한 시간은 모르겠습니다."

"그리고 레이디 스터브스는 그가 도착하기 전에 사라졌군요?"

"그런 것 같습니다."

"그와 만나지 않기 위해서 달아났을 수도 있겠군요."

경위가 추측했다.

"그럴 수도 있지요."

푸아로가 동의했다.

"자, 레이디 스터브스는 멀리 가지는 못했을 겁니다. 쉽게 찾을 수 있을 겁니다. 그리고 찾아내면……."

블랜드가 갑자기 말을 멈추었다.

"그런데 찾아내지 못하면?"

푸아로가 호기심 어린 어조로 물었다.

"그건 말도 안 됩니다. 왜요? 그녀에게 무슨 일이 일어났다고 생각하십니까?"

경위가 강하게 물었다. 푸아로는 어깨를 움츠렸다.

"무슨 일이 벌어지고 있는 걸까요? 아무도 모르죠. 우리가 아는 것이라고는 그녀가…… 사라졌다는 것뿐입니다!"

"젠장! 지금 선생님이 하시는 말은 아주 불길하게 들리는군요."

"불길하니까요."

"우리가 조사하고 있는 것은 마를린 터커 살인 사건입니다."

경위가 엄중한 목소리로 말했다.

"물론 그렇지요. 그런데 왜 드 수사에 대해 이렇게 흥미를 보이시지요? 그가 마를린 터커를 살해했다고 생각하십니까?"

블랜드 경위는 엉뚱한 대답을 했다.

"그 여자 때문입니다!"

푸아로가 희미하게 미소 지었다.

"올리버 부인 말씀이시죠?"

"예. 아시겠지만, 푸아로 선생, 마를린 터커 살인 사건은 완전 미궁입니다. 전혀 말이 되지 않아요. 특이한 점이라고는 없는 좀 모자라 보이는 여자애가 목 졸린 채 발견됐는데 아무런 동기도 찾을 수 없습니다."

"하지만 올리버 부인이 동기를 충분히 제공해 주지 않았습니까?"

"최소한 10여 가지는 주었죠! 마를린이 누군가의 비밀스러운 연애에 대해 알고 있었을지도 모른다, 아니면 누군가가 살해되는 것을 목격했을지도 모른다, 아니면 보물이 파묻힌 장소를 알고 있었을 것이다, 아니면 드 수사가 강을 따라 올라가며 론치에서 한 행동을 보트하우스 창문에서 보았을지도 모른다, 별별 이야기를 다 하더군요."

"그런데 그 이론 중에서 어떤 것에 마음이 끌리던가요, 몽 셰르(친애하는 경위님)?"

"모르겠습니다. 하지만 거기에 대해서 생각하지 않을 수가 없군요. 이보십시오, 푸아로 선생. 선생도 오늘 아침 레이디 스터브스가 한 말을 다시 잘 생각해 보십시오. 그 사촌이라는 작자가 남편 귀에 들어가면 안 되는 이야기를 알고 있어서 두려워한 것 같습니까, 아니면 그 작자 자체를 무서워하고 있었던 것 같습니까?"

푸아로는 주저 없이 대답했다.

"그 당사자를 겁내고 있었다고 말하겠습니다."

"흠. 그러면 그 젊은이와 이야기를 좀 해 봐야겠습니다. 아직 이 근처에 있다면요."

블랜드 경위가 말했다.

9장

I

 블랜드 경위는 호스킨스 경관처럼 외국인에 대한 뿌리 깊은 편견을 가진 것은 아니지만 에티엔느 드 수사를 보자마자 바로 그를 싫어하게 되었다. 세련되고 우아한 태도, 흠잡을 데 없는 의상, 머릿기름 바른 머리에서 나는 진한 꽃 냄새 등, 이 모든 것이 결합돼서 경위의 신경을 거슬렸다.
 드 수사는 매우 자신 있고 편안한 태도를 취했다. 예의 바르게 감추고 있었지만 냉담하고 즐기는 듯한 모습도 보였다.
 "정말이지, 삶은 놀랄 일투성이로군요. 요트 여행을 하며 이곳으로 와 아름다운 경치에 감탄하며 오랫동안 보지 못한 우리 꼬마 아가씨와 오후 나절을 보내러 왔는데, 이게 다 무슨 일이란 말입니까?

처음에는 코코넛이 붕붕 날아다니는 카니발에 빨려 들었다가, 갑자기 희극에서 비극으로 바뀌어 살인 사건에 휘말려 들었군요."

그는 담배에 불을 붙여 깊이 빨아들였다.

"이 살인 사건과 나는 무관합니다. 왜 경위님이 나를 만나 이야기를 나누고자 하는지 전혀 모르겠습니다."

"당신은 오늘 여기 도착한 이방인입니다, 드 수사 씨……."

드 수사가 말을 가로막았다.

"이방인은 늘 수상하다 그건가요?"

"아뇨, 아뇨. 전혀 그렇지 않습니다. 제 말이 무슨 뜻인지 모르시는군요. 선생의 요트는 헬머스에 있다고 들었는데요?"

"네, 그렇습니다."

"그리고 오늘 오후 모터 론치를 몰아 강을 올라왔지요?"

"다시 말씀드립니다만, 그렇습니다."

"강을 올라오면서 오른쪽으로 작은 보트하우스를 못 보셨습니까? 강 쪽으로 튀어나와 있는……. 초가 지붕에다가 그 아래 작은 부두가 있는데요?"

드 수사는 멋진 검은 머리를 뒤로 젖히며 미간을 모았다.

"보자, 시내가 있고 작은 회색 타일 집이 있었습니다."

"그것보다 더 위쪽입니다. 숲속에 위치해 있지요."

"아, 이제 기억납니다. 정말 그림 같은 곳이었지요. 이 저택에 딸린 보트하우스인 줄은 몰랐답니다. 알았다면 제 보트를 거기에다 뒀을 겁니다. 누군가에게 방향을 물었더니 나루터로 올라가 거기 있는 부두에 배를 두라고 하더군요."

"그랬군요. 그래서 그렇게 하셨습니까?"

"예, 그렇게 했습니다."

"보트하우스나 그 근처에서는 상륙하지 않았습니까?"

드 수사가 고개를 흔들었다.

"보트하우스를 지나치면서 누군가 보지 못했습니까?"

"누구를 보았냐고요? 아뇨. 제가 누구를 보았어야 합니까?"

"그냥 한 가지 가능성일 뿐입니다. 드 수사 씨, 아시다시피 살해된 소녀는 오늘 오후 보트하우스에 있었습니다. 그녀는 그곳에서 살해되었고, 그녀가 죽은 시간은 당신이 그곳을 지나가던 시간과 그리 큰 차이가 없습니다."

드 수사가 눈썹을 치켜 올렸다.

"제가 그 살인 사건의 목격자일 수도 있다고 생각하시는 겁니까?"

"살인은 보트하우스 안에서 일어났습니다. 하지만 선생이 그 소녀를 보았을 수도 있지요. 그 아이가 창을 내다보거나 발코니에 나와 있었을 수도 있고요. 만약 선생이 그 아이를 보셨다면 적어도 사망 추정 시간의 오차 간격을 좁힐 수가 있습니다. 선생이 지나갔을 때 그 아이가 아직 살아 있었다면······."

"아, 알겠습니다. 네, 알겠어요. 하지만 딱히 저한테 묻는 이유가 뭡니까? 헬머스에서 오가는 보트는 아주 많습니다. 유람선들이 내내 오가는데, 왜 그쪽에 묻지 않습니까?"

"걱정하지 마십시오. 그쪽에도 물어볼 겁니다. 그러면 보트하우스에서 이상한 점은 아무것도 못 보셨다는 말씀이지요?"

"아무것도요. 누가 그곳에 있다는 사실을 눈치챌 만한 단서는 아무것도 없었습니다. 물론 딱히 그곳에 주의를 기울였거나 아주 가까이서 지나간 것도 아니지만요. 말씀하신 것처럼 누가 창문에서 내다보고 있었더라도 나는 그 사람을 보지 못했을 겁니다."

드 수사가 예의 바른 어조로 덧붙였다.

"도와드릴 수가 없어 매우 유감입니다."

"아, 괜찮습니다. 많은 것을 기대할 수는 없지요. 그런데 알고 싶은 것이 몇 가지 더 있습니다, 드 수사 씨."

블랜드 경위가 상냥하게 말했다.

"네?"

"여기 혼자 오셨습니까, 아니면 친구들과 함께 크루즈 여행을 오셨습니까?"

"최근까지는 친구들과 함께 다녔습니다만, 지난 사흘 동안은 혼자 있었습니다. 물론 선원들은 예외고요."

"요트의 이름이 뭡니까, 드 수사 씨?"

"에스페란스(희망―옮긴이)입니다."

"레이디 스터브스와 사촌 간이라고 들었습니다만?"

드 수사는 어깨를 으쓱했다.

"먼 사촌이죠. 가깝지는 않습니다. 아시겠지만 섬에서는 근친결혼이 성행합니다. 우리 모두 서로 사촌이지요. 해티는 재종이나 삼종일 겁니다. 저는 그 애가 아주 어릴 때…… 열네다섯 살 이후에는 그 애를 보지 못했습니다."

"그래서 오늘 갑작스럽게 방문한 겁니까?"

"갑작스러운 방문이라고는 할 수 없습니다, 경위님. 이미 그 애에게 편지를 썼으니까요."

"오늘 아침 레이디 스터브스가 선생의 편지를 받은 것은 압니다. 하지만 선생이 이 나라에 있다는 것을 알고 그녀는 깜짝 놀랐지요."

"그럴 리가요, 경위님. 나는 그 아이에게…… 보자…… 3주 전에 편지를 썼어요. 이 나라로 오기 전에 프랑스에서 편지를 보냈습니다."

경위는 놀랐다.

"프랑스에서 편지를 썼다고요?"

"예. 요트로 여행을 하고 있고, 토키나 헬머스 근처에 오늘쯤 도착할 거라고, 그리고 나중에 도착할 시일을 정확히 알려 주겠다고 편지에 썼습니다."

블랜드 경위는 그를 뚫어지게 쳐다보았다. 사람들에게서 오늘 아침에 있었던 편지 사건에 대해 들은 것과는 전혀 일치하지 않았다. 여러 명의 증인이 레이디 스터브스가 그 편지를 받고 불안해했다고 증언했다. 드 수사는 경위의 시선을 침착하게 맞받았다. 드 수사는 약간 미소를 띠며 무릎에서 먼지를 떨었다.

"레이디 스터브스가 첫 편지에 답장을 했습니까?"

경위가 물었다. 드 수사는 약간 머뭇거리다가 대답했다.

"기억이 잘 나지 않는데요…… 아뇨, 그러지 않았던 것 같습니다. 하지만 그럴 필요가 없었지요. 여기저기 여행하느라 고정된 주소가 없었거든요. 게다가 해티는 그리 편지를 잘 쓰는 편이 아니니까요."
그가 한마디 덧붙였다.
"아시다시피 그 아이는 썩 총명한 편이 아닙니다. 아주 아름다운 여인으로 자랐다는 말은 들었지만요."
"아직 레이디 스터브스를 만나지 않았습니까?"
블랜드가 취조하듯 묻자 드 수사는 상냥한 미소를 지으며 이를 보였다.
"그 애는 아주 묘한 방식으로 사라졌나 봅니다. 이 에스페체 드 갈라(이런 축제)에 지루해진 거겠지요."
"드 수사 씨, 당신의 사촌이 당신을 피하고 싶어 할 만한 이유가 있습니까?"
블랜드 경위가 신중하게 말을 골라 물었다.
"해티가 나를 피하고 싶어 한다고요? 도대체 이유를 모르겠는데요. 그 애가 왜 그럴까요?"
"제가 바로 그 점을 묻고 있는 겁니다, 드 수사 씨."
"해티가 나를 피하기 위해서 사라졌다고 생각하는 겁니까? 무슨 말도 안 되는 생각인지 모르겠군요."
"당신이 아시는 한 그녀가 당신을…… 말하자면…… 두려워할 이유가 전혀 없습니까?"
"나를 두려워한다고요?"
드 수사는 재미있다는 듯한 목소리로 말했다.
"이렇게 말씀드리면 무례할지 모르지만, 그 무슨 뜬구름 잡는 생각인지 모르겠군요."

"부인과 당신은 친한 사이였습니까?"

"아까 말한 대로입니다. 별로 관계랄 것이 없었습니다. 15살 이후로는 보지 못했으니까요."

"그렇지만 영국에 오자 그녀를 찾아왔군요?"

"아, 그건 당신네 사교계 신문에서 그 애에 대한 단신 기사를 보았기 때문입니다. 처녀적 성을 말하면서 그 애가 어느 부유한 영국인과 결혼한다고 언급하더군요. 그래서 나는 '그 어린 해티가 어떻게 자랐는지 봐야겠어. 그 애 머리가 예전보다 더 잘 돌아가는지도 보고.' 하고 생각했습니다."

그는 다시 어깨를 으쓱했다.

"사촌 간의 단순한 예의였을 뿐입니다. 점잖은 호기심이랄까. 그 이상은 아니지요."

경위는 다시 드 수사를 뚫어져라 노려보았다. 저 조롱하는 듯한 매끈한 얼굴 뒤에 무슨 생각이 돌아가고 있을까. 그는 좀 더 속내를 말하는 듯한 태도를 취했다.

"사촌에 대해서 더 말씀해 주실 수 있을까요? 성격이라든지, 인상이라든지?"

드 수사는 점잖게 놀란 티를 냈다.

"정말이지, 이게 보트하우스의 그 소녀 살인 사건과 무슨 관계가 있습니까? 경위님이 여기 오신 진짜 이유는 그거라던데요?"

"관계가 있을 수도 있습니다."

드 수사는 잠시 침묵에 잠긴 채 경위를 꼼꼼히 뜯어보더니, 어깨를 으쓱하며 말했다.

"저는 사촌을 썩 잘 알지 못합니다. 우리는 대가족의 일원이었고, 특별히 그 애가 흥미로운 존재도 아니었거든요. 하지만 질문에 대답하자면, 저는 그 애가 정신적으로는 모자라지만 살인 충동 같은 건 절대로 없었다고 말씀 드리겠습니다."

"드 수사 씨, 저는 그런 걸 암시한 게 아니었습니다!"

"그랬나요? 글쎄요. 당신이 그런 질문을 하는 다른 이유가 있는지 모르겠습니다. 아뇨, 해티가 아주 변해 버린 게 아니라면, 그 애는 살인 같은 것을 하지 않습니다!"

그가 일어섰다.

"더 이상 제게 물을 것이 없으시겠지요, 경위님? 얼른 추적해 그 살인범을 잡으시길 바랍니다."

"드 수사 씨, 하루 이틀 정도는 헬머스에서 머무르시겠지요? 그랬으면 하고 바랍니다만."

"굉장히 점잖게 말씀하시는군요, 경위님. 그건 명령입니까?"

"그저 요청입니다, 선생."

"고맙습니다. 저는 이틀 동안 머물 예정입니다. 조지 경이 친절하게도 집에 와서 머물라고 말씀해 주셨지만, 저는 에스페란스에 남아 있는 쪽이 더 좋습니다. 더 질문을 하고 싶으시다면 그곳으로 저를 찾아와 주시면 됩니다."

그는 점잖게 허리를 굽힌 뒤 호스킨스 경관이 열어 주는 문을 통해 나갔다.

"역겨운 자식이야."

경위가 혼잣말로 중얼거렸다.

"그렇습니다."

호스킨스 경관이 전적으로 동의했다.

"그녀에게 살인 충동이 있다손 쳐. 왜 아무 볼 것도 없는 소녀를 죽이겠어? 말도 안 되지."

경위가 혼잣말을 계속했다.

"머리가 돈 사람 속을 누가 알겠습니까."

"문제는 그녀가 얼마나 돌았느냐 하는 거지?"

호스킨스는 아는 척하며 고개를 흔들었다.

"아이큐가 낮을 겁니다."

경위는 화가 나서 그를 바라보았다.

"앵무새처럼 그런 최신 유행어를 꺼내지 말게. 그녀의 아이큐가 높건 낮건 상관없어. 문제는 그녀가 어떤 여자애 목을 끈으로 조르는 걸 재미있어하거나 바람직하다고 생각하는 여자인가 하는 것뿐이야. 도대체 그 여자는 어디 있는 거야? 가서 프랭크가 어쩌고 있나 살펴봐."

호스킨스는 순순히 나가 잠시 후 코트렐 경사와 함께 돌아왔다. 코트렐 경사는 자신을 대단한 인물이라 생각하는 씩씩한 젊은이로 항상 상사를 화나게 만들곤 했다. 블랜드 경위는 프랭크 코트렐의 모든 걸 알고 있다는 듯 영리한 척하는 태도보다 호스킨스의 촌스러운 지혜 쪽이 훨씬 좋았다.

"여전히 구내를 수색하고 있습니다, 경위님. 부인이 정문을 지나가지 않은 것은 확실합니다. 차석 정원사가 입장료를 받고 표를 파는데, 그는 부인이 나가지 않았다고 증언했습니다."

"정문 말고도 나갈 수 있는 다른 길이 있을 텐데?"

"예, 경위님. 나루터로 내려가는 길이 있습니다. 하지만 그 아래쪽에 있는 정정한 노인, 그의 이름은 머델입니다만, 그 역시 부인이 그 길로 가지 않았다고 자신 있게 말하고 있습니다. 나이가 100살은 되어 보이지만 아주 믿을 만하다고 생각합니다. 그는 론치를 탄 외국 신사가 나스 저택으로 가는 길을 물었다고 똑똑히 말했습니다. 정문으로 가는 길을 알려준 뒤 입장료를 지불하고 들어가라고 일러 주었다더군요. 하지만 그 신사는 축제에 대해 전혀 모르고 있더랍니다. 그는 그 집 가족의 친척이라고 말했다는군요. 머델은 오후 내내 부두 근처에 머물러 있었답니다. 그래서 부인이 그 길을 지나갔다면 자기가 보았을 거라고 확신합니다. 그다음으로는 들판을 넘어 후다운 공원으로 가는 문이 있는데, 그곳에는 불법 침입자들 때문에 철조망이 쳐져 있습니다. 그러니 부인은 그곳으로도 가지 않았을 겁니다. 부인은 여전히 이곳에 있는 것 같습니다."

"아마 그렇겠지. 하지만 그녀가 울타리 아래로 슬쩍 빠져나가 이 지방을 떠나는 것을 누가 막겠나? 조지 경은 옆 호스텔 손님들이 아직도 무단 침입을 한다고 불평한다면서? 무단 침입자들이 들어올 수 있다면 그 길로 나갈 수도 있겠지."

"예, 경위님. 확실히 그렇지요. 하지만 저는 부인의 하녀와 이야기를 나누어 보았습니다. 부인이 입었던 옷은······."

코트렐은 손에 쥔 종이를 참고했다.

"이게 뭔지는 잘 모르지만 시클라멘색 크레이프(주름진 비단의 일종 — 옮긴이) 조젯(얇은 명주 크레이프 — 옮긴이) 드레스, 커다랗고 검은 모자, 4인치 높이의 프랑스식 뒷굽이 달린 검은 코트 슈즈(끈이 없는 중간 높이의 여성용 힐 — 옮긴이). 크로스컨트리 경주를 할 때 입을 만한 물건은 아니지요."

"부인은 옷을 갈아입지 않았나?"

"예, 하녀와 함께 부인 방으로 들어가 보았습니다. 없어진 건 아무것도 없었습니다. 아무것도요. 그녀는 여행 가방 같은 것을 싸지 않았습니다. 신발도 바꿔 신지 않았습니다. 다 제자리에 있었습니다."

블랜드 경위는 눈살을 찌푸렸다. 불쾌한 가능성이 머릿속으로 치밀고 들어왔다. 그는 무뚝뚝하게 말했다.

"브루스던가, 아무튼 이름이 뭐든 간에 그 비서를 다시 불러오게."

II

브루이즈 양이 평상시보다 헝클어진 모습으로 헐떡거리며 들어왔다.

"네, 경위님? 저를 보자고 하셨다고요? 급한 일이 아니라면······.

조지 경이 상태가 안 좋으시거든요."

"어쩌다가요?"

"방금 전에야 레이디 스터브스가…… 음, 진짜 사라졌다는 것을 깨달으신 겁니다. 부인은 잠깐 산책을 하고 계신 거라고 말씀드렸지만 믿지 않으세요. 그녀에게 무슨 안 좋은 일이 생겼다고 생각하시는 거죠. 정말 터무니없어요."

"그렇지 않을 수도 있습니다, 브루이즈 양. 어찌 되었든 우리는 오늘 오후 살인 사건을 겪지 않았습니까?"

"설마 경위님은 레이디 스터브스가……? 하지만 그건 말도 안 돼요! 레이디 스터브스는 충분히 자기 자신을 지킬 수 있습니다."

"과연 그럴까요?"

"그렇고 말고요! 그녀는 성인 여성입니다, 안 그래요?"

"하지만 사람들 말을 들어 보니 좀 걱정스런 분이던걸요."

"말도 안 돼요. 때때로 하기 싫은 일이 있으면 바보 흉내를 내는 거죠. 그 편이 잘 어울리기도 하고요. 하지만 남편은 속여도 나는 못 속여요!"

"브루이즈 양, 당신은 그녀를 썩 좋아하는 건 아니군요?"

블랜드가 점잖게 흥미를 보이며 물었다. 브루이즈 양이 입술을 가느다랗게 다물었다.

"부인을 좋아하든 좋아하지 않든 그건 제 일이 아닙니다."

그때 문이 쾅 열리면서 조지 경이 들어왔다.

"이봐요. 무슨 수라도 써 보시오. 해티가 어디 있소? 해티를 찾아내시오. 도대체 지금 무슨 일이 벌어지고 있는 건지 모르겠군. 망할 축제 같으니라고! 어떤 괘씸한 살인광이 반 크라운을 내고 여기 와선 오후 내내 사람들을 죽이고 돌아다니지 않소?"

"진정하세요, 조지 경. 그런 극단적인 생각을 하실 필요는 없습니다."

"당신네야 탁자 뒤에서 이것저것 끄적거리며 앉아 있는 걸로 족하겠지. 하지만 난 내 아내를 찾아야겠소."

"계속 구내를 수색하고 있는 중입니다, 조지 경."

"왜 아무도 아내가 사라졌다고 말해 주지 않았지? 사라진 지 벌써 두어 시간은 된 것 같은데. 아이들의 가장행렬인가 뭔가를 심사하기 위해 나타나지 않아 이상하다는 생각은 했지만……. 아무도 해티가 진짜 사라졌다고는 말해 주지 않았어."

"아무도 몰랐습니다."

"이봐, 누군가는 알았어야 했어. 누군가는 알아차렸어야 했다고!"

그는 브루이즈 양을 바라보았다.

"당신이 알았어야지, 아만다. 당신은 모든 걸 총괄하고 있었잖아."

"제가 모든 곳에 다 있을 수는 없습니다."

브루이즈 양이 갑자기 눈물을 글썽이며 말했다.

"제가 살펴야 할 것이 많았는걸요. 레이디 스터브스가 나가 돌아다니기로 했다 한들……."

"나가 돌아다녀? 왜 해티가 나가 돌아다녀야 해? 해티는 그 포르투갈 놈을 피하고 싶었던 게 아니라면 나가 돌아다닐 이유가 없어."

블랜드는 기회를 놓치지 않고 물었다.

"질문이 있습니다. 부인은 3주 전쯤 드 수사 씨가 이곳으로 오고 있다는 편지를 받았습니까?"

조지 경은 어리둥절한 표정을 지었다.

"아니, 물론 안 받았지요."

"확실합니까?"

"오, 물론 확실하오. 받았다면 내게 말했을 테니까. 해티는 오늘 아침 그놈 편지를 받고 몹시 당황해했소. 그래서 좀 기진맥진해졌지요. 두통이 생겨 아침나절 내내 누워 있을 정도였으니까."

"사촌의 방문에 대해 남몰래 부인이 뭐라고 말씀하신 게 있습니까? 왜 부인은 그 사람을 그토록 두려워했죠?"

조지 경은 당황한 것 같았다.

"나도 정말 알고 싶소. 계속 그가 악독하다고 말하기만 했으니."

"악독하다고요? 어떤 식으로?"

"거기에 대해선 똑똑히 말하지 않았소. 그냥 어린애가 말하듯이 계속 그가 악독한 사람이라고만 말했소. 나쁘다고, 그가 여기 오지 않았으면 좋겠다고. 그가 나쁜 짓을 했다고 했소."

"나쁜 짓을 했다고요? 언제?"

"오래전에요. 나는 이 에티엔느 드 수사라는 자가 가족에게 환영받지 못하는 외톨이라고 생각했소. 해티 역시 어린 시절에 잘 알지도 못하면서 그에 대해 나도는 시시한 이야기들을 주워들었다고 생각했고요. 그래서 그를 무서워하게 된 거지. 나는 그냥 어린애다운 감정이 남아 있는 거라고 생각했소. 내 아내는 때때로 좀 어린애같이 구니까요. 좋은 것, 싫은 것이 있긴 하지만 잘 설명하진 못하오."

"부인은 어떤 식으로든 제대로 된 설명을 하지 않은 게 확실합니까, 조지 경?"

조지 경은 불쾌한 것 같았다.

"음……. 해티가 말한 건 너무 괘념치 말았으면 하오."

"그럼 부인이 뭐라고 하긴 했군요?"

"좋아요. 들려 드리지요. 해티는 이렇게 말했습니다. 그것도 몇 번이나 말했소. '그는 사람들을 죽여요.'"

10장

I

"그는 사람들을 죽여요."

블랜드 경위가 되풀이했다.

"너무 심각하게 받아들이지 않는 게 좋아요. 해티는 그 말을 계속 되풀이했소. '그는 사람들을 죽여요.' 하지만 누구를 언제 왜 죽였는지 이야기하지는 못했습니다. 나는 그게 어린애들 기억처럼 터무니없는 망상이거나, 원주민과 얽힌 무슨 말썽 같은 것이 아니었나 했어요."

"부인이 명확하게 말하지 못했다고 하셨죠? '말할 수 없었다'는 건가요, '말하지 않았다'는 건가요?"

"내 생각으로는……."

조지 경이 갑자기 말을 멈추었다.

"모르겠소. 당신 때문에 뒤죽박죽이 됐어. 아까 말한 것처럼 나는 그 일을 전혀 심각하게 받아들이지 않았소. 이 사촌이라는 작자가 어린 시절의 해티를 약간 놀렸나 보다 뭐 그런 식으로 생각했으니까요. 내 아내를 모르시니 설명하기 어렵군요. 나는 아내를 열렬히 사랑하지만 그녀의 말은 반쯤 흘려듣습니다. 말이 되지 않기 때문이죠. 하여간 드 수사라는 녀석은 이 일과 아무 관계가 없습니다. 그가 요트에서 내려 곧장 숲을 지나 보트하우스로 가서 그 가련한 소녀애를 죽였다는 게 말이나 됩니까! 왜 그가 그런 짓을 하겠소?"

"그랬다고는 하지 않았습니다. 하지만 조지 경, 경은 이 사실을 아셔야 합니다. 마를린 터커 살인 사건의 수사망은 처음 생각한 것보다 더 제한되어 있습니다."

블랜드 경위가 말했다. 조지 경이 그를 뚫어지게 바라보았다.

"제한되었다고? 그놈의 축제 참가자 전원이 있잖소. 200명에서 300명? 그중 하나가 그 짓을 저질렀단 말이오."

"예, 처음에는 저도 그렇게 생각했습니다. 하지만 지금까지 알아본 바에 따르면 그렇지 않습니다. 보트하우스 문에는 예일 자물쇠가 달려 있었습니다. 열쇠가 없으면 아무도 바깥에서 안으로 들어갈 수 없습니다."

"음, 열쇠는 3개가 있소."

"그렇습니다. 열쇠 하나는 살인 추적의 마지막 단서였습니다. 아직 정원 꼭대기의 수국 산책길에 숨겨져 있지요. 두 번째 열쇠는 살인 추적을 구상한 올리버 부인이 갖고 있습니다. 세 번째 열쇠는 어디 있습니까, 조지 경?"

"지금 당신이 앉아 있는 책상 서랍에 있을 겁니다. 아니, 부동산 서류 사본이 잔뜩 든 오른쪽 서랍 말이오."

그가 직접 와서 서랍을 뒤졌다.

"그래, 여기 잘 있군요."

"그럼 이제 아시겠지요? 이게 무슨 뜻일까요? 보트하우스에 들어갈 수 있는 사람은 우선 살인 추적 임무를 완수하여 열쇠를 발견한 사람인데 우리가 아는 한 그런 사람은 없습니다. 두 번째로는 올리버 부인이나, 부인이 열쇠를 빌려주었을 수도 있는 가족 구성원. 세 번째는 마를린이 이 방에 들어가는 것을 허락한 사람. 이 셋뿐입니다."

"음, 마지막은 어떤 사람도 될 수 있잖소, 그렇지 않소?"

"그렇지 않습니다. 제가 이 살인 추적의 메커니즘을 이해한 바에 따르면 누군가 다가오는 소리가 들리면 소녀는 누워서 희생자 역할을 연기하도록 되어 있었어요. 마지막 단서인 열쇠를 발견한 사람만이 그녀를 찾게 되어 있는 거지요. 따라서 누군가 문을 열어 달라고 해 소녀가 열어 주었다면 그 인물은 반드시 소녀가 익히 알던 사람, 즉 살인 추적을 함께 준비하던 사람일 겁니다. 그러니까 이 집의 거주자…… 말하자면 조지 경, 레이디 스터브스, 브루이즈 양, 올리버 부인…… 푸아로 선생도 가능하죠. 오늘 아침 그 애와 만났다고 했으니까요. 그리고 또 다른 사람이 누구 있습니까, 조지 경?"

조지 경은 잠시 생각에 잠겼다.

"레게 가족이 있군. 알렉 레게와 샐리 레게. 그 둘은 처음부터 함께 축제를 준비했소. 그리고 마이클 웨이먼. 테니스장 부속 건물을 설계하기 위해 이 집에 머물고 있는 건축가지요. 그리고 워버턴과 매스터턴 가족…… 아, 폴리엇 부인도 있군."

"그게 전부입니까? 다른 사람은 없습니까?"

"그게 전부요."

"그러면 이제 아시겠지요, 조지 경? 수사 범위가 그렇게 넓지는 않답니다."

조지 경의 얼굴이 진홍빛으로 변했다.

"당신, 말도 안 되는 소리를 하고 있군! 지금 무슨 말을…… 뭘 말하고 싶은 게요?"

"우리가 아직 모르는 것이 아주 많다는 이야기를 하고 있는 겁니다. 예를 들어 마를린이 어떤 이유에서 스스로 보트하우스 밖으로 나왔을 수도 있습니다. 다른 곳에서 목이 졸린 다음, 살해범이 시체를 도로 가져와 마루에 놓아두었을 수도 있고요. 그렇다 할지라도 범인은 역시 살인 추적의 세부 사항을 아주 잘 알고 있는 사람입니다. 언제나 그 단서로 다시 돌아오게 되지요."

경위는 약간 목소리를 바꾸어 덧붙였다.

"조지 경, 확실히 장담하건대 우리는 레이디 스터브스를 찾기 위해 할 수 있는 일은 모두 다 하고 있습니다. 그동안 저는 알렉 레게 부부와 마이클 웨이먼 씨를 만나 이야기를 나눠 봐야겠군요."

"아만다."

조지 경이 브루이즈 양을 향해 고개를 돌리자 그녀가 경위에게 말했다.

"제가 살펴보기로 하지요, 경위님. 레게 부인은 아직 천막에서 점을 치고 있을 겁니다. 5시부터는 입장료가 반값이라 인파가 몰려들었거든요. 여흥 프로그램을 하는 사람들은 바쁘니까 레게 씨나 웨이먼 씨를 먼저 보시는 건 어떻습니까? 아무 쪽이나 먼저 만나고 싶으신 대로요."

"순서는 상관없습니다."

블랜드 경위가 말했다.

브루이즈 양은 고개를 끄덕인 후 방에서 나갔다. 조지 경이 그녀의 뒤를 따라갔다. 푸념하듯 높아지는 그의 목소리가 들렸다.

"이봐, 아만다. 당신은……."

블랜드 경위는 조지 경이 유능한 브루이즈 양에게 상당히 의존하고 있다는 사실을 깨달았다. 실제로 이 순간 블랜드는 집 주인이 어린 소년 같다고 생각했다.

블랜드 경위는 기다리는 동안 헬머스의 경찰서로 전화를 걸어 에스페란스호에 대해 몇 가지 조치를 해 달라고 했다.

"알겠나? 내 생각에 이 망할 여자가 있을 만한 장소는 세상에 딱 한 곳밖에 없어."

블랜드 경위는 아무것도 깨닫지 못하고 있는 호스킨스에게 말했다.

"그곳은 드 수사의 요트 위야."

"어떻게 그걸 압니까, 경위님?"

"음, 그 여자는 보통 사용하는 출구 어디에도 모습을 보이지 않았어. 들판이나 숲을 헤치고 갈 만한 차림새도 아니었지. 하지만 미리 약속을 해서 드 수사와 아래쪽 보트하우스에서 만나 론치에 머물고 있다가 축제로 돌아오는 일은 있을 수 있어."

"그런데 그가 왜 그렇게 했을까요, 경위님?"

호스킨스가 어리둥절해서 물었다.

"모르겠어. 그리고 그가 그렇게 했을 것 같지도 않아. 하지만 가능성은 있지. 만약 그녀가 에스페란스에 있다면, 사람들 눈에 띄지 않고 그곳에서 내릴 수 있을지 한번 보자고."

"하지만 아씨가 그를 보기 싫어했다면……."

호스킨스는 자기도 모르게 사투리를 써 버렸다.

"우리가 아는 건 부인이 그렇게 말했다는 것뿐이야. 여자들이란 거짓말을 많이 하지. 늘 기억해 두게, 호스킨스."

경위가 격언처럼 말했다.

"예, 그렇군요."

호스킨스 경관은 감탄하듯 대답했다.

II

문이 열리고 멍한 인상의 키 큰 젊은이가 들어왔다. 블랜드 경위와 호스킨스 경관은 대화를 멈추었다. 그는 깔끔한 회색 플란넬 양복을 입고 있었지만, 셔츠 칼라는 구겨지고 넥타이는 비뚤어 매져 있었다. 그리고 머리카락은 헝클어진 채 마구 뻗쳐 있었다.

"알렉 레게 씨?"

경위가 그를 쳐다보며 물었다.

"아뇨, 전 마이클 웨이먼입니다. 저를 찾으셨다고 들었는데요."

"그렇습니다, 선생. 의자에 앉으시지요."

블랜드 경위가 탁자 맞은편 의자를 가리켰다.

"앉는 건 됐습니다. 저는 서서 돌아다니는 쪽이 좋습니다. 어쨌거나 당신네 경찰들은 모두 여기서 뭘 하고 있는 겁니까? 무슨 일이 일어난 거죠?"

블랜드 경위가 놀라서 그를 바라보았다.

"조지 경이 알려 주지 않았습니까, 선생?"

"당신이 말하는 식으로 하자면, 아무도 '나한테 알려 주지' 않았습니다. 어떤 것도요. 내가 조지 경과 내내 함께 있는 것은 아니니까요. 무슨 일이 일어났지요?"

"당신은 이 집에 머물고 있다고 들었습니다만?"

"물론 나는 이 집에 머물고 있지요. 그것과 이 모든 일이 무슨 상관이 있지요?"

"이 집에 머물고 있는 모든 사람들이 오늘 오후에 일어난 비극에 대해 알고 있으리라 생각했을 뿐입니다."

"비극이라뇨? 무슨 비극이죠?"

"살인 추적에서 희생자 역할을 맡았던 소녀가 살해당했습니다."
"세상에! 정말 살해당했다는 말씀입니까? 뻥카가 아니고요?"
마이클 웨이먼은 정말 깜짝 놀란 것 같았다.
"'뻥카'가 무슨 말씀인지 모르겠습니다만, 그 소녀는 죽었습니다."
"어떻게 살해당했습니까?"
"끈으로 목 졸려 죽었지요."
마이클 웨이먼은 휘파람을 불었다.
"시나리오에 있던 대로요? 음, 어떤 생각이 떠오르는데."
그는 창문으로 성큼성큼 걸어가다가 재빨리 몸을 돌려 말했다.
"그러면 우리 모두가 의심받고 있는 거로군요, 그렇죠? 아니면 이 지방 사내놈 짓이었습니까?"
"선생 말을 빌려서 말하자면, 어떻게 '이 지방 사내놈' 짓이 될 수 있는지 모르겠는데요."
"사실은 나도 모릅니다. 음, 경위님, 나더러 미쳤다는 친구들이 많습니다. 하지만 나는 그런 식으로 미친 건 아닙니다. 시골을 돌아다니며 머리 나쁘고 여드름 난 젊은 처녀들을 목 졸라 죽이지는 않습니다."
"웨이먼 씨, 조지 경을 위해 테니스장 부속 건물을 설계하느라 여기 계셨다면서요?"
"전혀 의심할 데 없는 직업이죠. 범죄와 관련해 말하자면 그렇다는 이야기입니다. 건축학적으로는 확신이 가지 않습니다. 제 작품을 완성시키면 훌륭한 취향에 대한 범죄가 될지도 모르니까요. 하지만 이런 이야기에는 흥미가 없으시죠, 경위님? 경위님이 흥미를 가지시는 건 뭡니까?"

"음, 오늘 오후 4시 15분부터 5시쯤까지 정확히 어디 계셨는지 알고 싶습니다, 웨이먼 씨."

"어떻게 시간대를 그렇게 좁히셨습니까? 의학적 증거인가요?"

"꼭 그렇지는 않습니다, 웨이먼 씨. 한 증인이 그 소녀가 4시 15분에 살아 있는 것을 보았습니다."

"어떤 증인이…… 아니, 물으면 안 되나요?"

"브루이즈 양입니다. 레이디 스터브스가 그 소녀에게 과일 주스와 크림 케이크를 담은 쟁반을 가져다주라고 시켰습니다."

"우리 해티가 그런 지시를 내렸다고요? 전혀 못 믿겠는데요."

"왜 믿지 않습니까, 웨이먼 씨?"

"해티답지 않으니까요. 그녀가 생각해 내거나 관심을 기울일 만한 종류의 일이 아닙니다. 우리 레이디 스터브스의 정신은 오직 자기 자신과 관련해서만 활동합니다."

"웨이먼 씨, 아직 제 질문에 대답해 주지 않으셨습니다."

"아, 4시 15분에서 5시 사이에 어디 있었냐고요? 음…… 명쾌한 답변을 드리기는 힘들 것 같군요. 저는 근처에 있었습니다…… 무슨 뜻인지 아시겠습니까?"

"어디 근처 말씀입니까?"

"여기저기죠. 잔디밭에서 약간 어울리다가, 이 지방 사람들이 자기네끼리 노는 것을 지켜보았고, 하늘거리는 옷을 입은 영화 스타와 한두 마디 나눴습니다. 이런 일들이 싫증이 나서 테니스 코트로 가 설계에 대해 생각을 좀 했습니다. 그리고 살인 추적의 첫 번째 단서 사진이 테니스장 그물인 것을 누가 얼마나 빨리 알아볼까 생각하기도 했지요."

"누가 그것을 알아보았습니까?"

"네, 누가 성공했다더군요. 그렇지만 그때는 그걸 알지 못하고 있었지요. 저는 테니스장 부속 건물에 대해 새 아이디어를 떠올렸습니다. 두 세계를 잘 이용하는 방식이죠. 나의 세계와 조지 경의 세계 말씀입니다."

"그리고 그다음에는요?"

"그다음에요? 음, 근처를 산책하다가 집으로 돌아왔습니다. 부두로 가서 늙은 머델과 잡담을 나누다가 돌아왔습니다. 어떤 것도 정확한 시간을 말씀드릴 수 없습니다. 아까 말한 대로 쭉 근처에 있었습니다! 그뿐입니다."

"음, 웨이먼 씨. 말씀하신 것은 다 입증이 될 거라고 생각합니다."

경위가 시원스럽게 말했다.

"내가 부두에서 말을 걸었다는 건 머델이 이야기해 줄 수 있을 겁니다. 하지만 경위님이 흥미를 느끼는 시간에서 좀 지난 다음일 겁니다. 내가 그곳에 닿았을 때는 5시가 넘었을 테니까요. 아주 불만스럽죠, 그렇지 않습니까, 경위님?"

"시간대를 더 좁힐 수 있을 거라고 생각합니다, 웨이먼 씨."

경위의 어조는 상냥했지만 그 안에는 강철 같은 울림이 숨어 있었고, 젊은 건축가는 그것을 눈치챘다. 그는 의자 팔걸이에 걸쳐 앉았다.

"진지하게 말해서, 누가 그런 소녀를 죽이고 싶었을까요?"

"당신은 짐작 가는 바가 없으시지요, 웨이먼 씨?"

"음, 나오는 대로 지껄이자면 우리의 다작 작가, '자줏빛 위험' 님이라고 말하겠습니다. 그 부인의 황제 같은 자줏빛 옷차림을 보셨지요? 그녀가 살짝 정신이 나가 '진짜' 시체가 있으면 훨씬 더 환상적일 거라고 생각한 겁니다. 제 추리가 어떻습니까, 경위님?"

"진심으로 하시는 말씀입니까, 웨이먼 씨?"

"제가 생각할 수 있는 가능성이라곤 그것밖에 없습니다."

"또 한 가지 묻고 싶습니다, 웨이먼 씨. 오후에 레이디 스터브스를 본 적이 있습니까?"

"물론 보았지요. 누가 그녀를 못 보겠습니까? 자크 파트나 크리스찬 디오르 마네킹처럼 차려입고 있는데!"

"마지막으로 언제 보았습니까?"

"마지막으로요? 모르겠는데요. 3시 30분쯤에 잔디밭에서 뽐내고 있었으니까…… 3시 45분이었나?"

"그 후에는 그녀를 보지 못했군요?"

"예. 그런데 왜 묻는 거죠?"

"궁금해서요. 4시 이후 그녀를 본 사람이 아무도 없는 것 같아서입니다. 레이디 스터브스는…… 사라졌습니다, 웨이먼 씨."

"사라졌다고! 우리 해티가?"

"그게 놀랍습니까?"

"예, 그건 좀······. 무슨 짓을 하려고 그러는 건지 궁금한데요."

"당신은 레이디 스터브스를 잘 압니까, 웨이먼 씨?"

"사오 일 전 여기 오기 전까지는 한 번도 만나 본 적이 없습니다."

"그녀에 대해 어떻게 생각하십니까?"

"자기 빵 어느 쪽에 버터가 발려 있는지(자기에게 무엇이 이익이 되는지 — 옮긴이) 누구보다 잘 아는 여자지요. 젊고 아주 화려하고······ 그걸 최대한 활용하는 법도 잘 알고 있지요."

마이클 웨이먼이 신랄하게 말했다.

"하지만 지적으로 활발하지는 않지요, 맞습니까?"

"'지적으로'라는 말이 무슨 뜻인가에 달려 있지요. 그녀가 지성적이라고 말하지는 않겠습니다. 하지만 그녀가 정상이 아니라고 생각한다면 그건 틀렸습니다."

그의 목소리에 쓰디쓴 어조가 배어났다.

"나라면 그녀가 아주 정상이라고 말할 겁니다. 다른 누구보다도 정상입니다."

경위의 눈썹이 올라갔다.

"다른 사람들의 의견과는 다르군요."

"어떤 이유에서인지 그녀는 아둔한 바보 역할을 하기를 좋아합니다. 왜인지는 모르겠습니다. 하지만 아까 말한 것처럼 제 생각에 그녀는 전혀 모자라지 않습니다."

경위는 그를 잠시 꼼꼼히 뜯어보다가 말했다.

"정말 제가 말씀드린 시간에 어디서 무엇을 하셨는지 정확히 기억할 수 없습니까?"

"미안합니다. 도무지 기억나지 않는군요. 기억력이 형편없어서요. 시간 같은 건 전혀 기억하지 못합니다."

웨이먼이 그렇게 말하더니 덧붙였다.

"저는 끝났나요?"

경위가 끄덕이자 그는 재빨리 방에서 나갔다.

경위는 반쯤은 자신에게 반쯤은 호스킨스에게 말했다.

"나는 알고 싶다네. 그와 레이디 스터브스 사이에 무슨 일이 있었는지. 그가 그녀에게 추파를 던졌는데 그녀가 거절했는지, 아니면 무슨 사단이 났는지."

경위가 고개를 들어 호스킨스에게 물었다.

"조지 경과 그의 부인을 둘러싼 지역 평판은 어떤가?"

"그 부인은 얼간이예요."

호스킨스 경관이 말했다.

"자네가 그렇게 생각한다는 건 알아. 그게 일반적인 견해인가?"

"예, 그렇습니다."

"조지 경은 어떤가? 사람들이 좋아하나?"

"꽤 좋아합니다. 훌륭한 스포츠맨이고 농장 일을 잘 알거든요. 게다가 그 노부인이 아주 많이 도와주었지요."

"노부인?"

"저기 문간채에 사는 폴리엇 부인 말입니다."

"맞아, 그랬지. 원래는 폴리엇 가족이 이곳을 소유했었지?"

"예, 조지 경과 레이디 스터브스가 지금처럼 유지 행세를 할 수 있는 것도 노부인의 덕이 컸지요. 부인은 명사들이 모일 때마다 그들을 불렀답니다."

"돈을 받은 것 같은가?"

"오, 아뇨. 폴리엇 부인은 그럴 분이 아니십니다."

호스킨스는 충격을 받은 듯이 말했다.

"부인은 레이디 스터브스를 처녀 시절부터 알고 지냈다고 들었습니다. 조지 경에게 이곳을 사라고 권한 사람도 폴리엇 부인인걸요."

"폴리엇 부인을 만나 봐야겠군."

"매우 통찰력 있는 노부인이십니다, 폴리엇 부인은. 만약 무슨 일이 일어나고 있다면 다 아실 겁니다."

"그 부인과 이야기를 해 봐야겠어. 지금 어디 있을까?"

11장

I

한편 폴리엇 부인은 응접실에서 에르퀼 푸아로와 이야기를 나누고 있었다. 푸아로가 응접실 구석 의자에 기대 앉아 있는 부인을 발견한 것이다. 부인은 푸아로가 응접실로 들어오자 깜짝 놀라 일어났다가 다시 의자에 주저앉으며 중얼거렸다.
"오, 푸아로 선생님, 당신이시군요."
"죄송합니다, 마담. 귀찮게 해 드렸군요."
"아뇨, 아뇨. 귀찮게 한 게 아니에요. 그냥 쉬고 있었을 뿐이에요. 저는 선생님만큼 젊지 않답니다. 감당하기 힘든 충격이었어요."
"이해합니다. 정말 이해합니다."
폴리엇 부인은 작은 손에 손수건을 움켜쥐고 천장을 뚫어져라 쳐다보았다. 그녀는 감정이 북받쳐 반쯤 목이 멘 소리로 말했다.
"생각만 해도 견딜 수가 없어요. 그 가엾은 아이. 가엾은, 가엾은 아이가······."
"압니다, 알아요."
"그렇게 젊은데. 겨우 인생을 시작할 무렵인데. 생각만 해도 견딜 수가 없어요."
푸아로는 호기심 어린 눈으로 그녀를 바라보았다. 이른 오후에 보았던 상냥한 여주인보다 10년은 더 나이 먹은 것처럼 보였다. 수척한 얼굴에 주름살이 더욱 두드러져 보였다.
"제게 세상이 악독하다고 말씀하신 게 겨우 어제 일이었지요, 마담."
폴리엇 부인은 깜짝 놀란 것 같았다.
"제가 그런 말을 했던가요? 그건 사실이에요······. 아, 그래요. 그게 진실이라는 걸 겨우 알기 시작했어요."
그녀는 낮은 목소리로 덧붙였다.
"하지만 이런 일이 일어나리라고는 상상도 하지 못했어요."
푸아로는 또다시 호기심에 찬 눈으로 부인을 바라보았다.
"그럼 무슨 일이 일어나리라고 생각했습니까?"
"아뇨, 아뇨. 그런 뜻이 아니에요."
푸아로가 고집스럽게 물었다.
"하지만 무엇인가가 일어나리라고 생각하신 거죠? 무엇인가 보통 때와 다른 일이."

"제 말을 잘못 이해하신 거예요, 푸아로 선생님. 축제날에 이런 일이 일어나리라고는 전혀 생각지 못했다는 뜻에서 한 말이에요."

"오늘 아침 레이디 스터브스도 악독함에 대해 말했지요."

"해티가 그랬나요? 오, 그 애 이야기는 하지 마세요. 하지 말아요. 그 애에 대해서 생각하고 싶지 않아요."

그녀는 잠시 뜸을 들이다가 물었다.

"그 애가 악독함에 대해서 뭐라고 말하던가요?"

"부인은 자기 사촌에 대해 이야기하고 있었어요. 에티엔느 드 수사. 부인은 그가 악독하다고, 나쁜 사람이라고 말했습니다. 또 그가 두렵다고도 했고요."

그는 반응을 살펴보았다. 그러나 그녀는 믿을 수 없다는 듯이 고개를 흔들 뿐이었다.

"에티엔느 드 수사…… 그게 누구죠?"

"아, 부인은 아침 식사 때 안 계셨지요? 잊고 있었습니다. 레이디 스터브스는 15살 소녀 시절 이후로는 보지 못했던 사촌이라는 사람에게서 편지를 받았어요. 그는 그녀에게 오늘 오후에 방문하겠다고 써 보냈습니다."

"그래서 그가 왔나요?"

"예, 4시 30분쯤에 여기 도착했습니다."

"나루터 길을 따라 올라오던 가무잡잡하고 잘생긴 젊은이를 말씀하시는 건가요? 그때는 그게 누군가 했어요."

"예, 마담. 그 젊은이가 드 수사 씨입니다."

폴리엇 부인이 강경하게 말했다.

"내가 당신이라면 해티가 하는 말에 주의를 기울이지 않을 겁니다."

놀란 표정으로 푸아로가 바라보자 그녀는 얼굴을 붉히며 계속 말을 했다.

"해티는 어린아이 같아요. 아이처럼 말을 한다는 뜻이죠. 악독하다, 선량하다. 중간 지대라는 것이 없어요. 저라면 그 애가 에티엔느 드 수사라는 사람에 대해서 한 말에 대해 신경 쓰지 않을 겁니다."

푸아로는 다시 놀라서 천천히 말했다.

"레이디 스터브스를 아주 잘 아시지요, 폴리엇 부인?"

"아마 다른 누구보다도 잘 알 거예요. 그 애 남편이 아는 것보다도 더요. 그런데 그게 뭐가 문제죠?"

"부인은 실제로 어떤 사람입니까, 마담?"

"아주 이상한 질문이네요, 푸아로 선생님."

"마담, 레이디 스터브스를 어디에서도 찾을 수 없다는 걸 아십니까, 모르십니까?"

그녀의 반응에 그는 또 한 번 놀랐다. 그녀는 걱정이나 놀라는 기색을 전혀 보이지 않고 말했다.

"그럼 그 애는 달아났군요, 그렇죠? 알겠어요."

"그 일이 그렇게 자연스러우십니까?"

"자연스럽다? 난 모르겠어요. 해티는 좀 기묘해요."

"부인이 양심에 거리끼는 일이 있어 달아났다고 생각합니까?"

"무슨 뜻이죠, 푸아로 선생?"

"부인의 사촌이 오늘 오후 부인에 대해 이야기했습니다. 그는 부인이 정신적으로 정상인보다 못하다고 아무렇지 않게 언급했습니다. 마담, 그런 사람은 언제나 자기 행동을 책임질 수 있는 건 아니라는 것을 아실 테지요?"

"무슨 말씀을 하시려는 거지요, 푸아로 씨?"

"부인 말씀대로 그런 사람들은 아주 단순하죠. 어린아이처럼요. 갑작스런 분노로 발작하여 살인을 저지를 수도 있습니다."

폴리엇 부인은 갑자기 화를 내며 그를 보았다.

"해티는 절대로 그렇지 않아요! 당신이 그런 말을 하도록 놔두지 않겠어요. 그 애는 상냥하고 따뜻한 마음씨를 가진 아이에요. 그 애가 정신적으로 약간 단순하다고는 해도요. 해티는 절대로 아무도 죽이지 않았을 겁니다."

부인은 거칠게 숨을 몰아쉬며 푸아로를 똑바로 노려보았다.

푸아로는 놀랐다. 매우 놀랐다.

II

바로 이 순간 호스킨스 경관이 갑자기 나타났다. 그는 양해를 구하며 말했다.

"부인을 찾고 있었습니다."

"안녕하세요, 호스킨스. 무슨 일이죠?"

폴리엇 부인은 다시 나스 저택의 여주인다운 침착한 모습으로 돌아갔다.

"경위님이 부인과 말씀을 좀 나누고 싶어하십니다."

호스킨스는 푸아로와 마찬가지로 부인이 받은 충격을 알아차리고 서둘러 덧붙였다.

"괜찮으시다면 말입니다."

"물론 괜찮지요."

폴리엇 부인이 일어서자 푸아로도 예의를 차려 따라 일어섰다. 부인이 호스킨스를 따라 방을 나간 후 푸아로는 다시 의자에 앉았다. 그는 어리둥절한 표정으로 눈살을 찌푸리며 천장을 바라보았다.

폴리엇 부인이 들어가자 블랜드 경위가 일어나 맞았다. 호스킨스 경관이 그녀가 앉도록 의자를 끌어 주었다.

"걱정시켜서 죄송합니다, 폴리엇 부인. 하지만 부인은 이웃 사람들을 자세히 아실테니 저희를 도와주실 수 있으리라 믿습니다."

블랜드가 말하자 폴리엇 부인이 희미하게 미소 지었다.

"제가 이 사람들을 다 안다고 해도 다른 사람들과 비슷한 수준입니다. 무엇을 알고 싶으신가요, 경위님?"

"터커 가족을 아시나요? 그 가족과 그 여자애를?"

"네, 물론 잘 알지요. 그 사람들은 대대로 이곳 영지의 소작인이었습니다. 터커 부인은 대가족의 막내였어요. 큰오빠가 우리 수석 정원사였지요. 그녀는 알프레드 터커와 결혼했는데, 그는 농장 노동자입니다. 어수룩한 사람이지만 아주 선량하죠. 터커 부인은 약간 잔소리가 심한 여자예요. 하지만 좋은 주부입니다. 아시죠? 집 안을 아주 깨끗이 해 놓았는데, 터커가 진흙투성이 장화를 신고 있으면 식기실 외에는 들어오지 못하게 한답니다. 다 그런 식이죠. 그녀는 아이들을 좀 들볶습니다. 하지만 아이들은 대부분 결혼했고 직업을 갖고 있죠. 이 가엾은 아이 마를린과 그보다 더 어린 세 아이들밖에 남지 않았습니다. 아들 둘과 딸 하나가 아직 학교에 다니지요."

"그 가족을 그렇게 잘 알고 계시니 드리는 말씀인데요, 폴리엇 부인. 마를린이 오늘 왜 살해당했는지 짐작 가시는 부분이 있습니까?"

"아뇨, 전혀 없습니다. 정말이지 믿을 수가 없어요. 제 말뜻을 아신다면요, 경위님. 그 아이는 남자 친구 같은 것도 전혀 없었습니다. 적어도 제가 알기로는 그렇습니다. 그런 소문을 들어 본 적이 없어요."

"이 살인 추적에 참여하고 있는 사람들은 어떻습니까? 그들에 대해서 무슨 말씀을 해 주실 수 있을까요?"

"음, 올리버 부인은 예전에 한 번도 만나 본 적이 없는 분이세요. 그 부인은 제가 상상하고 있던 탐정 소설가 분위기와는 전혀 달랐습니다. 부인은 이런 일이 일어나서 매우 당황하고 계십니다. 안됐지만, 당연한 일이지요."

"다른 도우미들은 어떻습니까? 예를 들어 워버턴 대위라든가……?"

"저한테 물으신다면, 왜 그가 마를린 터커를 살해해야 하는지 그 이유를 모르겠습니다."

폴리엇 부인이 태연하게 말했다.

"저는 그를 썩 좋아하는 편이 아닙니다. 그는 제가 여우 같은 남자라고 부르는 타입이니까요. 하지만 정치인이라면 권모술수 정도는 부릴 수 있어야 하겠지요. 그는 확실히 정력적이고 아주 열심히 축제 일을 도왔습니다. 어쨌건 그가 그 아이를 죽일 수 있었을 것 같지는 않습니다. 오후 내내 잔디밭에 있었으니까요."

경위가 고개를 끄덕였다.

"레게 부부는요? 레게 부부에 대해서는 어떻게 생각하십니까?"

"음, 그들은 멋진 젊은 부부인 것 같아요. 남편 쪽은 제가…… 변덕스럽다고 부르는 경향이 있어요. 그에 대해서 잘 알지는 못합니다. 부인은 결혼 전에는 카스테어 집안 사람이었고, 그쪽 친척 몇 분은 저도 잘 안답니다. 두 달 동안 물레방앗간 오두막을 빌렸는데, 이곳에서 휴가를 잘 보냈으면 하고 바라고 있어요. 우리 모두와 아주 친해졌거든요."

"부인이 매력적이라고 들었습니다."

"아, 예. 아주 매력적이죠."

"조지 경도 그녀에게 매력을 느꼈을까요?"

폴리엇 부인이 어리둥절한 표정을 지었다.

"아뇨, 그런 일은 없었다고 확신합니다. 조지 경은 자기 일에 푹 빠져 있고 아내를 무척 사랑합니다. 호색한 타입이 절대 아닙니다."

"그러면 레이디 스터브스와 레게 씨 사이에도 아무런 일이 없었다고 말씀하시겠습니까?"

폴리엇 부인이 고개를 크게 끄덕였다.

"절대로요!"

경위가 고집스럽게 물었다.

"부인이 아시는 한 조지 경과 그의 아내 사이에는 어떤 종류의 말썽도 없었습니까?"

"없었다고 확신합니다. 있었으면 제가 알았을 겁니다."

폴리엇 부인이 단호하게 말했다.

"그렇다면 부부 간의 의견 차 때문에 레이디 스터브스가 떠나 버린 것은 아니겠군요?"

"아니지요."

그녀가 경쾌하게 덧붙였다.

"제가 듣기로는 그 바보 같은 아가씨가 어린애 같은 공포증에 사로잡혀 사촌을 만나고 싶어 하지 않았다면서요? 그래서 어린애가 할 법한 식으로 달아난 거겠지요."

"부인의 의견은 그렇군요. 그 외에는 없습니까?"

"예. 저는 그 애가 부끄러워하며 스스로 나타날 거라고 생각해요."

부인이 무심코 덧붙였다.

"그런데 그 사촌이라는 사람은 어떻게 되었나요? 여전히 이 집 안에 있나요?"

"자기 요트로 돌아갔다고 합니다."

"요트는 헬머스에 있다고요?"

"예, 헬머스에요."

"알겠습니다. 그 사람도 운이 없군요. 해티가 그렇게 어린애처럼 행동하다니. 하지만 그가 하루나 이틀 더 머문다면 그 애도 자신이 어떻게 행동해야 하는지 알게 되지 않을까요?"

'나한테 질문하는 거로군.'

경위는 그렇게 생각했지만, 그 질문에 대답하지는 않았다.

"이런 질문들이 다 무슨 소용이냐고 생각하고 계시겠지요? 하지만 우리로서는 가능한 한 모든 사실들을 수사해야 한다는 걸 이해하시리라 믿습니다. 예를 들어 폴리엇 부인, 브루이즈 양에 대해서는 무엇을 아시지요?"

"음, 우수한 비서예요. 비서 이상이라고 할 수 있죠. 실질적으로 이곳의 관리인 노릇을 해요. 사실 그 아가씨가 없다면 사람들이 어떻게 일을 해 나갈지 모르겠어요."

"그녀는 조지 경이 결혼하기 전부터 비서 노릇을 했습니까?"

"아마도 그럴 거예요. 확실하지는 않습니다. 그들과 함께 이곳에 왔을 때야 그녀를 알게 되었으니까요."

"브루이즈 양은 레이디 스터브스를 썩 좋아하지는 않죠?"

"예, 그런 것 같아요. 우수한 비서들이 아내까지 챙겨 주지는 못하는 것 같아요. 제 말이 무슨 뜻인지 아시지요? 아마도 이게 자연스러운 일이겠지요."

"케이크와 과일 음료수를 보트하우스에 가져다주라고 브루이즈 양에게 시킨 사람은 부인입니까, 레이디 스터브스입니까?"

폴리엇 부인은 약간 놀란 것 같았다.

"브루이즈 양이 케이크 같은 걸 담으면서 마를린에게 가져다줄 거라고 했던 건 기억이 나는데……. 누가 시켜서 한 일인 줄은 몰랐어요. 확실히 제가 시킨 건 아닙니다."

"알겠습니다. 4시부터 찻집에 계셨다고 했죠? 레게 부인도 그곳에서 차를 마시고 있었다던데요."

"레게 부인요? 아뇨, 그렇지 않을걸요? 최소한 저는 그곳에서 그녀를 본 기억이 없어요. 사실 그 시간에 그녀가 없었다고 확신할 수 있어요. 토키에서 버스를 타고 온 사람들이 밀어닥치는 바람에 찻집을 둘러보면서 '이 사람들이 전부 다 여름철 관광객이구나.' 하고 생각했던 게 기억나요. 아는 얼굴이 하나도 없었거든요. 레게 부인은 그 이후에 차를 마시러 들어왔던 게 분명합니다."

"네, 그건 상관없습니다."

경위가 부드러운 목소리로 덧붙였다.

"다 된 것 같습니다. 고맙습니다, 폴리엇 부인. 정말 친절하십니다. 레이디 스터브스가 곧 돌아오기만 바랄 뿐입니다."

"저도 그러기를 바랍니다. 그 예쁜이가 우리를 이렇게 불안하게 하다니 정말 분별이 없군요."

폴리엇 부인은 씩씩하게 말했지만 그 활기는 어딘지 억지로 지어낸 것처럼 들렸다. 부인이 덧붙였다.

"그 애는 무사한 게 확실합니다. 정말 무사할 거예요."

그 순간 문이 열리더니 붉은 머리에 주근깨가 있는 젊고 매력적인 여자가 들어왔다.

"절 찾는다고 들었는데요?"

"이쪽은 레게 부인이에요, 경위님. 샐리, 이봐요. 그 끔찍한 일에 대해 들었어요?"

"오, 들었죠! 정말 섬뜩해요."

레게 부인이 말했다. 그녀는 다소 지친 듯 한숨을 내쉬더니 폴리엇 부인이 나가자 의자에 무너지듯 앉았다.

"이 일은 정말 유감이에요. 믿을 수가 없어요. 무슨 말인지 아시죠? 어떤 식으로든 도와 드릴 수 없는 게 걱정이네요. 아시다시피 저는 오후 내내 점을 치느라 무슨 일이 일어나는지 아무것도 보지 못했거든요."

"압니다, 레게 부인. 하지만 우리는 모든 사람에게 똑같이 형식적인 질문을 해야 한답니다. 예를 들자면, 부인은 4시 15분에서 5시 사이에 어디에 계셨습니까?"

"음, 4시에 가서 차를 마셨어요."

"찻집에서요?"

"네."

"아주 붐볐다고 들었는데요?"

"오, 무섭게 붐볐죠."

"거기서 누구 아는 분을 보신 적이 있습니까?"

"노인 몇 분 정도요. 하지만 같이 이야기를 나눌 사람은 아무도 없었어요. 세상에, 얼마나 차가 마시고 싶었는지! 아까 말한 것처럼 4시였어요. 4시 30분에는 점 치는 천막으로 돌아와서 일을 계속했어요. 제가 여자들에게 뭘 약속하고 있었는지 신만은 아실 거예요.

백만장자 남편에 할리우드의 영화 스타……. 신만이 아실 일이죠. 바다를 건너 여행하고 묘령의 검은 머리 여자들과 만난다는 것 정도로는 안 먹혀요."

"부인은 30분간 자리를 비우면서 어떻게 하셨습니까? 그러니까 자리를 비운 동안 사람들이 점을 치러 왔다면요?"

"천막 밖에 '4시 30분에 돌아옵니다.' 하고 카드를 걸어 두었어요."

경위는 공책에 그 사실을 적었다.

"레이디 스터브스를 마지막으로 본 건 언제입니까?"

"해티요? 잘 모르겠는데요. 제가 차를 마시기 위해 천막에서 나왔을 때 해티는 근처에 있었어요. 하지만 저는 말을 걸지 않았고, 그다음에는 본 기억이 없어요. 누가 방금 해티가 없어졌다고 하던데 사실인가요?"

"예, 그렇습니다."

"오, 저런. 해티는 머리가 좀 이상하다는 거 아시죠? 여기에서 살인이 일어나서 겁을 먹은 게 분명해요."

샐리 레게가 신이 나서 말했다.

"예, 고맙습니다. 레게 부인."

레게 부인은 나가라는 통고를 재빨리 알아들었다. 그녀는 문간에서 에르퀼 푸아로를 지나쳐서 나갔다.

III

경위는 천장을 쳐다보며 푸아로에게 말했다.

"레게 부인은 자기가 4시부터 4시 30분 사이에 차를 마시고 있었다고 합니다. 하지만 폴리엇 부인은 찻집에서 4시부터 계속 일하고 있었지만 레게 부인은 보지 못했다고 합니다."

그는 말을 끊었다가 다시 이어 갔다.

"브루이즈 양은 레이디 스터브스가 케이크와 과일 주스 쟁반을 마를린 터커에게 가져가라고 시켰다고 합니다. 마이클 웨이먼은 레이디 스터브스가 그런 일을 했을 리가 없다고 합니다. 정말 그녀답지 않은 일이라고요."

"서로 충돌하는 진술! 그래요, 언제나 그런 것들이 있지요."

"그런 것들을 깨끗이 풀려면 얼마나 귀찮은지도 아시지요? 때로는 문제가 되는 것도 있지만 십중팔구는 그렇지도 않고요. 자, 우리에게는 할 일이 엄청나게 많습니다. 그건 분명한 일이지요."

"그러면 이제는 어떻게 생각하십니까, 몽 셰르(친애하는 경위님)? 제일 최근에 떠올린 생각은 뭐죠?"

"제 생각에는 마를린 터커가 보아서는 안 될 것을 본 것 같습니다. 마를린 터커는 자기가 본 것 때문에 살해당한 것 같아요."

경위가 진지하게 말했다.

"반대는 하지 않겠습니다. 문제는 그녀가 무엇을 보았느냐겠군요?"

"살인을 목격했을 겁니다. 그 살인을 한 사람을 보았거나요."

"살인? 누구의 살인을?"

"푸아로 선생, 어떻게 생각하십니까? 레이디 스터브스가 살았을까요, 죽었을까요?"

푸아로는 잠시 뜸을 들이다가 대답했다.

"몬 아미(친구여), 저는 레이디 스터브스가 죽었다고 생각합니다. 왜 그렇게 생각하는지도 말씀드리죠. 폴리엇 부인이 그녀가 죽었다고 생각하기 때문입니다. 예, 그녀가 뭐라고 말했든, 어떻게 생각하는 척하든, 폴리엇 부인은 해티 스터브스가 죽었다고 믿고 있습니다."

그가 덧붙였다.

"폴리엇 부인은 우리가 모르는 것을 많이 알고 있습니다."

12장

다음 날 아침 에르퀼 푸아로는 식당으로 내려왔지만 그곳에는 사람들이 별로 없었다. 올리버 부인은 여전히 어제 일어난 사건으로 괴롭다며 침대에서 아침을 먹고 있었다. 마이클 웨이먼은 간단히 커피 한 잔만 마신 뒤 일어났다. 조지 경과 그의 충실한 비서 브루이즈 양만이 아침 식탁에 있었다. 조지 경은 식사를 통해 현재 자신의 심정이 어떠한지 명백히 증명하고 있었다. 그는 접시에 손도 대지 않았다. 그는 브루이즈 양이 건네준 편지들을 열어 본 다음 편지 무더기를 밀어 놓았다. 그는 지금 자신이 무엇을 하고 있는지도 모르는 것처럼 멍한 상태로 커피를 마시며 기계적으로 말했다.

"안녕하시오, 푸아로 선생."

그런 다음 그는 다시 정신을 놓은 상태로 되돌아갔다. 때때로 그의 입에서 절규하는 듯한 중얼거림이 새어 나왔다.

"이런 망할 일들, 전부 믿을 수가 없어. 해티는 대체 어디에 있는 걸까?"

"목요일에 검시가 있을 예정입니다. 경찰에서 전화로 알려 주었어요."

브루이즈 양의 고용주는 이해하지 못하겠다는 듯 그녀를 바라보았다.

"검시? 아 그래, 물론이지."

그는 어리둥절하고 무심한 태도로 대답했다. 커피를 한두 모금 더 마신 뒤 그가 말했다.

"여자들이란 예측할 수가 없어. 해티는 자기가 무슨 일을 하고 있다고 생각할까?"

브루이즈 양은 입술을 앙다물었다. 푸아로는 그녀의 신경이 팽팽하게 날이 선 것을 예리하게 관찰했다.

"오늘 아침에는 농장의 젖소 우리의 전기 문제로 호지슨이 보러 올 겁니다. 그리고 12시에는······."

조지 경이 손을 들어 가로막았다.

"아무 일도 못 보겠어. 다 미뤄! 아내를 걱정하느라 반쯤 얼이 빠진 상태에서 어떻게 업무를 볼 수 있을 거라고 생각하는 거지?"

"그렇게 말씀하신다면 그러지요, 조지 경."

브루이즈 양은 '재판관께서 그렇게 말씀하신다면' 하고 말하는 법정 변호사 같은 어투로 말했다. 그녀의 불만이 눈에 훤히 보였다.

"전혀 모르겠어. 여자들이 머릿속으로 무슨 생각을 하고, 무슨 바보 같은 짓을 할지! 선생도 동의하시지요, 네?"

그는 마지막 질문을 푸아로에게 쏘았다.

"레 팜므(여자들)? 예측할 수 없지요."

푸아로는 프랑스식으로 눈썹을 치키며 양손을 들어 올렸다. 브루이즈 양은 화가 난 태도로 코를 풀었다.

"해티는 멀쩡해 보였어. 새 반지에 아주 만족했고, 축제를 즐기기 위해 멋진 옷을 차려입었어. 평상시와 똑같았어. 우리는 말싸움도, 어떤 싸움도 하지 않았는데. 말 한 마디 없이 가 버리다니."

"그 편지들 말씀인데요, 조지 경."

브루이즈 양이 말을 꺼냈다.

"그 빌어먹을 편지들은 지옥으로나 가라지!"

조지 경은 소리를 치며 커피 잔을 옆으로 밀쳐놓았다. 그는 편지들을 집어 들더니 그녀에게 던졌다.

"당신 좋을 대로 답장해! 나는 신경 못 쓰겠어."

그는 상처 입은 목소리로 독백하듯 말했다.

"내가 할 수 있는 일은 아무것도 없는 것 같아……. 경찰 녀석들이 무슨 소용 있는지도 모르겠어. 말이야 상냥하게 하지만 그것뿐이야."

"경찰은 아주 유능하다던데요. 행방불명된 사람들을 찾는 데 아주 뛰어난 실력을 자랑한대요."

브루이즈 양이 말했다.

"하지만 때로는 집에서 도망쳐 건초 더미에 숨은 불쌍한 꼬마를 찾는 데도 며칠씩 걸리기도 하지."

조지 경이 냉소적으로 말했다.

"레이디 스터브스가 건초 더미에 있을 것 같지는 않군요, 조지 경."

"내가 뭔가 할 수만 있다면 좋겠는데."

불행한 남편이 되풀이했다.

"신문에 광고를 내야겠어. 받아 적어, 아만다. 응?"

그는 잠시 생각에 잠겼다.

"해티, 제발 집으로 돌아와. 당신이 보고 싶어 죽겠어. 조지. 모든 신문에 내 줘, 아만다."

브루이즈 양이 심술궂게 말했다.

"레이디 스터브스는 신문을 잘 읽지 않아요, 조지 경. 그녀는 세상에서 일어나는 일에 전혀 흥미가 없잖아요."

그녀는 심술 사납게 덧붙였지만, 조지 경은 그녀의 심술을 음미할 분위기가 아니었다. 그는 순진하게 말했다.

"물론 《보그》에도 광고를 내야지. 그러면 해티의 눈을 끌 거야. 어디든 당신 생각대로 내고, 일단 착수해 줘."

그는 일어서서 문으로 걸어갔다. 손잡이에 손을 얹다가 다시 돌아와 푸아로에게 똑바로 말했다.

"이보시오, 푸아로 선생. 해티가 죽었다고는 생각하지 않지요, 그렇죠?"

푸아로는 커피 잔에 눈을 고정시키고 대답했다.

"그런 일을 상정하기에는 너무 이릅니다, 조지 경. 현재로서는 그런 생각을 할 이유가 전혀 없습니다."

"당신은 그렇게 생각하고 있는 거군."

조지 경이 무겁게 말하더니 화를 내며 덧붙였다.

"흥, 나는 그렇게 생각하지 않소! 해티는 아주 잘 있을 거요."

그는 점점 더 화를 내며 몇 번 고개를 끄덕이더니 문을 쾅 닫고 나갔다.

푸아로는 생각에 잠긴 채 토스트 조각에 버터를 발랐다. 살해당한 것으로 의심되는 부녀자 사건을 보면 그는 언제나 자동적으로 남편을 의심했다. (그와 마찬가지로 남편이 사망하면 아내를 의심했다.) 그러나 이 사건에서 그는 조지 경이 레이디 스터브스를 죽였다고는 의심하지 않았다. 그들을 짧게 관찰한 바에 의하면 조지 경은 아내에게 푹 빠져 있었다. 더구나 그의 뛰어난 기억력이 말해 주는 한 (그리고 그 기억력은 그에게 아주 잘 말해 주었다), 푸아로가 올리버 부인과 함께 시체를 발견할 때까지 조지 경은 오후 내내 잔디밭에 있었다. 그는 그들이 그 소식을 갖고 돌아왔을 때도 잔디밭에 있었다. 해티가 죽었다면 말이지만, 조지 경은 해티의 죽음에 책임이 없다.

'결국 그렇게 믿을 이유는 아직까지 아무것도 없어.'

푸아로는 속으로 생각했다. 방금 그가 조지 경에게 말한 것은 분명 사실이었다. 그러나 마음속의 확신은 바꿀 수 없었다. 그는 '이 패턴은 살인의 패턴이야. 그것도 이중 살인.' 하고 생각했다.

브루이즈 양이 눈물을 글썽거리며 앙심을 품고 말하는 바람에 그의 생각이 끊겼다.

"남자들이란 정말 바보예요. 정말 완전한 바보들이라니까요! 대부분의 일에는 영리하지만 결국 틀려먹은 여자들과 결혼해 버려요."

푸아로는 언제나 기꺼이 사람들이 이야기를 하도록 내버려 뒀다. 더 많은 사람들이 더 많이 그에게 말을 할수록 더 좋았다. 왕겨에 밀이 묻어 있듯이 언제나 말에는 단서들이 묻어 있다.

"당신은 이것이 불행한 결혼이라고 생각하시는군요?"

"재앙이죠. 완전한 재앙이에요."

"그 말씀은…… 그들이 함께 있어서 행복하지 않았다는 건가요?"

"부인은 조지 경에게 모든 면에서 아주 나쁜 영향을 미쳤어요."

"아주 흥미롭군요. 어떤 나쁜 영향인가요?"

"시키는 대로 이리저리 뛰어다니게 하고, 값비싼 선물을 짜내고……. 여자 1명이 찰 수 있는 것보다 훨씬 더 많은 보석을 사게 만들지요. 그리고 모피도요. 부인은 밍크 코트 2벌에 러시아 흰 담비 코트도 1벌 갖고 있어요. 도대체 여자가 밍크 코트 2벌을 가지고 뭘 하고 싶은 걸까요?"

푸아로는 고개를 흔들었다.

"저도 모르겠군요."

브루이즈 양이 계속 말했다.

"교활해요. 사기예요! 언제나 바보인 척하지요. 특히 사람들 앞에서요. 자기가 그렇게 구는 걸 그가 좋아한다고 생각하기 때문일 거예요!"

"그런데 그는 그래서 그녀를 좋아했나요?"

브루이즈 양은 금방이라도 히스테리를 일으킬 것처럼 목소리를 떨었다.

"오, 남자들이란! 능률이나 헌신, 충성 같은 미덕을 고맙게 여길 줄 몰라요! 조지 경은 영리하고 능력 있는 아내를 얻어 뭔가 해냈어야 해요."

"뭔가 해낸다고요?"

"네, 그는 지역 활동에서 중요한 역할을 할 수 있어요. 의회에 입후보하든가요. 그는 가엾은 매스터턴 씨보다 훨씬 유능한 사람이에요. 연단에서 매스터턴 씨가 연설하는 거 못 들어 보셨죠? 더듬거리는 데다가 독창성이라고는 전혀 없어요. 그가 얻은 지위는 전적으로 아내 덕분이에요. 왕좌 뒤의 실권자는 매스터턴 부인이지요. 추진력, 주도권, 정치적 통찰력은 모두 부인에게서 나오는 거예요."

푸아로는 매스터턴 부인과의 결혼을 가정하며 속으로 떨었지만, 브루이즈 양의 말에는 전적으로 동의했다.

"맞습니다. 그녀는 당신이 말하는 그대로입니다."

팜므 포미다블(강력한 여자). 그는 속으로 중얼거렸다.

브루이즈 양이 계속 말을 이어 갔다.

"조지 경은 별로 야심이 없는 것 같아요. 이곳에 살면서 골프를 치고, 시골 신사 노릇을 하고, 때때로 런던으로 가 재산을 관리하는 것으로 아주 만족하고 있는 것 같아요. 하지만 능력만 발휘한다면 훨씬 대단한 인물이 될 수 있어요. 그는 사실 아주 뛰어난 사람이에요, 푸아로 선생님. 그 여자는 그를 전혀 이해하지 못해요. 그저 보석이나 모피 코트 같은 값비싼 물건을 척척 내놓는 기계 취급을 할 뿐이죠. 조지 경이 자신의 능력을 알아주는 여자와 결혼하기만 했다면……."

그녀는 갑자기 말을 멈추었다. 그녀의 목소리가 매우 떨리고 있었다.

푸아로는 진정으로 동정심을 느끼며 그녀를 바라보았다. 브루이즈 양은 고용주를 사랑하고 있었다. 그녀는 그에게 정숙하고 충실하고 열렬한 헌신을 바치고 있었지만, 그는 전혀 모를 뿐더러 안다고 해도 흥미를 느끼지 않을 것이 분명했다. 조지 경에게 아만다 브루이즈는 일상생활의 고역을 어깨에서 덜어 주는 기계일 뿐이었다. 전화에 대답하고, 편지를 쓰고, 하인들을 고용하고, 전체적으로 그의 생활을 안온하게 만들어 주는 기계. 조지 경이 그녀를 여자로 생각해 보기나 했을까? 푸아로는 그건 그것대로 위험하겠다고 생각했다. 여자들은 자신들의 헌신을 받는 눈치 없는 남자들 모르게 무서운 히스테리를 부릴 수도 있지 않는가.

"교활하고 계획적이고 영리한 고양이, 그 여자가 바로 그래요."

브루이즈 양이 울먹거리며 말했다.

"당신은 '그랬어요.'가 아니라 '그래요.'라고 말하는군요."

"물론 그 여자는 죽지 않았으니까요! 남자랑 같이 도망간 거예요. 그 여자가 그렇죠 뭐."

브루이즈 양이 업신여기듯이 말했다.

"있을 수 있는 일이죠. 늘 있을 수 있는 일이에요."

푸아로는 토스트를 1장 또 집은 다음 마멀레이드 병을 우울하게 쳐다보곤 식탁에 다른 잼이 없나 살펴보았다. 결국 찾지 못한 그는 버터로 만족하기로 했다.

"그것밖에 설명이 안 돼요. 물론 조지 경은 그렇게 생각하지 않겠지만요."

"부인이 남자 때문에 겪은 말썽이…… 하나라도…… 있었습니까?" 푸아로가 교묘하게 물었다.

"아, 그 여자는 아주 영리하게 굴었어요."

"그런 일은 전혀 보지 못했다는 뜻입니까?"

"하도 조심스러웠으니까 보지 못한 거죠."

"하지만 당신 생각에는……. 뭐라고 해야 할까, 은밀한 일이 있었을 수도 있다는 거군요?"

"마이클 웨이먼을 갖고 놀려고 기를 썼죠. 이 계절에 동백나무 정원을 보여 준다고 그를 데리고 내려온 거예요! 테니스장 부속 건물에 관심이 있는 척하면서."

"그는 직업상 온 거고, 조지 경이 아내를 기쁘게 하기 위해 부속 건물을 짓도록 했다고 들었는데요."

"그 여자는 테니스를 못 치는걸요. 운동이라면 어떤 것도 잘하지 못해요. 그저 다른 사람들이 주변에서 뛰어다니면서 몸을 달구는 동안 앉아 있을 만한 멋진 배경이 필요한 거죠. 그래요, 그녀는 마이클 웨이먼을 갖고 놀려고 기를 썼어요. 웨이먼이 끌려 하는 다른 미끼가 없었다면 갖고 놀았을 수도 있었을 거예요."

"아하."

푸아로는 토스트 귀퉁이에 마멀레이드를 아주 살짝 묻힌 뒤 망설이며 한 입 먹었다.

"웨이먼 씨에게는 다른 미끼가 있었군요?"

"레게 부인이 그를 조지 경에게 추천했지요. 그녀는 결혼 전부터 그를 알고 있었어요. 첼시(런던에서 예술가와 작가들이 주로 거주하는 곳 — 옮긴이)에서 만났다고 들었어요. 그런 것들 있잖아요. 그녀는 그림을 그렸으니까요."

"아주 매력적이고 지성적인 젊은 여성 같더군요."

푸아로가 넌지시 말해 보았다.

"예. 그녀는 아주 지성적이죠. 대학 교육을 받았고요. 결혼하지 않았으면 성공했을 거라고 생각해요."

"결혼한 지 오래되었나요?"

"3년쯤 되었다고 들었어요. 그 결혼도 썩 성공적인 것 같지는 않아요."

"불화가 있었나요?"

"남편이 아주 괴짜예요. 침울한 데다가 혼자서 여기저기 돌아다녀요. 때때로 부인에게 아주 심술궂게 구는 것도 들었지요."

"아하. 다툼과 화해. 신혼 생활의 일부지요. 그런 것이 없으면 오히려 단조로울걸요."

"마이클 웨이먼이 여기 온 다음부터 함께 시간을 많이 보내더군요. 마이클 웨이먼은 샐리 레게가 결혼하기 전에 그녀를 사랑했던 것 같아요. 그녀 쪽에서는 그냥 관심을 준 정도였겠지만."

"하지만 레게 씨는 별로 기분 좋지 않았겠군요?"

"그는 정말 잘 모르겠어요. 아주 모호해요. 하지만 최근에는 평소보다 더 뚱해 보이기는 했어요."

"그는 아마 레이디 스터브스를 사모했겠지요?"

"그 여자야 그렇다고 생각했겠지요. 자기가 손가락만 들면 모든 남자가 자신과 사랑에 빠질 거라고 생각하니까요!"

"어쨌든 당신 말대로 그녀가 남자와 함께 도망친 것이더라도 그 남자가 웨이먼 씨는 아니겠군요. 아직 여기 있으니까요."

"몰래 만나고 있던 남자가 있었던 게 확실해요. 집에서 살그머니 빠져나가서 혼자 숲으로 들어가는 일이 자주 있었어요. 지지난 밤에도 밖에 나갔어요. 하품을 하면서 자러 올라간다고 하더니, 30분도 안 되어서 머리에 숄을 쓰고 옆문으로 빠져나가는 걸 보았어요."

푸아로는 생각에 잠겨 맞은편의 여자를 바라보았다. 그는 레이디 스터브스에 대한 브루이즈 양의 진술을 조금이라도 믿을 수 있을까, 아니면 그 진술이 전적으로 그녀의 희망에 의거한 것일까 생각했다. 폴리엇 부인은 브루이즈 양과 생각이 같지 않은 것이 확실했다. 그리고 폴리엇 부인은 브루이즈 양보다 해티를 훨씬 더 잘 알고 있었다. 레이디 스터브스가 연인과 함께 달아난 것이라면 브루이즈 양의 각본에는 아주 잘 어울렸다. 그녀는 남겨진 남편을 위로하고 그를 위해 이혼의 세부 사항을 능률적으로 처리했을 것이다. 그러나 그것은 사실일 리가 없었다. 그런 일은 가능하지도 않고 있을 법하지도 않았다. 만약 그런 것이라면 해티 스터브스는 연인과 떠나기에 아주 희한한 시기를 고른 셈이다. 푸아로는 그녀가 그렇게 했다고 믿지 않았다.

브루이즈 양은 코를 푼 뒤 흩어진 편지를 한데 모았다.

"조지 경이 진짜로 그런 광고를 내고 싶어 한다면, 좀 더 알아봐야겠어요. 말도 안 되는 시간 낭비지만요. 아, 안녕하세요. 매스터턴 부인."

매스터턴 부인이 힘차게 들어오는 모습을 보며 브루이즈 양이 인사를 건넸다.

"검시가 목요일로 정해졌다면서요? 안녕하세요, 푸아로 씨."

매스터턴 부인이 큰 소리로 말했다. 브루이즈 양은 편지를 손에 가득 든 채 동작을 멈추었다.

"뭘 도와 드릴까요, 매스터턴 부인?"

"고맙지만 괜찮아요, 브루이즈 양. 오늘 아침 할 일이 많은 것 같은데요 뭐. 하지만 어제 당신이 훌륭하게 해 준 일에 대해서는 감사하고 싶어요. 당신은 정말 훌륭한 조직가이자 뛰어난 일꾼이에요. 우리 모두 감사하고 있답니다."

"고맙습니다, 매스터턴 부인."

"이제 잡아 두지 않을게요. 전 앉아서 푸아로 씨와 이야기나 나눌게요."

매스터턴 부인은 의자를 꺼내 앉았다. 브루이즈 양은 보통 때의 유능한 모습으로 완전히 돌아와 방을 떠났다.

"대단한 여자예요, 저 사람. 스터브스 가족은 저 사람이 없으면 어쩔까 몰라. 저택을 운영한다는 건 꽤 수고로운 일이랍니다. 가엾은 해티는 그걸 해낼 수가 없었어요. 이건 정말 대단한 사건이에요, 푸아로 씨. 당신이 어떻게 생각하시는지 물으러 왔어요."

"부인은 어떻게 생각하십니까?"

"음, 입 밖으로 내기 불쾌하지만 이 지방에 정신병자가 있는 게 틀림없어요. 이곳 토박이가 아니기를 바랄 뿐이죠. 아마 병원에서 나온 거겠죠. 요즘은 반쯤만 치료가 되면 그냥 환자들을 퇴원시켜 버리잖아요. 내 말은 그러니까 누가 터커네 집 딸을 목 졸라 죽이고 싶어 하겠느냐는 거예요. 정신병자의 소행이 아니라면 누구겠어요. 그자가 가엾은 해티 스터브스까지 죽였을 수도 있다고 생각해요. 아시다시피 해티는 판단력이 떨어지는 편이었죠. 가엾은 아가씨 같으니라고! 겉으로는 평범해 보이는 남자가 저 숲에 뭐가 있다며 함께 가자고 하면 양처럼 순순하게 따라갔을 거예요. 의심이라곤 하나도 하지 않고 온순하게요."

"이곳 구내 어디엔가 그녀의 시체가 있다고 생각하시는 건가요?"

"그래요, 푸아로 씨. 난 그렇게 생각해요. 일단 주변을 수색하면 찾을 수 있을 거예요. 아시겠어요? 약 65에이커쯤 되는 삼림지에서 발견되는 게 있을 거예요. 덤불 속으로 끌려갔거나 비탈을 굴러 숲 속에 떨어졌다면 블러드하운드 경찰견이 필요할 거예요. 블러드하운드! 경찰서장에게 직접 전화해서 그 말을 전해야겠어요."

그 말을 하는 매스터턴 부인은 정말 블러드하운드처럼 보였다.

"부인의 생각이 맞을 겁니다, 마담."

푸아로는 그렇게 말했다. 누구라도 매스터턴 부인 앞에서는 그렇게밖에 말할 수 없었다.

"물론 내가 옳지요. 하지만 그 남자가 아직도 이 근방을 어슬렁거릴 것을 생각하면 마음이 아주 불안해요. 나는 떠날 때 마을을 방문해서 딸들을 조심하라고 어머니들에게 주의를 줄 참이에요. 딸애들을 혼자 내보내지 말라고. 우리 사이로 살인자가 돌아다닐 것을 생각하니 기분이 좋지 않군요, 푸아로 씨."

"사소한 문제인데요, 마담. 낯선 남자가 어떻게 보트하우스에 들어갈 수 있었을까요? 열쇠가 필요했을 텐데요."

"아, 그거요. 그건 아주 간단해요. 그 여자애가 제 발로 나온 거죠."

"보트하우스에서 나왔다고요?"

"그래요. 여자애들이 흔히 그러하듯이 지루해졌겠죠. 밖에 나와 돌아다니면서 주변을 둘러보았을 거예요. 내 생각에 가장 있을 법한 일은, 그 애가 사실은 해티 스터브스가 살해당하는 장면을 본 거예요. 싸우는 소리를 듣거나 뭐 그래서 보러 갔다가 목격한 거예요. 레이디 스터브스를 죽인 남자는 당연히 그 애도 죽여야 했지요. 그 애를 죽인 후 시체를 보트하우스로 끌고 와 가두는 일은 어렵지 않아요. 예일 자물쇠잖아요. 잡아당기면 밖에서도 잠기는걸요."

푸아로는 상냥하게 고개를 끄덕였다. 매스터턴 부인과 말다툼을 하거나 그녀가 아주 흥미로운 사실을 간과하고 있다고 지적할 마음은 전혀 없었다. 그 사실이란 마를린 터커가 보트하우스에서 떨어진 곳에서 살해당했더라도 분명 그는 살인 추적에 대해 잘 알고 있는 사람이라는 것이다. 그렇지 않다면 어떻게 희생자가 있기로 한 정확한 장소와 희생자가 취하기로 한 정확한 자세를 알고서 시체를 갖다 놨겠는가.

"조지 스터브스 경은 아내가 아직 살아 있다고 확신하던데요?"

"그거야 그렇게 믿고 싶으니까 하는 말이죠. 그는 아내에게 아주 푹 빠져 있어요."

그녀는 약간 갑작스러운 말을 덧붙였다.

"저는 조지 스터브스를 좋아해요. 그의 혈통이나 그가 도시 출신이라는 걸 다 접고서 하는 말이에요. 그는 이 지방에서 아주 평이 좋아요. 제일 나쁜 이야기라고 해 보았자 그가 약간 속물이라는 건데, 어쨌든 사회적 속물 근성은 별로 해가 되지 않잖아요?"

푸아로는 약간 시니컬하게 대답했다.

"오늘날에는 확실히 돈은 좋은 태생만큼이나 훌륭하죠, 마담."

"훌륭한 의견이로군요, 저도 그 말에 대찬성이에요. 그가 꼭 속물 노릇을 할 필요는 없답니다. 지위를 사고 돈을 펑펑 쓰기만 해도 우리는 모두 이 저택에 오고 그들에게 전화를 할 거예요! 하지만 사실 사람들은 그를 좋아해요. 단지 돈이 많아서가 아니랍니다. 물론 에이미 폴리엇과도 관련이 있죠. 에이미가 그들을 뒷받침했어요. 그녀는 이 지방에서 정말 영향력이 크거든요. 세상에, 튜더 왕조 때부터 폴리엇 가문이 살았으니까요."

"나스 저택에는 언제나 폴리엇 가문이 살았다."

푸아로는 혼잣말을 중얼거렸다. 매스터턴 부인이 한숨을 쉬었다.

"그래요, 슬픈 일이에요. 전쟁 때문에 희생된 것들을 생각하면. 젊은 남자들이 전사를 한 데다 상속세 때문에 영지를 팔아야 했지요……."

"그렇지만 폴리엇 부인은 집을 잃었지만 여전히 영지에서 살고 있지요."

"예. 그 문간채를 아주 멋지게 만들었지요. 들어가 보셨어요?"

"아뇨. 문간에서 작별했습니다."

"모두가 그런 일을 감내할 수는 없을 거예요. 자기가 살던 옛날 집의 문간채에 살면서 낯선 사람들이 자기 집을 소유한 것을 지켜보다니. 하지만 공정하게 말하자면 폴리엇 부인은 그다지 쓰라리게 생각하는 것 같지는 않아요. 사실 그녀는 이 모든 일을 교묘하게 처리했지요. 해티에게 이곳에 산다는 생각을 불어넣은 뒤 해티를 시켜 조지 스터브스를 설득하게 했어요. 제 생각에 에이미 폴리엇이 견딜 수 없는 일은 나스 저택이 호스텔이나 학교 같은 것이 되거나, 건물을 짓기 위해 분할되는 것이었을 거예요."

그녀가 일어났다.

"자, 이제 가 봐야겠어요. 바쁘거든요."

"물론이죠. 경찰서장에게 블러드하운드 이야기도 하셔야요."

매스터턴 부인은 갑자기 개가 왕왕 짖는 듯한 목소리로 웃었다.

"한때는 직접 키우기도 했답니다. 사람들 말로는 나도 약간 블러드하운드 같대요."

푸아로는 약간 움찔했고, 그녀는 그것을 재빨리 알아차렸다.
"당신도 그런 생각을 하고 있었군요? 푸아로 씨!"

13장

매스터턴 부인이 떠난 후 푸아로는 집에서 나가 숲속을 거닐었다. 그의 신경은 평상시처럼 완전하지 않았다. 그는 모든 덤불 뒤쪽을 살펴보고 싶었다. 그리고 진달래 수풀이 보일 때마다 시체를 숨길 만한 장소가 아닐까 하는 생각을 멈출 수가 없었다. 그는 마침내 폴리로 돌아와 그 안에 들어가서 돌 벤치에 앉았다. 늘 신던 습관대로 끝이 뾰족하고 꽉 끼는 에나멜가죽 구두를 신고 있는 발을 쉬게 하기 위해서였다.

숲속에서 보니 강이 희미하게 반짝이는 모습과 건너편의 수목이 우거진 강둑이 보였다. 그는 여기다가 이런 환상적인 건축물을 세우면 안 된다는 젊은 건축가의 생각에 동의하게 되었다. 물론 공간이야 나무를 자르면 생길 수도 있지만, 그렇더라도 제대로 된 경관이 나올 수 없었다. 반면 마이클 웨이먼의 말대로 집 근처에 있는 풀 덮인 강둑 위에 폴리를 세웠더라면 헬머스로 가는 강 바로 아래쪽 전망이 아름다웠을 것이다. 푸아로의 생각은 갑자기 옆길로 샜다. 헬머스, 요트 에스페란스호, 그리고 에티엔느 드 수사. 이 일 전체가 어떤 패턴으로 묶여 있는 것이 분명한데, 그것이 무엇인지 구체화시킬 수가 없었다. 유혹적인 실마리가 여기저기 보이기는 했지만 그뿐이었다.

무엇인가 반짝이는 것이 눈길을 끌었다. 그는 몸을 구부려 그것을 집어 들었다. 그것은 사원의 콘크리트 바닥 작은 틈새에 꽂혀 있었다. 그는 그것을 손바닥에 놓고 바라보다가 그것이 무엇인지 알아보고는 희미하게 동요했다. 작은 금빛 비행기 장식물이었다. 눈살을 찌푸리며 바라보다가 마음속에 어떤 그림이 떠올랐다. 팔찌였다. 금팔찌가 달랑거리는 장식물과 함께 매달려 있었다. 그는 다시 천막 속에 앉아 있었고 마담 줄레이카, 일명 샐리 레게의 목소리가 검은 머리의 여인과 바다를 건너는 여행과 편지에 담긴 큰 재산 이야기를 하고 있었다. 그래, 그녀는 작은 금빛 장식물이 여러 개 달린 팔찌를 차고 있었다. 이 현대적 유행물은 푸아로의 초년 시절 유행을 되풀이한 것이었다. 아마 그래서 그 팔찌의 인상이 깊게 남아 있었을 것이다. 어느 때인가 레게 부인이 이 폴리 안에 앉아 있었는데, 장식물 중 하나가 팔찌에서 떨어진 것이다. 그녀는 아마 알아차리지도 못했을 것이다. 어제 오후의 일이었을 수도 있다.

푸아로는 그 경우에 대해서 고려했다. 그러다가 바깥에서 발걸음 소리를 듣고 그쪽을 날카롭게 쳐다보았다. 어떤 사람이 폴리 앞으로 다가오다가 푸아로의 모습을 보고 깜짝 놀라 멈추었다. 푸아로는 생각에 잠긴 눈으로 여러 가지 남생이와 바다거북이 그려진 셔츠를 입고 있는 마른 체구에 금발인 젊은이를 보았다. 그 셔츠를 잘못 보았을 리가 없었다. 어제 그 옷을 입은 사람이 코코넛을 던지고 있을 때 자세히 본 것이었다.

푸아로는 젊은이가 이상할 정도로 놀라는 것을 알아차렸다. 그 젊은이는 외국 억양으로 재빨리 말했다.

"미안합니다. 몰랐어요."

푸아로는 상냥하지만 비난이 섞인 듯한 미소를 지었다.

"무단 침입을 하는 도중이로군요."

"그래요. 미안합니다."

"호스텔에서 왔나요?"

"예, 예. 그렇습니다. 숲을 통해 이 길로 가서 부두로 갈 수 있을 거라고 생각했어요."

"유감스럽지만 온 길로 되돌아가야 할 것 같군요. 이곳을 거쳐서 갈 수 있는 길은 없어요."

푸아로가 상냥하게 말했다.

젊은이는 한껏 이를 드러내 보이며 유쾌해 보이는 미소를 지으려고 했다.

"미안합니다. 정말 미안합니다."

그는 고개를 숙인 뒤 오던 길로 되돌아갔다.

푸아로는 폴리에서 나와 도로 돌아가는 젊은이의 뒷모습이 멀어져가는 것을 바라보았다. 길이 끝날 때쯤 젊은이가 고개를 돌려 어깨 너머로 푸아로를 보았다. 그는 푸아로가 자신을 지켜보는 것을 보더니 걸음을 재촉해 굽이 너머로 사라졌다.

"에 비엥(그런데), 내가 살인자를 본 건가 아닌가?"

푸아로는 혼잣말을 했다.

그 젊은이는 분명 어제 축제에서 본 사람이 맞았다. 그는 푸아로와 부딪치자 노려봤었다. 따라서 그는 숲을 통해 나루터로 가는 길이 없다는 사실을 아주 잘 알고 있는 것이 확실했다. 나루터로 가는 길을 찾고 있었다면 폴리 옆으로 가는 이 길 대신 강 근처의 더 낮은 길로 계속 내려갔을 것이다. 게다가 폴리에서 마주쳤을 때 그는 마치 약속 장소에 다른 사람이 나와 있는 것을 보고 깜짝 놀라는 사람처럼 보였다.

"그럼 이렇게 된 거로군. 그는 여기 누군가를 만나러 왔어. 누구를 만나러 왔을까?"

푸아로는 혼잣말을 하다가 나중에 떠오른 생각을 덧붙였다.

"그리고 왜 만나러 왔을까?"

그는 길모퉁이로 내려가서 길이 숲속으로 구불구불 멀어지는 것을 바라보았다. 이제 그 거북이 셔츠 청년은 보이지 않았다. 그는 될 수 있는 한 재빨리 사라지는 것이 현명하다고 생각했을 것이다. 푸아로는 고개를 흔들며 폴리로 되돌아갔다.

생각에 빠져 조용히 폴리 옆으로 가다가 푸아로는 이번에는 자신이 깜짝 놀라 문지방에서 멈추었다. 샐리 레게가 그곳에서 무릎을 꿇고 마룻바닥의 틈새 위로 머리를 숙이고 있었다. 그녀는 놀라서 펄쩍 뛰었다.

"오, 푸아로 선생님. 정말 놀랐어요. 오시는 소리를 듣지 못했지 뭐예요."

"뭔가 찾고 있었군요, 마담?"

"난……. 아뇨, 꼭 그런 건 아니에요."

"뭔가 잃어버리신 것 같군요. 뭔가 떨어뜨렸어요. 아니면 아마……."

푸아로는 장난스러우면서도 정중한 태도를 취했다.

"아니면 아마 밀회 약속이었겠지요, 마담. 불행히도 저를 만나러 오신 건 아니겠지요?"

이제 그녀는 침착을 되찾고는 수상하다는 듯이 물었다.

"아침 해가 중천인데 밀회 약속을 하나요?"

"때로는 그렇죠. 밀회 약속이란 자기가 잡을 수 있는 시간에만 해야 하는 거니까요."

그는 과장된 어조로 덧붙였다.

"남편들이란 질투를 하니까요."

"내 남편이 그럴지 의심스러워요."

샐리 레게는 경쾌한 목소리로 말했으나 푸아로는 그 뒤에 씁쓸함이 깔려 있는 것을 눈치챘다.

"그는 온통 자기 일에 몰두해 있거든요."

"모든 아내가 그 점을 불평하죠. 특히 영국 남편들에게요."

"당신네 외국인들은 여성에게 더 친절하지요?"

"우리는 여성에게 최소한 일주일에 한 번, 더 좋게는 서너 번씩은 사랑한다고 말해야 한다는 걸 잘 아니까요. 그리고 여성에게 꽃을 선물하고, 찬사를 보내고, 또 새 드레스나 새 모자를 선보이면 멋지다고 말할 줄도 알지요."

"선생님도 그러시나요?"

"마담, 저는 남편이 아니랍니다. 슬프게도요!"

"슬프지 않으신 게 확실한데요. 선생님은 태평한 노총각인 쪽을 좋아하시는 게 틀림없어요."

"아뇨, 아뇨, 마담. 제가 인생에서 놓친 제일 아쉬운 것이랍니다."

"저는 결혼하는 사람은 바보라고 생각해요."

"첼시의 스튜디오에서 그림을 그리던 시절이 그립습니까?"

"저에 대해서 모든 걸 아시는 것 같군요, 푸아로 선생님?"

"저는 수다쟁이랍니다. 사람들에 대한 소문을 전부 듣고 싶어 하지요. 정말로 후회하십니까, 마담?"

"오, 모르겠어요."

그녀는 조바심을 치며 자리에 앉았다. 푸아로도 옆에 앉았다.

그는 다시 한번 익숙한 현상을 경험했다. 이 매력적인 붉은 머리의 여성이 그에게 무엇인가 털어놓으려고 하고 있었다. 상대가 영국인이었다면 입을 열기 전에 다시 한번 생각했을 이야기를.

"저는 모든 것을 다 떠나 여기로 휴가를 왔을 때 예전으로 돌아갈 수 있을 거라고 믿었어요……. 하지만 그렇게 되지 않았어요."

"그렇게 되지 않았나요?"

"네. 알렉은 우울하기만 하고……. 오, 모르겠어요. 자기 생각만 하고 있어요. 그의 문제가 뭔지 모르겠어요. 그는 신경질적이고 안절부절못해요. 사람들이 그에게 전화를 걸어 이상한 메시지를 남기는데 나한테 아무것도 말해 주지 않으니 미쳐 버리겠어요. 내게 아무것도 말하지 않아요! 처음에는 다른 여자가 생겼을까 하고 생각했지만, 지금은 그렇게 생각하지 않아요. 정말 그렇지 않아요……."

그러나 그녀의 목소리에는 의심이 깃들어 있었다. 푸아로는 그것을 재빨리 알아차렸다.

"어제 오후 차는 맛있었습니까, 마담?"

"차가 맛있었냐고요?"

그녀는 딴 데 정신이 팔렸다 돌아온 사람처럼 눈살을 찌푸리더니 서둘러 말했다.

"아, 네. 천막 속에서 베일을 치렁치렁 걸치고 있는 게 얼마나 지치는 일인지 모르시죠? 숨이 막혀요."

"찻집에도 숨 막히게 사람이 많았죠?"

"네, 그랬지요. 하지만 차 한 잔만큼 좋은 것도 없지요. 선생님은 그렇게 생각하지 않으시나요?"

"방금 뭔가 찾고 계셨지요, 마담? 혹시 이건가요?"

푸아로가 손바닥에 그 작은 금 장식물을 놓고 내밀었다.

"아…… 네. 고마워요, 푸아로 선생님. 어디서 찾으셨어요?"

"여기 마루에 있었습니다. 저기 틈 속에."

"이걸 언제 떨어뜨렸나 봐요."

"어제요?"

"아뇨, 어제는 아니에요. 그전이었어요."

"하지만 마담, 어제 제 운세를 봐 주실 때 그 장식물이 부인의 손목에 있던 걸 보았는데요?"

작정하고 거짓말을 한다면 에르퀼 푸아로처럼 능숙하게 거짓말을 잘하는 사람도 없었다. 그는 아주 자신만만하게 이야기했기 때문에 샐리 레게는 눈을 내리깔았다.

"사실은 기억이 안 나요. 그냥 오늘 아침에 이게 없어졌구나 하고 알아차렸을 뿐이에요."

"그렇다면 부인께 이것을 되찾아 드릴 수 있어서 기쁩니다."

푸아로는 여성에게 친절한 사람답게 말했다.

"네, 고맙습니다, 푸아로 선생님. 정말 고맙습니다."

샐리 레게는 그렇게 말했지만, 숨이 거칠어지고 눈길이 초조해졌다.

그녀는 서둘러 폴리 밖으로 나갔다. 푸아로는 의자에 기대앉아 머리를 천천히 끄덕였다.

'아냐, 아냐. 당신은 어제 오후 차를 마시러 가지 않았어. 당신이 그렇게 초조하게 지금 시간이 4시인지 알려고 했던 것은 차를 마시고 싶어서가 아니었어. 당신은 어제 오후 여기에 왔지. 여기, 폴리로. 보트하우스로 가는 길의 절반쯤 되는 곳. 당신은 여기로 누군가를 만나러 왔어.'

그때였다. 다시 한번 이곳으로 다가오는 발소리가 들렸다. 빠르고 성급한 발소리였다.

"아마 레게 부인이 만나기로 한 사람이겠군."

푸아로가 미소를 지으며 말했다.

그러나 알렉 레게가 폴리 귀퉁이에 나타나자 푸아로는 엉겁결에 소리를 질렀다.

"또 틀렸어!"

"응? 무슨 말입니까?"

알렉 레게는 깜짝 놀란 것 같았다.

"내가 또 틀렸다고 말한 겁니다. 난 그리 자주 틀리지 않거든요. 그리고 틀리면 화가 납니다. 당신을 볼 거라고는 생각하지 않았습니다."

"누구를 볼 거라고 생각하셨는데요?"

알렉 레게가 묻자 푸아로는 재빨리 대답했다.

"소년에 가까운 젊은이로, 거북이들이 그려진 야한 셔츠를 입은 사람이죠."

그는 자기 말이 불러일으킨 효과를 보고 기뻐했다. 알렉 레게는 앞으로 한 발짝 내딛으며 흥분해서 말했다.

"어떻게 알았죠? 당신 어떻게…… 무슨 뜻으로 말하는 거죠?"

"저는 정신능력자랍니다."

에르퀼 푸아로가 눈을 감으며 말했다. 알렉 레게는 또 두어 걸음 앞으로 걸어왔다. 푸아로는 지금 자기 앞에 아주 화가 난 사람이 서 있다는 것을 알았다.

"대체 무슨 뜻으로 말하는 거요?"

그가 날카롭게 물었다.

"제 생각에 당신 친구는 유스호스텔로 돌아간 것 같습니다. 그를 보고 싶다면 거기 가서 찾으시지요."

"그런 거로군."

알렉 레게가 중얼거리더니 돌 벤치 다른 쪽 끝에 쓰러지듯 앉았다.

"그래서 당신이 이 아래 있는 겁니까? '상을 주기 위해서'가 아니었군요. 진작 눈치를 챘어야 했는데."

그는 푸아로 쪽을 보았다. 그의 얼굴은 수척하고 불행해 보였다.

"이게 다 어떻게 보일지 알아요. 전부 어떻게 보일지 알고 있습니다. 하지만 당신 생각과는 다릅니다. 나는 희생자인 겁니다. 일단 이 사람들 손아귀에 들어가면 빠져나오기가 쉽지 않아요. 그런데 나는 거기서 빠져나오고 싶어요. 핵심은 그겁니다. 나는 거기서 빠져나오고 싶어요. 그러다보니 필사적이 됩니다. 네, 필사적인 수단을 쓰고 싶습니다. 쥐덫 속의 쥐처럼 갇혀 있는데 할 수 있는 것은 아무것도 없다는 느낌입니다. 아, 그래요. 말은 쉽지요! 이제 알고 싶은 건 다 알았겠지요. 증거도 확보하셨겠고요."

그는 길이 보이지 않는 것처럼 휘청거리며 일어서더니 뒤도 돌아보지 않고 힘차게 뛰어갔다.

에르퀼 푸아로는 눈을 휘둥그렇게 뜨고 눈썹을 치켜올린 채 홀로 남아 중얼거렸다.

"모두 다 이상해. 이상하고 흥미로워. 증거를 확보했다니? 무슨 증거? 살인?"

14장

I

블랜드 경위는 헬머스 경찰서에 앉아 있었다. 테이블을 사이에 두고 몸집이 크고 편안한 인상의 볼드윈 총경이 맞은편에 앉아 있었다. 테이블 위에는 흠뻑 젖은 검은 물건이 놓여져 있었다. 블랜드 경위는 조심스럽게 그것을 검지 손가락으로 찔렀다.

"부인의 모자가 맞습니다. 증언을 할 정도는 아니지만 확실합니다. 그녀는 이런 스타일을 좋아했던 것 같습니다. 하녀가 제게 그렇게 말했습니다. 그런 모자가 한두 개 더 있었는데, 엷은 분홍빛과 암갈색 같은 것이었습니다. 하지만 어제는 검은 모자를 쓰고 있었습니다. 예, 이게 그겁니다. 그런데 강에서 건졌다고요? 우리 생각대로인 것 같군요."

"아직 확실한 것은 없네. 누구든지 강에 모자를 던져 넣을 수는 있으니까."

"예. 보트하우스에서 던졌거나 요트에서 던졌을 수도 있죠."

"요트는 잡아 두었으니 괜찮아. 그녀가 거기 있다면, 살았든 죽었든 아직 거기 있을 거야."

"그는 오늘 상륙하지 않았나요?"

"아직 배에 있어. 시가를 피우면서 갑판 의자에 앉아 있네."

블랜드 경위는 시계를 흘끗 보았다.

"배에 올라갈 시간이 다 되었군요."

"자네는 그녀를 찾아낼 거라고 생각하나?"

"별 기대는 하지 않습니다. 악마같이 영리한 놈이라서요."

블랜드는 모자를 다시 찔러 보며 잠시 생각에 잠겨 있다가 말했다.

"시체 문제는 어떨까요? 시체가 있을까요? 어떻게 생각하십니까?"

"글쎄. 오늘 아침 오터웨이트와 이야기해 보았네. 전직 연안 경비대원이지. 조류나 해류와 관계 있는 문제는 언제나 그와 의논한다네. 부인이 헬름 강에 빠졌다면 그때쯤 조수는 막 빠지고 있었어. 이제 만월이니 빠르게 차오를 걸세. 시체가 어디에 닿을지, 어디 닿기나 할지 전혀 알 수 없네. 익사 사건이 한두 건 있었지만 시체를 찾은 적이 없었거든. 시체가 '스타팅 포인트'라는 바위에 부딪쳐 부서지기도 하니까. 반면 언제라도 떠오를 수도 있고."

"떠오르지 않으면 어려워질 겁니다."

"부인이 강에 빠졌다고 확신하나?"

"다른 가능성은 생각할 수 없습니다."

블랜드 경위가 침울하게 말했다.

"아시다시피 버스와 기차를 조사했습니다. 이곳은 막다른 골목입니다. 부인은 눈에 잘 띄는 옷을 입고 있었습니다. 가방을 꾸린 흔적도 없습니다. 그러니 나스를 절대 떠나지 않았을 겁니다. 그녀의 시체가 바다에 있든지 이곳 육지에 있든지 둘 중 하나입니다. 제가 지금 원하는 것은 동기입니다."

그는 뒤늦게 떠오른 생각을 덧붙였다.

"물론 시체도요. 시체를 발견할 때까지는 아무것도 할 수 없습니다."

"소녀에 대해서는 어떤가?"

"그 아이가 그것을…… 아니면 무엇인가를 본 겁니다. 결국은 사실이 확인되겠지만 쉽지는 않을 겁니다."

이번에는 볼드윈이 시계를 쳐다보며 말했다.

"갈 시간이네."

두 경찰관은 드 수사의 매력적이고 친절한 접대를 받으며 배에 올랐다. 드 수사가 마실 것을 권했으나 그들은 거절했다. 하지만 그는 수사에 대해 계속 흥미를 보였다.

"그 어린 소녀의 죽음에 대한 조사는 좀 진전되었나요?"

"조금씩 나아가고 있습니다."

블랜드 경위가 말했다.

총경이 이야기를 떠맡아 방문 목적을 아주 우아하게 설명했다.

"에스페란스를 수색하고 싶으신 건가요?"

드 수사는 화가 나기는커녕 재미있어 하는 것 같았다.

"하지만 왜요? 내가 살인자를 숨기고 있다고 생각하는 겁니까? 아니면 내가 살인자일 거라고 생각하는 겁니까?"

"이건 필요한 일입니다, 드 수사 씨. 이해해 주시리라 생각합니다. 수색 영장은……."

드 수사가 손을 치켜들었다.

"걱정 마십시오. 협조하고 싶어 죽겠는걸요. 기꺼이요! 친구 사이의 일로 해 두지요. 제 보트에서 수색하고 싶은 곳은 어디든 수색하십시오. 아, 이곳에 내 사촌인 레이디 스터브스가 있다고 생각하시는 건가요? 그 애가 남편에게서 도망쳐 여기 숨어 있다고요? 그러니 수색하세요, 여러분. 부디 수색하세요."

경찰은 요트를 철저하게 수색했다. 결국 두 경찰관은 분한 마음을 숨기려고 애쓰며 드 수사 씨와 작별했다.

"아무것도 발견하지 못하셨습니까? 정말 실망스럽군요. 제가 그렇다고 말씀드리지 않았습니까. 이제 다과를 좀 드시겠습니까, 예? 안 드신다고요?"

드 수사는 보트를 댄 곳까지 그들을 전송했다.

"이제 나는 어떡하지요? 마음대로 떠나도 됩니까? 아시겠지만 여기 있는 게 좀 지루해져서요. 날씨도 좋고요. 플리머스로 가고 싶은 마음이 굴뚝같습니다."

"괜찮으시다면 선생, 내일 검시 때까지 여기 남아서 기다려 주십시오. 검시관이 질문할 것이 있을 경우를 대비해서요."
"네, 그러지요. 제가 할 수 있는 일은 다 하고 싶습니다. 하지만 그 다음에는요?"
"그다음에는 물론 가고 싶은 곳으로 마음대로 가셔도 됩니다."
볼드윈 총경이 뻣뻣한 얼굴로 말했다.
론치가 요트에서 멀어져 가면서 그들이 마지막으로 본 모습은 그들을 내려다보는 드 수사의 미소 짓는 얼굴이었다.

II

검시는 괴로울 정도로 재미가 없었다. 의학적 증거와 신분 증명을 제외하면 관객의 호기심을 만족시킬 만한 것이 거의 없었다. 산회가 요청되고 실시되었다. 모든 절차는 아주 공식적이었다.
그러나 검시 뒤에 일어난 일은 그렇게 공식적인 것은 아니었다. 블랜드 경위는 유명 유람선 데번 벨르호를 타고 여행하면서 오후 시간을 보냈다. 그 배는 3시쯤 브릭스웰을 떠나 곶을 돌아 해변을 따라간 다음 헬름 강으로 거슬러 올라갔다. 블랜드 경위 외에도 약 230명 정도의 승객이 타고 있었다. 그는 보트 우현에 앉아서 나무가 우거진 해변을 살펴보고 있었다. 배는 강의 굽이를 돌아 후다운 공원에 속해 있는 회색 타일의 외딴 보트하우스를 지났다. 블랜드 경위는 남몰래 시계를 보았다. 딱 4시 15분이었다. 배는 이제 보트하우스와 점점 가까워졌다. 작은 발코니가 달린 보트하우스는 작은 부두 아래쪽 숲속에 멀리 떨어져 자리 잡고 있었다. 보트하우스 안은 보이지 않았다. 하지만 블랜드 경위는 누군가 안에 있다는 것을 확실히 알고 있었다. 호스킨스 경관이 명령에 따라 그곳에서 근무하고 있었다.

보트하우스 계단에서 멀지 않은 곳에 작은 론치가 있었다. 론치에는 휴가 복장의 한 남녀가 타고 있었다. 그들은 거칠고 소란스러운 장난에 열중해 있었다. 처녀는 비명을 질러 댔고, 남자는 짓궂게 웃으면서 여자를 배 밖으로 던져 버릴 것처럼 굴었다. 바로 그 순간 커다란 목소리가 확성기를 통해 웅웅거렸다.

"신사 숙녀 여러분. 여러분은 이제 유명한 기챔 마을로 다가가고 있습니다. 우리는 그곳에서 45분간 머무를 예정입니다. 여러분은 데번셔 크림을 곁들인 게와 가재 요리로 가볍게 요기를 하실 수 있습니다. 오른쪽에는 나스 저택 부지가 있습니다. 이삼 분 안에 저택을 지나칠 텐데, 저택은 나무 사이로만 보일 것입니다. 원래는 프랜시스 드레이크(영국의 탐험가로 1579년 영국을 출항하여 1580년에 두 번째로 세계 일주를 함―옮긴이) 경과 함께 신세계를 항해한 저비스 폴리엇 경의 소유였으나 이제 조지 스터브스 경의 영지가 되었습니다. 왼쪽에는 유명한 구즈에이커 바위가 있습니다. 잔소리 심한 아내들을 조수가 낮을 때 데려가 물이 목까지 차오를 때까지 남겨 두는 관습이 있었다고 합니다."

승객들이 구즈에이커 바위를 흥미진진하게 바라보았다. 농지거리와 날카롭게 킬킬거리는 웃음소리, 박장대소로 배가 떠나갈 듯했다.

그러는 동안 론치의 휴일 행락객은 마지막으로 드잡이를 하면서 친구인 아가씨를 물속으로 밀어 넣었다. 그는 몸을 기울이고 물속에서 허우적대는 여자를 잡더니 웃으면서 말했다.

"얌전히 있겠다고 약속할 때까지 안 꺼내 줄 거야."

그러나 블랜드 경위를 제외하면 아무도 그 광경을 눈여겨보지 않았다. 그들은 확성기 소리를 들으며 나무 사이로 보이는 나스 저택과 구즈에이커 바위를 황홀한 눈길로 바라보았다.

론치의 젊은이가 아가씨를 잡은 손을 놓자 그녀는 물 아래로 가라앉더니 얼마 후 보트 반대편에 나타났다. 그녀는 그곳에서 능숙하게 헤엄쳐 보트 옆쪽으로 탔다. 앨리스 존스 여경은 아주 수영을 잘했다.

블랜드 경위는 230명의 다른 승객들과 함께 기챔 해변에 가서 가재와 데번셔 크림과 스콘으로 식사를 했다. 그는 혼잣말을 중얼거렸다.

"저런 식으로 일이 벌어질 수도 있군. 아무도 알아차리지 못하겠어."

III

블랜드 경위가 헬름에서 실험을 하고 있는 동안, 에르퀼 푸아로는 나스 저택 잔디밭에서 천막을 실험하고 있었다. 마담 줄레이카가 운세를 말해 주던 바로 그 천막이었다. 다른 천막들과 노점을 철거할 때 이것만은 남겨 달라고 푸아로가 요청했다.

그는 천막 안으로 들어가 펄럭이는 문을 닫고 뒤쪽으로 갔다. 그는 솜씨 좋게 문고리 역할을 하는 끈을 풀고 슬쩍 빠져나와, 문을 다시 묶고, 천막 바로 뒤에 있는 진달래 울타리 속으로 뛰어들었다. 그리고 덤불 사이로 미끄러지듯 나아가 곧 거칠게 만든 작은 정자에 닿았다. 그곳은 여름집 같은 것으로 문이 닫혀 있었다. 푸아로는 문을 열고 안으로 들어갔다.

주변에 무성하게 자란 진달래 덤불이 빛을 막아 안은 매우 어두웠다. 그곳에는 크로켓 공이 든 상자 하나와 낡고 녹슨 굴렁쇠, 부서진 하키 스틱 한두 개가 있었다. 집게벌레와 거미들이 아주 많았고, 마룻바닥 먼지 속에 둥글고 불규칙한 표시가 나 있었다. 푸아로는 얼마 동안 이것을 바라보고 있다가 무릎을 꿇은 뒤 주머니에서 작은 자를 꺼내 주의 깊게 치수를 재었다. 그는 만족스러운 표정을 지으며 고개를 끄덕였다.

그는 조용히 빠져나와서 문을 닫은 뒤 진달래 덤불 속으로 비스듬히 난 길을 따라 언덕까지 힘겹게 올라갔다. 그리고 잠시 후 폴리를 통해 보트하우스로 내려가는 길로 나왔다.

이번에는 폴리에 들르지 않고 곧장 지그재그 길을 내려가 보트하우스에 닿았다. 그는 가지고 있는 열쇠로 문을 열고 들어갔다.

유리잔과 접시가 놓인 쟁반과 시체가 없는 점 빼고는 그가 기억하던 그대로였다. 경찰은 차 쟁반에 담겨 있던 것을 전부 적어 놓고 사진을 찍었다. 그는 이제 만화책 더미가 놓여 있는 테이블로 갔다. 그는 만화책을 넘겨 보았다. 그의 표정은 마를린이 죽기 전에 낙서한 글을 보고 블랜드 경위가 지은 표정과 다르지 않았다. '재키 블레이크는 수잔 브라운과 함께 간다. 피터는 영화관에서 여자애들에게 치근거린다. 조지 포지는 숲속에서 여행자들에게 키스한다. 비디 폭스는 남자애들을 좋아한다. 앨버트는 도린과 함께 간다.'

그는 그 젊고 유치한 글귀에서 연민을 느꼈다. 그는 마를린의 못생긴 여드름투성이 얼굴을 떠올렸다. 남자애들은 영화관에서 마를린에게 치근거리지 않았다. 마를린은 좌절해서 자기 또래 젊은이들을 몰래 살피고 엿보면서 대리 만족과 전율을 느낀 것이다. 그녀는 사람들을 엿보고, 기웃거리며 돌아다니고, 그리고 어떤 것들을 보았다. 그녀가 보아서는 안 되는 일……. 보통은 별로 중요하지 않은 일, 그러나 어떨 때는 중요한 일을? 누구한테 중요한지 그녀는 몰랐던 일을.

모두 추측일 뿐이었다. 푸아로는 의심쩍다는 듯이 머리를 흔들었다. 항상 정리 정돈에 열을 올리는 그는 만화책을 테이블 위에 도로 깔끔하게 놓았다. 그 순간 그는 갑자기 무엇인가 놓쳤다는 느낌을 받았다. 무엇인가……. 무엇일까? 무엇인가 그곳에 있었어야 하는 것인데……. 무엇인가……. 단초가 교묘히 빠져 달아나자 그는 고개를 흔들었다.

그는 스스로에게 불만을 느끼며 천천히 보트하우스에서 나왔다. 살인을 막기 위해 불려 왔는데, 그는 그것을 막지 못했다. 살인은 일어나고야 말았다. 더욱 굴욕적인 것은 지금까지도 사건의 전말을 파악하지 못했다는 것이다. 그리고 내일 그는 패배감에 휩싸인 채로 런던에 돌아가야 했다. 그의 자존심은 심각하게 훼손되었다. 콧수염마저 축 늘어졌다.

15장

보름 후, 블랜드 경위는 데번주 경찰서장과 길고 불만에 찬 인터뷰를 하고 있었다.

머롤 총경은 성마른 얼굴에 눈썹이 텁수룩하여 화난 테리어 같은 인상이었다. 그러나 부하들은 모두 그를 좋아하고 그의 판단을 존중했다.

"자, 자. 우리한테 뭐가 있지? 우리가 행동할 수 있는 근거는 아무것도 없어. 그 드 수사라는 놈? 어떤 식으로도 그 소녀단 단원과 연결점이 없어. 레이디 스터브스의 시체가 나타났다면 문제가 달랐겠지만."

그는 눈썹을 축 늘어뜨린 채 블랜드를 바라보았다.

"자네는 시체가 있다고 생각하지, 안 그래?"

"총경님은 어떻게 생각하십니까?"

"자네와 생각이 같아. 그렇지 않다면 지금쯤 부인을 찾아냈을 거야. 물론 그녀가 아주 주의 깊게 계획을 짠 게 아니라면 말이야. 하지만 그건 무리야. 알다시피 그녀는 돈이 없어. 우리는 재정적인 면을 다 살펴보았어. 남편이 아주 후하게 용돈을 주긴 했지만 자기 돈은 하나도 없어. 그리고 애인이 있다는 흔적도 없어. 그런 이야기도, 그런 소문도 없어. 이런 지방에서는, 알겠나, 그런 일이 있다면 소문이 났을 거야."

그는 마루 위를 왔다 갔다 했다.

"분명한 사실은 우리가 아무것도 모르고 있다는 거야. 우리는 드 수사가 알 수 없는 어떤 이유로 사촌과 달아났다고 '생각해'. 가장 그럴 법한 일은 그가 미리 그녀와 약속을 하고 보트하우스에서 만나서 론치에 태운 다음 배 밖으로 밀었다는 거야. 그런 일이 있을 수 있는지 실험은 해 보았지?"

"오, 물론이지요! 휴가 때는 보트 한 척에 탄 사람들을 전부 빠뜨릴 수도 있겠더군요. 아무도 그런 일에 주의를 기울이지 않았습니다. 모두 꺅꺅거리고 서로 밀어대며 시간을 보냅니다. 그러나 드 수사가 몰랐던 것은, 보트하우스의 그 소녀가 아무 할 일도 없이 죽을 만치 지루했다는 겁니다. 그러니 십중팔구 창밖을 바라보고 있었겠지요."

"호스킨스가 창밖으로 자네가 상연한 그 공연을 지켜보았는데 자네는 그를 보지 못했다고?"

"예, 총경님. 밖에서는 누가 그 보트하우스에 있는지 알 수 없습니다. 발코니에 나와서 모습을 드러내기 전에는…….”

"아마 그 여자애가 발코니로 나왔겠지. 드 수사는 그녀가 자기가 한 일을 목격했다는 것을 깨달았어. 그래서 그는 해변으로 올라가 그녀를 구슬려 그곳에서 뭘 하고 있는지 알아낸 거야. 그리고 그 아이가 자기를 보트하우스에 들이도록 또 구슬렸겠지. 그녀는 살인 추적에서 자기가 맡은 역할에 대해 즐겁게 떠들었겠지. 그는 장난을 치는 것처럼 목에 끈을 감고 쉬이이익…….”

머롤 총경은 손을 놀려 직접 재연해 보았다.

"그렇게 된 거야! 좋아, 블랜드, 좋아. 그런 식으로 일이 일어났다고 가정해 보세. 그렇다 해도 순전히 추측일 뿐이야. 우리에게는 아무 증거도 없어. 시체도 없고. 우리가 이 지방에 드 수사를 억류하려고 하면 벌집 쑤셔 놓은 꼴이 날 걸세. 그를 놓아줘야 해.”

"그가 떠난답니까, 총경님?”

"지금부터 일주일 후에 떠난다는군. 빌어먹을 섬으로 돌아가는 거지.”

"그러면 별로 시간이 없군요.”

블랜드 경위가 우울하게 말했다.

"다른 가능성이 있나?”

"예, 총경님. 몇 가지 '가능성'이 있습니다. 저는 그녀가 살인 추적 놀이의 세부 사항을 잘 아는 누군가에게 살해당했을 거라는 생각을 여전히 고수하고 있습니다. 그러면 두 사람은 완전히 용의선상에서 제외할 수 있습니다. 조지 스터브스와 워버턴 대위입니다. 그들은 잔디밭에서 프로그램을 진행하고 있었고, 오후 내내 축제 일들을 책임지고 있었습니다. 수십 명의 사람들이 그들을 보증합니다. 용의선상에 포함시킬 수 있는지는 모르겠지만, 이는 매스터턴 부인에게도 적용됩니다."

"모든 사람을 포함시켜. 매스터턴 부인은 블러드하운드를 풀라고 끊임없이 전화하더군."

머롤 총경은 아쉽다는 듯이 덧붙였다.

"탐정 소설로 치면 그 짓을 저지른 건 바로 그녀지. 하지만 제기랄, 나는 평생 코니 매스터턴을 아주 잘 알고 지냈어. 그녀가 소녀단 단원의 목을 조른다든가, 신비롭고 이국적인 미녀를 없애는 장면은 상상도 할 수 없어. 자, 그럼 다른 사람은 누가 있겠나?"

"살인 추적을 고안한 올리버 부인이 있습니다. 그녀는 좀 괴짜인데다가 혼자서 오후에 상당 시간 나가 있었습니다. 그다음에는 알렉 레게 씨가 있습니다."

"분홍빛 오두막을 빌린 남자 말인가?"

"예, 그는 아주 일찍 자리를 떴거나……. 최소한 축제에서 그는 보이지 않았습니다. 질려서 자기 오두막으로 돌아갔다더군요. 반면 늙은 머델, 그러니까 보트를 돌보고 정박을 돕는 부두의 늙은이인데, 그는 알렉 레게가 5시쯤 오두막으로 돌아가면서 자기를 지나쳤다고 합니다. 그보다 일찍은 아니라고요. 그러면 그가 말한 시간에서 1시간 정도가 설명되지 않은 채 남아 있습니다. 물론 그는 머델이 시간을 착각한 것이라고 말합니다. 어쨌든 그 노인은 92살이니까요."

"좀 불만스럽군. 그를 엮어 넣을 동기나 그런 건 없나?"

"그가 레이디 스터브스와 연애를 하고 있었을 수도 있지요."

블랜드가 의심쩍다는 듯이 말했다.

"그리고 그녀가 그의 아내에게 말하겠다고 협박을 했고, 그래서 그가 부인을 죽이고, 그 소녀가 현장을 목격했을 수도 있고……."

"그리고 그가 레이디 스터브스의 시체를 어딘가에 숨겼다?"

"예. 하지만 어디인지 알 수만 있다면 좋겠습니다. 제 부하들이 65에이커를 수색했는데 어디에도 땅에 손댄 자국이 없었습니다. 이제 관목 뿌리까지 전부 다 파헤쳐 봤다고 말할 수도 있습니다. 하지만 시체를 숨기는 데 성공했다면 그녀의 모자를 강에 미끼로 던졌을 수도 있겠지요. 그리고 마를린 터커가 그를 보는 바람에 그녀를 없앴다? 그 부분은 언제나 똑같습니다."

블랜드 경위는 말을 멈추었다가 다시 이어갔다.

"물론, 레게 부인도 있습니다……."

"뭐 꼬투리 잡을 만한 게 있나?"

"그녀는 진술과는 달리 4시부터 4시 30분 사이에 찻집에 있지 않았습니다."

블랜드 경위가 천천히 말했다.

"그녀와 폴리엇 부인과 이야기를 나누자마자 알아차렸습니다. 증거는 폴리엇 부인의 진술입니다. 두 사람의 진술이 엇갈리는 시간은 바로 그 특별하고 치명적인 30분입니다."

그는 다시 말을 멈추었다.

"그다음에는 그 건축가, 젊은 마이클 웨이먼이 있습니다. 어떤 식으로든 이 일에 엮어 넣기는 어렵습니다만, 그는 제가 '잠재적 살인자'라고 부르는 부류의 사람입니다. 잘난 체하고 신경과민인 젊은 이들 말입니다. 눈 하나 깜짝하지 않고 살인을 저지를 수 있을 겁니다. 사람을 죽이고도 아주 태연할 거라고 믿어 의심치 않습니다."

"정말 대단하군, 블랜드. 그는 자기 행동을 어떻게 설명하던가?"

"아주 모호하게요, 총경님. 정말 모호하게 설명합니다."

"그건 그가 진짜 건축가라는 증거야."

머롤 총경은 정을 담아 이야기했다. 그는 최근 해변에 직접 집을 지은 터였다.

"건축이란 참 모호하거든. 때때로 살아 있는 것 같다니까."

"그가 언제 어디에 있었는지, 그를 본 사람은 아무도 없었는지 잘 모르겠습니다. 레이디 스터브스가 그에게 매우 열중했다는 증거는 좀 있습니다."

"자네는 범인이 섹스 살인광이라고 암시하는 건가?"

"저는 그냥 제가 찾을 수 있는 단서를 찾고 있을 뿐입니다."

블랜드 경위가 점잖게 말했다.

"그리고 브루이즈 양이 있습니다……."

그는 말을 멈추었다. 한참 동안 침묵이 흘렀다.

"그 비서 말이지, 응?"

"예, 총경님. 아주 유능한 여성입니다."

다시 침묵이 흘렀다. 머롤 총경은 자신의 부하를 날카로운 시선으로 바라보았다.

"그녀에 대해 뭔가 생각하는 게 있군, 안 그래?"

"예, 그렇습니다, 총경님. 아시겠지만 그녀는 살인이 저질러진 시간 즈음에 자기가 보트하우스에 있었다고 인정합니다."

"정말 자신이 범인이라면 그렇게 말했을까?"

"그럴 수도 있습니다. 사실 그녀에게는 최선의 방침이라고 할 수도 있지요."

블랜드 경위가 천천히 말했다.

"만약 케이크와 과일 음료수를 담은 쟁반을 들고 모두에게 저 아래 소녀에게 가져다주러 간다고 말한다면……. 음, 그러면 알리바이가 성립됩니다. 그녀는 돌아와서 그 시간에는 소녀가 살아 있다고 말합니다. 우리는 그녀의 말을 그대로 받아들입니다. 하지만 총경님, 기억하신다면, 아니면 의학적 증거를 다시 보신다면, 쿡 의사가 추정한 사망 시간은 4시에서 4시 45분 사이였습니다. 우리는 마를린이 4시 15분에 살아 있었다는 브루이즈 양의 말만 들었을 따름입니다. 그리고 그녀의 증언에서 한 가지 이상한 점이 있습니다. 그녀는 그 케이크와 과일 음료수를 마를린에게 갖다주라고 시킨 사람이 레이디 스터브스였다고 했습니다. 그러나 다른 증인은 절대 레이디 스터브스가 생각할 법한 일이 아니라고 말합니다. 그리고 저는 그 말에 동의합니다. 전혀 레이디 스터브스답지 않습니다. 레이디 스터브스는 자기 자신과 외모를 꾸미는 것밖에는 아무 생각 없는 멍청한 미녀입니다. 그녀가 상을 차리거나 가사에 흥미를 갖는 것은 상상할 수 없습니다. 그녀는 잘난 자신을 제외하고는 그 누구도 배려해 본 적이 없는 것 같습니다. 그녀가 브루이즈 양에게 그 소녀단 단원에게 뭘 가져다주라고 말했다는 것은 생각하면 할수록 있을 수 없는 일입니다."

"거기에 뭔가 있는 것 같군. 그렇다면 브루이즈 양의 동기는 뭐지?"

"그 소녀를 죽일 동기는 없습니다. 하지만 제 생각에 레이디 스터브스를 죽일 동기는 있는 것 같습니다. 제가 말씀드린 푸아로 선생의 말에 따르면, 그녀는 자기 고용주에게 홀딱 반해 있다고 합니다. 그녀가 레이디 스터브스를 숲속으로 따라가 죽였다고 합시다. 보트하우스 안에 있다가 지루해진 마를린 터커가 나와서 우연히 그것을 보았다면? 물론 그다음에는 마를린도 죽여야 했을 것입니다. 그런 다음 그녀는 무엇을 할까요? 소녀의 시체를 보트하우스에 놓고 저택으로 돌아와서, 쟁반을 갖고 다시 보트하우스로 내려갑니다. 그러면 축제에서 자리를 비운 알리바이가 생기죠. 그리고 우리는 그녀의 증언에 따라 마를린 터커가 4시 15분에는 살아 있었다고 생각합니다. 우리가 그렇게 생각하는 유일한 증거죠."

머콜 총경이 한숨을 지으며 말했다.

"계속 뒤쫓게, 블랜드. 계속 뒤쫓아. 그녀가 범인이라면 레이디 스터브스의 시체를 어떻게 했을 거라고 생각하나?"

"숲속에 숨겼거나, 파묻었거나, 강으로 던졌을 겁니다."

"마지막 일은 좀 어려웠겠군, 안 그런가?"

"살인이 어디서 일어났는가에 달렸습니다. 그녀는 아주 튼튼한 여성입니다. 살인이 저질러진 곳이 보트하우스에서 그리 멀지 않다면, 그녀는 부인을 그곳으로 운반해 내려와 부두 가장자리에서 던졌을 수도 있습니다."

"헬름의 모든 유람선이 지켜보고 있는데?"

"그냥 소란스러운 장난으로 보였겠지요. 하지만 저로서는 그녀가 시체를 어딘가 숨기고 모자만 헬름 강에 던졌다는 쪽이 훨씬 그럴듯하다고 생각합니다. 아시겠지만 그녀는 저택과 영지를 잘 알고 있으니 시체를 숨길 만한 장소를 알고 있었을 수도 있습니다. 나중에 시체를 강에 처리했을 수도 있겠지요. 누가 알겠습니까? 하지만 물론 그녀가 그런 짓을 저질렀을 경우입니다."

경위는 다시 생각난 듯이 덧붙였다.

"총경님, 하지만 사실 저는 드 수사 쪽에 미련이 남습니다……."

머롤 총경은 요점을 노트에 적고 있었다. 이제 그는 경위를 쳐다보며 헛기침을 했다.

"그러면 이렇게 되는군. 이렇게 요약할 수 있네. 마를린 터커를 살해했을 가능성이 있는 사람은 대여섯 명이야. 그들 중 몇 명은 꽤 그럴듯하지만 딱 거기까지야. 개괄적으로 보면 우리는 왜 그 아이가 살해됐는지 알아. 무엇인가 보았기 때문에 살해당했네. 하지만 그녀가 본 것이 무엇이었는지 정확히 알 때까지는…… 우리는 누가 그녀를 죽였는지 모르는 거네."

"그렇게 말씀하시니 꽤 어려워 보이는군요, 총경님."

"오, 어려운 문제야. 하지만 우린 알아낼 걸세……. 결국은 말이야."

"그렇지만 그동안 녀석은 2건의 살인을 해치우고 속으로 웃으면서 영국을 떠나 버리겠지요?"

"자넨 범인이 그자라고 확신하고 있군. 자네가 틀렸다는 게 아닐세. 하지만……."

경찰서장은 잠시 침묵하다가 어깨를 으쓱하며 말했다.

"하여간 살인광인 것보다는 낫지. 그랬더라면 지금쯤 제3의 살인이 일어났을 테니까."

"사건은 3번 일어난다고들 하지요."

경위가 우울하게 말했다.

그는 다음 날 아침 늙은 머델이 강 건너 기챔에 있는 단골 술집에서 과음을 했다가 강에 빠져 죽었다는 소식을 듣자 그 말을 되풀이했다. 사람들이 머델의 보트가 주인을 잃은 채 강에 둥둥 떠다니는 것을 발견하였다. 그의 시체는 그날 저녁에 찾을 수 있었다.

검시는 짧고 간단했다. 흐리고 어두운 밤이었고, 늙은 머델은 맥주 3파인트를 마셨고, 어쨌건 그는 92세였다.

내려진 판정은 사고사였다.

16장

I

에르퀼 푸아로는 런던에 있는 아파트의 네모진 방에서 네모진 벽난로 앞에 놓인 네모진 의자에 앉아 있었다. 그의 앞에는 여러 개의 물건이 놓여 있었지만 네모꼴은 아니었다. 대신 그 물건들은 형체를 분간할 수 없는 기괴한 곡선을 그리고 있었다. 하나하나 살펴보면 정상적인 세계에서 도대체 어떤 쓸모가 있을지 짐작할 수 없는 물건이었다. 있을 것 같지 않고, 이해할 수 없고, 뜻밖인 물건이다. 물론 사실은 그렇지 않다.

제대로 평가하자면, 그 물건 각각은 특별한 우주에서 특별한 자리를 갖고 있었다. 그들이 원래 있어야 할 자리를 찾아만 준다면, 그것은 이치에 닿을 뿐만 아니라 멋진 그림이 되었다. 다른 말로 하자면, 에르퀼 푸아로는 지그소 퍼즐을 하고 있었다.

그는 아직 제자리를 찾아 못한 퍼즐을 내려다보았다. 지그소 퍼즐은 그에게 위안과 기쁨을 안겨 주는 소일거리였다. 그것은 질서 속에 무질서를 가져왔다.

'내 직업하고도 어느 정도 닮았지.'

그가 알아낸 각각의 사실들은 아직 제자리를 찾지 못한 퍼즐 조각과 같다. 서로 아무 관계도 없어 보인다. 하지만 퍼즐이 다 모이면 하나의 그림을 이루듯 각각의 사실들도 분명 어떤 연관성을 지니고 있다. 그리고 이를 통해 사건의 전말을 이해할 수 있다. 그의 손가락은 자리에 맞지 않는 짙은 회색 조각을 능숙하게 집어 파란 하늘에 맞추었다. 이제 그는 알 수 있었다. 그 회색 조각은 비행기의 일부분이었다.

"그래. 이렇게 해야지. 여기서 가망 없어 보이는 조각, 저기서 맞지 않는 조각, 말이 되는 것 같아 보이지만 사실 보이는 모습 그대로가 아닌 조각. 이런 조각들은 모두 정해진 장소가 있고, 일단 다 들어맞으면, 에 비엥(그러면), 일은 다 끝난 거지! 모두 분명해져. 사람들이 요즘 하는 말처럼 모든 것이 그림 속에 들어가는 거지."

그는 계속해서 빠르게 조각을 맞추었다. 미너렛(회교 사원의 빛의 탑—옮긴이)의 작은 조각, 줄무늬 천막의 일부처럼 보였지만 사실은 고양이 엉덩이였던 또 한 조각, 터너 같이 갑작스럽게 오렌지에서 핑크로 바뀌는 저녁놀의 잃어버린 조각 하나.

'찾아야 할 것을 알고 있다면 아주 쉽겠지.'

에르퀼 푸아로는 속으로 생각했다. 그러나 찾아야 할 것이 무엇인지 알 수 없다. 그래서 잘못된 장소를 들여다보거나 잘못된 조각을 찾는 것이다. 그는 성가신 듯이 한숨을 쉬었다. 그의 눈길은 앞에 있는 지그소 퍼즐에서 벽난로 맞은편의 의자로 옮아 갔다. 블랜드 경위가 그곳에 앉아 차와 네모 크럼펫(핫케이크의 일종 — 옮긴이)을 먹으며 슬프게 이야기하던 것이 30분도 지나지 않았다. 그는 경찰 업무로 런던에 왔고, 업무가 끝나자 푸아로를 방문하러 왔다. 그는 푸아로 선생님이 뭘 알고 계시는지 궁금해서 왔다고 설명했다. 그런 다음 그는 계속해서 자기 생각을 이야기했다. 그가 그려 보이는 윤곽의 모든 지점에서 푸아로는 그에게 동의했다. 블랜드 경위는 공평하고 편견 없이 그 사건을 조사했다고 푸아로는 생각했다.

나스 저택에서 사건이 일어난 지 벌써 한 달로 거의 5주째가 되었다. 그러나 그 5주는 침체와 부인의 5주였다. 레이디 스터브스의 시체는 발견되지 않았다. 살아 있다고 해도 레이디 스터브스는 추적할 수 없었다. 블랜드 경위가 지적하듯이 그녀가 살아 있을 가능성은 매우 희박했다. 푸아로는 그의 의견에 동의했다.

"물론 시체가 떠오르지 않았을 수도 있습니다. 일단 물속에 들어가면 시체가 어떻게 될지 아무도 예측할 수 없지요. 떠오를 가능성도 있지만 그때는 이미 형체를 알아보기 힘들겠지요."

"세 번째 가능성도 있습니다."

푸아로가 지적하자 블랜드는 고개를 끄덕였다.

"예, 그 생각도 해 보았지요. 사실 계속 생각하고 있습니다. 그 시체가 거기…… 나스에 있다는 말씀이지요? 우리가 찾아볼 생각을 전혀 하지 않은 곳에 감추어져서. 그럴 수도 있습니다. 그럴 수 있기는 합니다. 오래된 저택과 그런 영지라면 절대로 생각할 수 없는 곳들이 있지요. 있다는 것조차 모르는 장소들 말입니다."

그는 잠시 말을 멈추고 곰곰이 생각에 잠겼다가 다시 말했다.

"이틀 전에 어느 집에 갔습니다. 그곳은 전쟁통에 공습 피난처로 지어졌습니다. 손으로 지은 보잘것없는 방공호였죠. 집 벽 옆쪽 정원 속에 있었고, 거기서 집의 창고 속으로 들어가는 길이 있었습니다. 자, 전쟁이 끝났습니다. 방공호들은 무너져서 바위 정원처럼 되었지요. 이제 그 누구도 그곳이 한때 공습 피난처였고, 그 아래에 방이 있다는 것을 짐작하지 못합니다. 그곳은 쭉 바위 정원이었던 것처럼 보입니다. 그렇지만 저장실의 와인 저장고 뒤에는 아직도 그곳으로 통하는 길이 있었습니다. 바로 그런 겁니다. 바깥 사람은 알지 못하는 장소로 들어가는 길 같은 것 말이죠. 나스에 실제로 '사제의 은신처' 같은 것이 있다고 생각하지는 않지만요."

"그렇지 않았겠죠……. 그 시절에는."

"웨이먼 씨도 그렇게 말하더군요. 그는 그 집이 1790년쯤 지어졌다고 합니다. 그 시절에는 성직자들이 숨을 이유가 없었다고요. 하지만 이후에 개조를 했을 수도 있고 가족들만 아는 비밀 공간이 있을지도 모릅니다. 어떻게 생각하십니까, 푸아로 선생?"

"예, 있을 수 있는 일이지요. 메 위(그래요), 확실히 그런 생각을 할 수 있습니다. 그런 가능성을 고려한다면 다음에 생각할 것은……. 누가 거기에 대해서 알고 있는가? 집에 머무는 사람이라면 누구나 알 수 있겠지요."

"예, 물론 그렇다면 드 수사는 제외되겠지요."

경위는 불만스러워 보였다. 그는 여전히 드 수사를 용의선상에 올려놓고 싶은 것이다.

"말씀대로 하인이나 가족을 포함해 집에 사는 사람이라야 알 수 있겠죠. 하지만 잠깐 머무는 사람이라면 알 가능성이 덜하겠죠. 레게 가족처럼 외부인이 잠시 들어와 사는 거라면 별로 알 것 같지 않습니다."

"그런 일에 대해서 알고 있고, 물으면 말해 줄 사람이라면 폴리엇 부인이겠지요."

푸아로가 말했다. 폴리엇 부인은 나스 저택에 대해 전부 알고 있다고 그는 생각했다. 폴리엇 부인은 많은 것을 알고 있다……. 폴리엇 부인은 해티 스터브스가 죽었다는 것을 곧장 알아챘다. 마를린과 해티 스터브스가 죽기 전에도 이곳은 매우 악독한 세상이며 악독한 사람들이 살고 있다는 것을 알았다. 그러나 폴리엇 부인은 자물쇠에 꽂아도 잘 돌아가지 않는 열쇠였다.

"저도 부인을 몇 번 만났습니다. 아주 훌륭하고 상냥하신 분이었습니다. 어떤 도움도 줄 수 없어서 몹시 괴로워하는 것 같더군요."

'도움을 줄 수 없는 거야, 안 주는 거야?'

푸아로는 속으로 생각했다. 블랜드도 같은 것을 생각하고 있는 듯했다.

"강제할 수 없는 타입의 숙녀가 있는 법입니다. 그런 사람은 겁을 줄 수도, 설득할 수도, 속일 수도 없지요."

'그래, 폴리엇 부인은 강제할 수도 설득할 수도 속일 수도 없지.' 푸아로는 생각했다.

경위는 차를 다 마신 뒤 한숨을 쉬며 떠났다.

푸아로는 생각에 잠겼다. 사실 그가 지그소 퍼즐을 하고 있었던 것은 점점 더해 가는 분노를 덜기 위해서였다. 그는 화가 났다. 동시에 굴욕감을 느꼈다. 올리버 부인이 수수께끼를 밝혀 달라고 자신을 불렀다. 그녀는 뭔가 잘못되었다고 느꼈다. 그리고 무엇인가 잘못된 것이 있었다. 그래서 그녀는 에르퀼 푸아로를 믿고 찾았다. 처음에는 살인을 막아 달라고……. 그러나 그는 막지 못했다. 그리고 두 번째는, 살인자를 찾아 달라고. 역시 그는 살인자를 찾지 못했다. 그는 안갯속에 있었디. 때때로 속에서 빛을 번쩍이는 당혹스러운 안개. 그러나 그는 그때마다 안갯속을 더 깊이 꿰뚫어보는 데 실패했다. 그는 그 짧은 순간 번뜩이던 것의 의미를 알아내지 못했다.

푸아로는 벽난로 맞은편으로 건너가 또 다른 네모난 의자가 직각을 이루도록 다시 배치한 다음 그곳에 앉았다. 그는 이제 살인의 지그소 퍼즐을 맞추기 시작했다. 그는 주머니에서 공책을 꺼내 작고 깔끔한 글씨로 썼다.

'에티엔 드 수사, 아만다 브루이즈, 알렉 레게, 샐리 레게, 마이클 웨이먼.'

조지 경이나 짐 워버턴이 마를린 터커를 죽이는 것은 물리적으로 불가능했다. 올리버 부인은 꼭 불가능한 것만은 아니었기에 잠깐 망설이다가 그녀의 이름도 써 넣었다. 또 매스터턴 부인이 4시에서 4시 45분 사이에 계속 잔디밭에 있었다는 기억이 확실하지 않았기 때문에 그녀의 이름도 덧붙였다. 그는 집사 헨든의 이름도 적었다. 그건 징을 울리는 검은 머리의 예술가에게 혐의를 뒀다기보다는 올리버 부인에게서 들은 살인 추적의 음흉한 집사가 기억에 남았기 때문이었다. 그는 '거북이 셔츠를 입은 청년'이라고 쓴 다음 뒤에 물음표를 붙였다. 그는 미소를 지으며 고개를 흔들었다. 그는 재킷 주름에서 핀을 하나 뽑아 눈을 감고 종이 위를 찔렀다.

'이 방법이 제일 좋아.'

핀이 마지막 항목을 찌른 것을 알고 푸아로는 화가 나서 투덜거렸다.

"이런 바보 천치 같으니. 거북이 셔츠의 청년이 이것과 무슨 상관이 있지?"

그러나 그는 이 수수께끼의 인물을 목록에 써 넣은 것은 무슨 이유가 있으리라고 생각했다. 그는 폴리에 앉아 있었던 날을 떠올려 보았다. 분명 그때 그는 매우 놀란 표정을 짓고 있었다. 보기 좋은 나이임에도 불구하고 유쾌한 얼굴은 아니었다. 오만하고 냉혹한 얼굴. 그 젊은이는 어떤 목적을 가지고 그곳에 왔다. 그는 그곳에 와서 누군가를 만났다. 따라서 그 누군가란 보통 방식으로는 만날 수 없거나 만나고 싶지 않은 사람일 것이다. 그것은 사실 주의를 끌면 안 되는 만남, 떳떳하지 못한 만남이었다. 살인과 무슨 관계가 있을까?

푸아로는 떠오르는 생각들을 계속 따라 갔다. 유스호스텔에 머물고 있는 청년이라는 말은, 즉 기껏해야 이틀 동안만 그 근처에 머무는 청년이라는 말이다. 그곳에 우연히 왔을까? 영국을 방문하는 여러 젊은 학생 중 하나일까? 그곳에 어떤 특별한 목적이 있어서 왔을까? 누군가 특별한 사람을 만나기 위해서? 축제날에는 우연히 만나는 것처럼 보일 수 있다……. 아마 그런 만남이 있었을 것이다.

'나는 많은 것을 알고 있어. 손에 이 지그소 퍼즐 조각을 아주 많이 쥐고 있어. 이 범죄가 어떤 종류의 범죄인지 알고 있어. 하지만 그걸 올바른 방식으로 보고 있지 않은 게 분명해.'

에르퀼 푸아로는 공책을 펼쳐서 썼다.

레이디 스터브스가 브루이즈 양에게 마를린에게 차를 갖다 주라고 시켰는가? 만약 그렇지 않다면, 왜 브루이즈 양은 그녀가 그랬다고 말했는가?

그는 그 점을 생각해 보았다. 브루이즈 양이 스스로 케이크와 과일 음료를 가져다줬을 가능성이 크다. 하지만 그렇다면 왜 그녀는 그냥 그렇게 말하지 않았을까? 왜 레이디 스터브스가 그렇게 시켰다고 거짓말했을까? 브루이즈 양이 보트하우스에 가서 마를린이 죽었다는 것을 발견했기 때문일까? 브루이즈 양 자신이 범죄를 저지른 것이 아니라면 별로 있을 법하지 않은 일이다. 그녀는 신경질적인 여자도, 상상력이 풍부한 여자도 아니었다. 소녀가 죽은 것을 발견했다면, 그녀는 즉시 경보를 울렸을 것이다.
　그는 얼마 동안 자기가 쓴 질문 2개를 열심히 바라보았다. 그는 이 말 어딘가에 자신을 피해 달아나는 진실을 가리키는 아주 중요한 지침이 있다고 느꼈다. 사오 분 더 생각한 다음 그는 무엇인가를 더 썼다.

　에티엔느 드 수사는 나스 저택에 도착하기 3주 전 사촌에게 편지를 썼다고 단언했다. 그 진술은 진실일까, 거짓일까?

　푸아로는 그것이 거짓말이라고 확신했다. 그는 아침 식탁에서의 장면을 돌이켜 보았다. 조지 경이나 레이디 스터브스가 놀란 척할 이유는 조금도 없어 보였고, 레이디 스터브스는 두려워하기까지 했다. 하지만 에티엔느 드 수사가 거짓말을 했다 치면, 그는 왜 거짓말을 했을까? 그의 방문이 예고되어 있었고 환영받았다는 인상을 주기 위해? 그럴 수도 있겠지만 그런 이유라면 썩 의심스럽다. 그런 편지를 쓰고 보냈다는 증거는 확실히 없다. 드 수사가 자신의 보나 피데스(선의)를 증명하기 위한 시도였을까? 그의 방문이 자연스럽고 예정에 있던 것이라고 주장하기 위한 시도? 확실히 조지 경은 그를 잘 모르면서도 따뜻이 맞아들였다.
　푸아로의 생각이 갑자기 멈추었다. 조지 경은 드 수사를 몰랐다. 드 수사를 아는 그의 아내는 드 수사를 보지 못했다. 여기 무슨 요점이 있는 것일까? 그날 축제에 도착한 에티엔느 드 수사가 실제 에티엔느 드 수사가 아닐 수도 있을까? 그는 그 생각을 검토했으나 또 말이 안 되는 것 같았다. 드 수사가 드 수사가 아니라면 이곳에 와서 드 수사인 척해서 얻을 것이 무엇이겠는가? 어쨌든 해티가 죽었을 때 드 수사가 얻는 이익은 아무것도 없었다. 경찰이 확인한 것처럼 해티는 남편이 주는 돈을 제외하고 자기 돈이라고는 전혀 없었다.

푸아로는 그녀가 그날 아침 정확히 뭐라고 말했는지 기억해 내려고 애썼다. '그는 나빠요. 그는 나쁜 일들을 했어요.'라고 했고, 블랜드에 따르면 자기 남편에게 '그는 사람들을 죽여요.'라고 했다.

그 말에는 모든 사실을 조사하게 만드는 중요한 의미가 담겨 있었다. '그는 사람들을 죽여요.'

에티엔느 드 수사가 나스 저택에 온 날 확실히 한 사람이 살해당했다. 아마 두 사람이. 폴리엇 부인은 헤티와 멜로드라마 같은 말에 귀 기울이면 안 된다고 말했다. 그녀는 아주 끈질기게 그렇게 말했다. 폴리엇 부인…….

에르퀼 푸아로는 눈살을 찌푸리며 손으로 의자 팔걸이를 쾅 하고 쳤다.

"언제나, 언제나 폴리엇 부인에게로 돌아가는군. 그녀야말로 이 사건의 열쇠야. 그녀가 아는 것을 내가 안다면……. 안락의자에 앉아 생각만 하고 있을 필요는 없겠지. 아니, 기차를 타고 다시 데번으로 가서 폴리엇 부인을 방문해야겠어."

II

에르퀼 푸아로는 나스 저택의 커다란 강철 문 밖에서 잠시 멈추었다. 그는 앞쪽의 굽이진 자동차 도로를 눈으로 쭉 따라갔다. 이제 여름은 다 지나갔다. 금갈색 잎들이 나무에서 펄럭이며 떨어지고 있었다. 가까운 쪽의 풀 덮인 강둑은 작고 연한 자줏빛 시클라멘으로 물들었다. 푸아로는 한숨을 쉬었다. 이런 것을 즐기지 않았지만, 나스 저택의 아름다움은 그의 마음을 울렸다. 그는 야생의 자연을 별로 찬양하지 않는다. 그는 다듬어지고 깔끔한 것들이 좋았다. 하지만 빽빽한 관목과 나무의 부드럽고 거친 아름다움은 음미할 수밖에 없었다.

왼쪽에는 작고 흰 주랑 현관이 있는 문간채가 세워져 있었다. 화창한 오후였다. 폴리엇 부인은 아마 집에 없을 것이다. 정원 원예용 바구니를 갖고 어딘가 나갔거나, 이웃 친구들을 방문하고 있을 것이다. 그녀에게는 친구가 많았다. 이곳은 그녀의 집이었고, 오랜 세월 그녀가 살던 집이었다. 부두의 노인이 뭐라고 말했더라? '나스 저택에는 언제나 폴리엇 가문 사람들이 있을 거요.'

푸아로는 문간채의 문을 부드럽게 두드렸다. 어느 정도 시간이 지난 후 안에서 발걸음 소리가 났다. 느리고 머뭇거리는 소리처럼 들렸다. 그다음 문이 열리고 폴리엇 부인이 문간에 서 있었다. 어찌나 나이 들고 연약해 보이는지 푸아로는 깜짝 놀랐다. 그녀는 믿을 수 없다는 듯이 그를 잠시 뚫어지게 바라보더니 말했다.

"푸아로 선생님? 웬일이세요?"

그는 그녀의 눈에 공포가 내비치는 걸 본 듯 했지만, 순전히 자신의 상상일 거라고 생각했다. 그는 예의 바르게 말했다.

"들어가도 될까요, 마담?"

"물론이지요."

이제 부인은 평상시처럼 침착해졌다. 그녀는 몸짓으로 들어오라고 신호한 다음 작은 거실로 안내했다. 벽난로 위 선반에는 우아한 첼시 그림이 걸려 있었고, 2개의 의자가 섬세한 텐트 스티치 자수품으로 덮여 있었다. 작은 테이블에는 더비 찻잔 세트가 놓여 있었다. 폴리엇 부인이 말했다.

"잔을 하나 더 가져올게요."

푸아로는 그러지 말라고 손을 약하게 내저었지만 부인은 개의치 않았다.

"당연히 차를 좀 드시겠지요?"

그녀는 주방으로 갔다. 그는 다시 한번 주위를 둘러보았다. 텐트 스티치 자수 의자 덮개 1장이 바늘에 찔린 채 테이블 위에 놓여 있었다. 벽에는 책이 들어찬 책장이 있었다. 모형이 작은 무더기를 이루고, 은 사진틀 안의 빛바랜 사진에는 뻣뻣한 콧수염과 빈약한 턱을 가진 제복 입은 남자가 찍혀 있었다.

폴리엇 부인이 찻잔과 찻잔 접시를 들고 되돌아왔다.

"남편 되십니까, 마담?"

푸아로가 물었다.

"네."

푸아로의 눈이 더 많은 사진을 찾으려는 듯 책장 위를 더듬는 것을 보고 그녀가 퉁명스럽게 말했다.

"저는 사진을 별로 좋아하지 않아요. 너무 많이 과거에 잠기게 하니까요. 사람이란 잊는 법을 배워야 해요. 죽은 나무는 잘라 내야지요."

푸아로는 처음 폴리엇 부인을 보았을 때를 떠올렸다. 그녀는 그때도 전지가위로 강둑 위 관목을 가지치기 하며 죽은 나무 이야기를 했었다. 그는 생각에 잠겨 그녀를 바라보았다.

'수수께끼 같은 여인이야.'

상냥하고 연약한 외모에도 불구하고 스스로에게 무자비해질 수 있는 측면을 가진 여인. 식물뿐만 아니라 자신의 삶 속에서도 죽은 나무를 잘라 낼 수 있는 여인……

그녀는 앉아서 차 한 잔을 따르며 물었다.

"우유를 넣을까요? 아니면 설탕?"

"괜찮으시다면 설탕 3개를 넣어 주세요, 마담."

그녀는 찻잔을 건네며 스스럼없이 말했다.

"선생님을 다시 보게 되어 놀랐어요. 왠지 몰라도 이곳을 다시 지나가실 거라고는 생각지 못했답니다."

"정확히 말해 지나가는 길은 아닙니다."

"아닌가요?"

그녀는 약간 눈썹을 치켜올리며 물었다.

"일부러 시간을 내서 온 겁니다."

그녀는 여전히 묻는 듯한 표정으로 그를 바라보았다.

"어느 정도는 부인을 보러 왔답니다, 마담."

"정말요?"

"우선 첫째로…… 젊은 레이디 스터브스의 소식은 없었나요?"

폴리엇 부인은 고개를 흔들었다.

"이틀 전에 콘월에서 시체 하나가 떠올랐어요. 조지는 시체를 확인할 수 있는지 보려고 그곳에 갔어요. 하지만 그녀의 시체가 아니었어요."

그녀가 덧붙였다.

"조지가 참 안됐어요. 엄청나게 긴장했으니까요."

"그는 아직도 아내가 살아 있다고 믿습니까?"

폴리엇 부인은 천천히 고개를 저었다.

"희망을 포기한 것 같아요. 어쨌거나 해티가 살아 있다면 이렇게 성공적으로 잠적할 수 없었을 거예요. 온갖 언론에 보도된 데다 경찰도 열심히 찾고 있으니까요. 기억 상실 같은 것을 겪고 있다면……. 음, 지금쯤 경찰이 그 애를 발견했겠죠?"

"그랬겠지요, 네. 경찰은 아직 수색을 하고 있나요?"

"그런 것 같아요. 사실은 잘 몰라요."

"하지만 조지 경은 희망을 포기했다면서요."

"그렇게 말하지는 않아요. 물론 최근에는 그를 보지 못했어요. 대부분 런던에서 시간을 보내니까요."

"그리고 그 살해당한 소녀는? 그 사건은 아무 진전이 없습니까?"
"없는 걸로 알고 있어요. 정말 무의미한 살인 같아요. 완전히 오리무중이에요. 가엾은 아이……."
"여전히 그녀를 생각하면 동요하시는군요, 마담."
폴리엇 부인은 잠시 대답하지 않다가 말했다.
"나이를 먹으면 젊은이의 죽음을 보고 더 큰 혼란을 느끼는 것 같아요. 우리같이 늙은 사람들이야 언제 어느 때고 죽음이 닥쳐오는 것이 이상하지 않지만 그 아이는 이제 막 꽃필 나이였잖아요."
"썩 즐거운 인생은 아니었을 수도 있지요."
"우리가 보기에는 그렇지 않을지 몰라도 그 애에게는 흥미로운 인생이었을 수도 있잖아요."
"말씀하신 것처럼 우리 나이 든 사람들은 항상 죽음을 예상하지만 정말로 죽고 싶은 건 아니지요. 적어도 나는 그러고 싶지 않습니다. 나는 인생이 아직 흥미로워요."
"저는 그런 것 같지 않아요."
폴리엇 부인은 푸아로에게라기보다는 자기 자신에게 말했다. 그녀의 어깨가 더욱 처졌다.
"저는 매우 지쳤어요, 푸아로 선생님. 떠날 준비를 다 했을 뿐만 아니라, 그 시간이 오면 고마울 거예요."
그는 그녀를 재빠르게 훑어보았다. 그는 예전에도 그랬듯이, 지금 앉아서 말하고 있는 여인이 어디 아픈 것일까 궁금했다. 죽음이 다 가온다는 것을 알고 확신까지 하는 여자. 그녀의 태도에 나타난 강렬한 피로감과 권태를 다른 식으로 설명할 수 없었다. 그 권태감은 이 여인의 진정한 성격은 아니라고 그는 느꼈다. 에이미 폴리엇은 성격이 분명하고 에너지가 넘치며 결단력이 있는 여성이었다. 그녀는 살면서 많은 괴로움을 겪었다. 집을 잃고, 재산을 잃고, 아들들이 죽었다. 이 모든 풍파를 겪으면서도 그녀는 살아남았다. 그녀는 자신의 말마따나 '죽은 나무'를 쳐냈다. 그러나 이제 그녀의 삶에는 잘라 내서 버릴 수 없는 것, 아무도 그녀를 위해 잘라 내 줄 수 없는 것이 있었다. 육체적인 병이 아니라면 그것이 무엇인지 그는 짐작도 할 수 없었다. 그녀는 마치 그의 생각을 읽고 있는 것처럼 갑자기 미소를 지었다.

"아시다시피 저는 살날이 얼마 남지 않았답니다, 푸아로 선생님. 친구는 많지만 가까운 친척도, 가족도 없어요."

"부인께는 집이 있지 않습니까."

푸아로가 충동적으로 말했다.

"나스를 뜻하시는 거예요? 그야……."

"공식적으로는 조지 스터브스 경의 재산이지만 당신의 집이 아닙니까? 이제 조지 스터브스 경은 런던으로 가 있고 대신 당신이 다스리지요."

그는 다시 그녀의 눈에서 공포가 떠오르는 것을 보았다. 그녀의 목소리에 날이 서 있었다.

"무슨 말씀을 하시는지 하나도 모르겠군요, 푸아로 선생님. 저는 조지 경이 이 문간채를 빌려주어 고마워하고 있답니다. 하지만 이

건 빌린 거예요. 저는 영지를 걸을 수 있는 권리와 이 문간채에 대해 해마다 얼마간을 지불하고 있답니다."

푸아로는 양손을 펼쳐 올렸다.

"사과드립니다, 마담. 화내시게 하려고 한 것은 아니었습니다."

"제가 선생님 말씀을 오해했겠죠."

폴리엇 부인이 차갑게 말했다.

"이곳은 아름다운 장소입니다. 집도 아름답고, 부지도 아름답지요. 위대한 평화와 고요함이 깃들어 있습니다."

그녀의 얼굴이 밝아졌다.

"예. 우린 언제나 그렇게 느꼈답니다. 처음 여기 왔을 때는 아이였지만 그때도 그렇게 느꼈어요."

"하지만 지금도 똑같이 평화롭고 고요할까요, 마담?"

"왜 아니겠어요?"

"죗값을 받지 않은 살인 때문이죠. 죄 없는 피가 흘렀습니다. 그 그림자가 벗겨질 때까지 평화는 없을 것입니다."

그가 한마디 덧붙였다.

"당신도 저만큼이나 잘 아시리라고 생각합니다, 마담."

폴리엇 부인은 대답하지 않았다. 움직이지도 말하지도 않았다. 그녀는 아주 조용히 앉아 있었기 때문에 푸아로는 그녀가 무슨 생각을 하고 있는지 알 수 없었다. 그는 몸을 약간 앞으로 기울이고 다시 말했다.

"마담, 당신은 이 살인에 대해 많은 것을⋯⋯ 아마 모든 것을 알고 있을 겁니다. 누가 그 소녀를 죽였는지, 왜 죽였는지 아십니다. 누가 해티 스터브스를 죽였는지도 알고 있을 겁니다. 그녀의 시체가 어디 있는지도요."

그러자 폴리엇 부인이 말했다. 크고 쉰 목소리였다.

"나는 아무것도 몰라요. 아무것도요."

"아마 제가 표현을 잘못한 것 같습니다. 당신은 모르십니다. 하지만 추측은 하시겠죠, 마담. 당신이 추측하고 계시다는 걸 저는 확신합니다."

"미안한 말씀이지만 선생님은 정말 바보같이 굴고 계시는군요!"

"바보 같은 게 아닙니다. 완전히 다른 거지요. 위험한 겁니다."

"위험하다고요? 누구에게요?"

"당신에게요, 마담. 혼자서만 알고 있는 한 당신은 위험에 처해 있습니다. 나는 당신보다 살인자들을 잘 압니다."

"이미 말씀 드렸잖아요. 아무것도 모른다고요."

"그럼 의심 가는 거라도……."

"아무것도 없어요."

"죄송합니다만, 그건 진실이 아닙니다, 마담."

"단순한 의심을 입 밖에 내는 것은 그릇된 행동이에요. 사실 악독하기까지 하지요."

푸아로가 앞으로 몸을 기울였다.

"한 달 전에 여기서 일어난 일만큼이나 악독합니까?"

그녀는 움찔하며 움츠러들더니 반쯤 속삭이는 목소리로 말했다.

"그 이야기는 하지 마세요."

그다음 몸서리치는 긴 한숨을 내쉬며 덧붙였다.

"하여간 이제 끝났어요. 다 되었어요……. 끝난 거예요."

"어떻게 그렇게 말씀하실 수 있습니까, 마담? 제 지식으로는 살인자가 있으면 절대 끝나지 않습니다."

그녀가 고개를 흔들었다.

"아뇨, 아뇨, 이게 끝이에요. 하여간 내가 할 수 있는 일은 아무것도 없어요. 아무것도요."

그는 일어서서 그녀를 내려다보았다. 그녀는 화를 낼 듯이 말했다.

"이봐요, 경찰까지도 포기했잖아요."

푸아로는 고개를 흔들었다.

"아뇨, 마담. 그건 틀렸습니다. 경찰은 포기하지 않습니다."

그는 덧붙였다.

"그리고 나도 포기하지 않습니다. 기억해 두세요, 마담. 나, 에르퀼 푸아로는 포기하지 않습니다."

이것은 전형적인 퇴장 대사였다.

17장

푸아로는 나스를 떠나 마을로 갔다. 그는 물어물어 터커 가족이 사는 오두막을 찾았다. 그는 노크를 했지만 대답이 없었다. 노크 소리가 안에서 울려 퍼지는 디기 부인의 사투리 섞인 새된 목소리에 지워져 버린 것 같았다.

"……그런데 당신 무슨 생각을 하는 거죠, 짐 터커. 부츠를 신은 채 내 훌륭한 리놀륨 위를 걷다니? 한 번만 더 말하면 1000번째라고요. 아침 내내 광을 냈는데, 이제 이 꼴 좀 봐요."

이 말에 대한 터커 씨의 반응은 희미한 투덜거림으로 나타났다. 그러나 달래는 것 같은 투덜거림이었다.

"짐 터커, 당신이 잊어버릴 이유가 없어요. 모두 무선으로 스포츠 뉴스를 보려고 하니까 그렇지. 자, 그놈의 부츠를 벗는 데는 2분도 안 걸린다고요. 그리고 너, 게리, 넌 그 롤리팝을 어쩔 건지 신경 좀

써라. 끈적끈적한 손가락을 집에서 제일 좋은 은 찻주전자에 대면
가만두나 봐라. 마릴린, 문밖에 누가 있어, 있다고. 가서 누가 왔는
지 좀 봐라."

문이 조심스레 열리고 열한두 살 정도 먹은 아이가 의심스런 눈
초리로 푸아로를 내다보았다. 한쪽 뺨이 사탕과자로 부풀어 있었다.
작고 푸른 눈을 가진 아이는 예뻤지만 약간 돼지를 연상케 했다.

"어떤 신사분이에요, 엄마."

아이가 외쳤다.

머리 타래를 내려뜨린 터커 부인이 흥분한 얼굴로 다가왔다.

"뭐죠? 우린 필요한 물건이 없는데……."

그녀는 말을 멈추었다. 어렴풋이 알아보겠다는 표정이 그녀의 얼
굴 위로 스쳐갔다.

"음, 생각 좀 해 보자. 그날 경찰과 함께 계신 걸 본 것 같은데요?"

"슬프게도 마담, 제가 고통스러운 기억을 상기시켰군요."

푸아로는 문 안쪽으로 단호히 발을 들여놓으면서 말했다.

터커 부인은 곤혹스러운 표정을 지으며 재빨리 그의 신발을 내려
다보았다. 하지만 다행히 푸아로의 뾰족한 에나멜가죽 구두는 큰길
만 걸었기 때문에 터커 부인이 밝게 광을 낸 리놀륨에는 진흙이 하
나도 묻지 않았다.

"네, 들어오세요, 선생님."

그녀는 등을 돌리며 오른손으로 방문을 쾅 소리 나게 열었다.

푸아로는 사람을 압도할 만큼 깔끔한 작은 응접실로 안내되었다.

커다란 암갈색 가구와 둥근 테이블, 제라늄 화분 2개, 정교한 놋 난로 울타리, 여러 개의 도기 장식품이 있었다. 그리고 희미하게 가구 광택제 냄새가 났다.

"앉으세요, 선생님. 성함을 기억할 수가 없네요. 사실은 들은 것 같지가 않아요."

"제 이름은 에르퀼 푸아로입니다."

푸아로가 재빨리 말했다.

"이 지방에 다시 오게 되어서 애도의 말씀을 드리려고 들렀습니다. 그리고 수사에 진전은 있었는지 여쭤보려고요. 따님의 살해범은 붙잡혔겠지요?"

터커 부인이 씁쓰레하게 말했다.

"보지도 듣지도 못했습니다. 정말 수치스러운 일이지요. 고작 우리 같은 사람을 위해 경찰이 애를 쓰시는 않겠지요. 도대체 경찰이 뭔데요? 경찰이 모두 밥 호스킨스 같다면 나라 전체가 범죄의 구렁텅이에 빠지지 않은 게 신기해요. 밥 호스킨스가 하는 일이라고는 공유지에 주차된 차들을 들여다보면서 시간을 때우는 것뿐인걸요."

이때 터커 씨가 신발을 벗은 채 양말 바람으로 걸어왔다. 그는 몸집이 크고 얼굴이 붉은 남자로, 온순한 표정을 짓고 있었다. 그는 쉰 목소리로 말했다.

"경찰은 됐어요. 다른 사람들과 마찬가지로 경찰도 문제가 있으니까. 여기서 미친놈을 찾기는 쉽지가 않거든요. 선생님이나 저나 마찬가지로 보이겠죠. 무슨 말인지 아시지요?"

그는 푸아로를 향해 말을 걸었다.

푸아로에게 문을 열어 준 작은 소녀가 아버지 뒤에서 나타났고, 8살쯤 된 소년이 소녀의 어깨 뒤에서 머리를 내밀었다. 그들은 모두 강렬한 호기심을 내비치며 푸아로를 바라보았다.

"작은 따님이군요?"

푸아로가 말했다.

"얘는 마릴린이에요. 이쪽은 게리고요. 와서 인사하렴, 게리. 태도 똑바로 하고."

터커 부인이 말했다. 게리는 뒤로 물러났다.

"얘가 수줍음을 좀 타거든요."

"정말 친절하시군요, 선생님. 일부러 와서 마를린 소식을 물어봐 주시다니요. 아, 정말 끔찍한 일이었습니다."

터커 씨가 말했다.

"방금 폴리엇 부인 댁에 들렀다 오는 길인데, 부인도 무척 마음 아파하시는 것 같았습니다."

"부인은 그때부터 건강이 좋지 못해요. 워낙 연로하신 데다 자기 집에서 그런 일이 일어나 충격을 받으셨지요."

터커 부인이 말했다. 모두 무의식적으로 나스 저택이 여전히 폴리엇 부인의 것이라고 가정하고 있음을 푸아로는 다시 한번 알아차렸다.

"부인이 그 일에 도의적 책임을 느끼시는 것 같아요. 부인과는 아무 상관없는데도요."

터커 씨가 말했다.

"마를린에게 희생자 역할을 하라고 실제 제안한 게 누구였습니까?"

푸아로가 물었다.

"런던에서 온, 소설을 쓰는 그 부인요."

터커 부인이 재빨리 말했다. 푸아로가 온화하게 말했다.

"하지만 그 부인은 타지 사람이지 않습니까? 그 부인은 마를린을 알지도 못했는데요."

"여자애들을 끌어모은 건 매스터턴 부인이었어요. 마를린에게 그 역할을 맡긴 것도 매스터턴 부인이었다고 생각해요. 그리고 이 말은 해 둬야겠는데, 마를린은 그 일을 매우 기뻐했지요."

푸아로는 다시 한번 막다른 골목에 다다른 느낌이 들었다. 그러나 이제 올리버 부인이 자신을 불렀을 때의 기분을 알 수 있었다. 누군가 어둠 속에서 사람들을 조종하여 자신의 뜻을 밀어붙이고 있었다. 올리버 부인이나 매스터턴 부인은 표면에 드러난 대상일 뿐이었다.

"터커 부인, 제가 궁금한 것은 마를린이…… 음…… 미친 살인마를 알고 있었나 하는 점입니다."

"절대 그럴 리가 없어요."

터커 부인이 강경하게 말했다.

"네. 하지만 방금 남편분께서 말씀하신 것처럼 살인광들을 찾아내기란 아주 어렵답니다. 그자들은…… 음…… 겉으로 봐선 부인이나 저같이 평범합니다. 누가 축제에서 마를린에게 말을 걸거나, 축제 전에 걸었을 수도 있습니다. 전혀 해가 안 될 것처럼 다가와 마를린과 친구가 되는 거지요. 선물을 주었을 수도 있고요."

"아뇨, 선생님, 그런 일은 없었어요. 마를린은 낯선 이에게 선물을 받지 않는답니다. 저는 그 애를 그것보다는 잘 키웠어요."

"하지만 아무 해가 없다고 생각했을 수도 있지요. 어느 훌륭한 숙녀가 마를린에게 선물을 주었다고 생각해 보세요."

푸아로가 고집스럽게 말했다.

"물레방앗간 오두막에 사는 젊은 레게 부인 같은 사람 말씀인가요?"

"예. 그런 사람 말씀입니다."

"그분이 한번은 마를린에게 립스틱을 주었어요. 난 아주 화를 냈어요. 이렇게 말했지요. 네 얼굴에 그런 쓰레기를 바르도록 놔두지 않을 거야, 마를린. 네 아버지가 뭐라고 할지 생각해 봐라. 그랬더니 그년이 건방지게 으스대면서 말하더군요. 자기한테 아주 잘 어울릴 거라고 말하면서 그걸 자기에게 준 사람은 로더의 오두막에 있는 숙녀분이라고. 그래서 제가 말했어요. 런던 숙녀님이 하는 말 같은 건 듣지 말라고. 그 숙녀님들이 얼굴을 칠하든 속눈썹을 검게 하든 내버려 두라고. 하지만 너는 품위 있는 아가씨니까 더 나이가 들 때까지 기다려, 당장 비누와 물로 얼굴을 씻어 하고 말이죠."

"하지만 그 애는 당신 말을 듣지 않았겠군요."

푸아로가 미소를 지으며 말했다.

"그랬다간 제가 가만두지 않죠."

뚱뚱한 마릴린이 갑자기 재미있다는 듯이 웃음소리를 냈다. 푸아로는 예리한 눈길로 쳐다보았다.

"레게 부인이 마릴린에게 다른 것도 주었나요?"

"스카프인가 뭔가도 주었다고 들었어요. 자기가 이제 안 쓰는 거요. 화려하지만 질은 썩 좋지 않았지요. 저는 물건을 보면 질을 안답니다."

터커 부인이 고개를 끄덕이며 말했다.

"처녀 때 나스 저택에서 일했거든요. 그때는 숙녀분들이 제대로 된 물건을 입었죠. 색깔도 야하지 않고. 이런 나일론이나 레이온이 아니라 진짜 좋은 실크요. 세상에, 그분들의 태피터 드레스 중 어떤 것은 혼자서도 서 있었답니다."

터커 씨가 관대하게 말했다.

"여자애들은 예쁜 옷을 좋아하지. 나도 약간 밝은색 정도는 신경쓰지 않아요. 하지만 그 쓰레기 같은 립스틱은 안 되지."

터커 부인의 눈이 갑자기 축축해졌다.

"내가 그 애에게 약간 엄하게 굴긴 했어요. 그런데 그 애는 끔찍하게 죽고 말았지요. 그렇게 심하게 꾸짖지 말걸 하고 후회했어요. 최근에는 근심거리와 장례식밖에 없었던 것 같아요. 근심은 혼자서 오지 않는다고들 하는데, 정말이에요."

"또 돌아가신 분이 계신가요?"

푸아로가 점잖게 묻자 터커 씨가 설명했다.

"장인어른이 밤늦게 '세 마리 개'에서 보트를 타고 건너오다가 부두로 올라올 때 발을 헛딛으셨나 봅니다. 그래서 강에 빠졌지요. 그 연세에는 집에 가만 계셨어야죠. 하지만 노친네들이란 어쩔 수 없잖아요. 그 양반, 언제나 부두에서 어슬렁거리셨는데."

"아버지는 보트에 대해서 무척 해박하셨어요. 옛날에 폴리엇 부인 댁의 보트를 돌보셨죠. 아주 아주 오래전 일이지만요."

터커 부인이 밝게 덧붙였다.

"말씀하신 것처럼 비통한 건 아니에요. 90살을 넘기신 데다 많은 일들을 해 보셨거든요. 늘 이런저런 말도 안 되는 말씀을 하셨고……. 가실 때가 되었죠. 하지만 장례식을 연달아 치르느라 많은 돈이 들었답니다."

그러나 이런 경제적 회고 이야기는 푸아로 귀에 들리지 않았다. 희미한 기억이 뇌리에 되살아났다.

"부둣가 노인? 이야기한 기억이 납니다. 성함이……?"

"머델이지요, 선생님. 결혼 전 제 성이랍니다."

"제가 제대로 기억했다면, 아버님께서는 나스의 수석 정원사셨죠?"

"아뇨, 그건 맏오빠랍니다. 저는 막내였어요. 우리 가족은 11명이었죠."

그녀는 자부심을 갖고 덧붙였다.

"나스에는 머델이 오랫동안 있었는데 지금은 다 흩어졌죠. 아버지가 우리 중 마지막이셨어요."

푸아로가 부드럽게 말했다.

"나스 저택에는 언제나 폴리엇 가족이 있을 겁니다."

"뭐라고 하셨죠, 선생님?"

"늙으신 부친께서 부두에서 하셨던 말씀을 되풀이하고 있습니다."

"아, 말도 안 되는 소리를 참 많이 하셨죠. 때로는 제발 입을 다물라고 심한 소리를 해야 할 때도 있었어요."

"그러면 마를린은 머델 씨의 손녀로군요. 예, 이제 알 것 같습니다."

푸아로는 잠시 침묵했다. 그의 마음속에서 엄청난 흥분이 끓어오르고 있었다.

"아버님은 강에서 익사하셨다고요?"

"예, 선생님. 너무 취하셨죠. 그런데 그 돈이 어디서 났는지 모르겠어요. 물론 부두에서 때때로 팁을 받으셨죠. 사람들이 보트를 타는 걸 도와주거나 보트를 묶어 주면서요. 아주 교활하게 돈을 숨기셨다니까요. 네, 아버지가 너무 많이 취하셔서 보트에서 부두로 내리면서 발을 헛딛은 거죠. 그래서 익사하신 거에요. 시체는 다음 날 헬머스에서 떠올랐어요. 사실 진작 이런 일이 일어나지 않았다는 것이 더 이상하죠. 하여간 92살에 반쯤은 눈이 먼 분이었으니까요."

"전에는 그런 일이 일어나지 않았다는 사실이……."

"네, 사고는 일어나니까요. 조만간……."

"사고일까? 글쎄요."

푸아로는 생각에 잠겼다가 일어나며 중얼거렸다.

"짐작했어야 합니다. 오래전에요. 그 아이가 내게 말한 거나 다름없었는데."

"뭐라고 하셨죠, 선생님?"

"아무것도 아닙니다. 다시 한번 따님과 아버님의 죽음에 애도를 표합니다."

그는 부부에게 악수를 청한 뒤 오두막을 떠났다. 그는 혼잣말을 했다.

"나는 바보였어. 정말 바보였어. 이제껏 완전히 틀린 방식으로 보고 있었어."

"안녕하세요…… 선생님."

조심스러운 속삭임이 들려왔다. 푸아로는 주위를 둘러보았다. 뚱뚱한 아이 마릴린이 오두막 벽 그늘에 서 있었다. 그녀는 그에게 가까이 오라고 손짓하더니 속삭였다.

"엄마는 전부 아는 게 아니에요. 마를린 언니가 그 스카프를 얻은 건 오두막에 사는 숙녀분한테서가 아니에요."

"어디서 얻었지?"

"토키에서 샀어요. 립스틱도 샀어요. 향수도 좀 샀는데…… 파리의 영원(도룡뇽목 영원과의 동물을 통틀어 이르는 말 — 옮긴이)…… 아무튼 이상한 이름이었어요. 그리고 파운데이션 크림 1병. 광고에서 봤대요."

마릴린이 킬킬거렸다.

"엄마는 몰라요. 언니는 그걸 서랍 뒤에, 겨울 조끼 아래 숨겼어요. 영화관에 갈 때면 버스 정류장 편의점에 들러서 멋을 내곤 했지요."

마릴린이 다시 킬킬거렸다.

"엄마는 절대로 몰라요."

"너희 어머니가 언니 죽은 다음에 그런 것들을 찾아냈니?"

마릴린은 포슬포슬한 금발 머리를 흔들었다.

"아뇨. 이제는 제가 그걸 갖고 있어요. 제 서랍 안에요. 엄마는 전혀 몰라요."

푸아로는 생각에 잠겨 그녀를 바라보다가 말했다.

"넌 아주 영리한 여자애인 것 같구나, 마릴린."

마릴린은 수줍게 웃었다.

"버드 양은 제가 중학교에 가려고 해 봤자 소용없다는데요."

"중학교가 전부는 아니야. 말해 보렴, 마릴린은 어디서 돈이 생겨 그런 것들을 샀지?"

마릴린은 배수관을 뚫어져라 바라보며 중얼거렸다.

"몰라요."

"넌 아는 것 같은데?"

푸아로가 슬슬 구슬렸다. 그는 뻔뻔스럽게도 주머니에서 반 크라운을 꺼내더니 여기에 반 크라운 한 닢을 더 보탰다.

"'진홍색 키스'라는 아주 매력적인 새 립스틱이 있다던데?"

"죽여주는데요."

마릴린의 손이 5실링 쪽으로 다가갔다. 그녀는 빠르게 속삭였다.

"여기저기 좀 기웃거리곤 했어요. 마를린 언니 말이에요. 비난받을 만한 짓을 보고 돌아다닌 거죠. 아시잖아요. 언니가 말하지 않겠다고 약속하면 사람들이 선물을 주었어요. 무슨 말인지 아시죠?"

푸아로는 5실링을 쥔 손의 힘을 늦추었다.

"알겠다."

그는 마릴린에게 고개를 끄덕이고 걸어갔다. 그는 한 번 더 강한 의미를 담아 소리 죽여 중얼거렸다.

"알겠다."

이제 아주 많은 것들이 제자리를 찾아 들어갔다. 모두 다는 아니지만. 아직 분명하지 않은 것들이 있었다. 하지만 그는 올바른 길 위에 있었다. 만약 영리했더라면 충분히 알 수 있었던 길이었다. 올리버 부인과 나눈 첫 번째 대화, 마이클 웨이먼의 대수롭지 않게 들렸던 말들, 부두의 늙은 머델과 나눈 중요한 대화, 그리고 브루이즈 양의 한마디 말이 빛을 밝혀 주었고…… 에티엔느 드 수사의 도착.

마을 우체국 옆에 공중 전화박스가 있었다. 그는 거기로 들어가 전화를 걸었다. 상대는 블랜드 경위였다.

"어, 푸아로 선생, 어디 계십니까?"

"여기 나스컴입니다."

"하지만 어제 오후에는 런던에 계셨잖습니까?"

"기차로 여기까지 오는 데 3시간 30분이면 족하지요."

푸아로가 지적했다.

"물어보고 싶은 것이 있는데요."

"네?"

"에티엔느 드 수사의 요트는 어떤 종류지요?"

"무슨 생각을 하시는지 알 것 같습니다, 푸아로 선생. 하지만 그런 생각을 하고 있으시다면, 그런 배는 아니라고 확언할 수 있습니다.

밀수용은 아닙니다. 시체를 숨길 만한 환상적인 비밀 공간이나 벽장 같은 건 없습니다. 그런 것이 있었다면 우리가 찾아냈을 겁니다. 시체를 몰래 감출 수 있는 곳은 아무 데도 없습니다."

"그런 말이 아닙니다, 몽 셰르(친애하는 경위님), 제 뜻은 그게 아니에요. 그냥 그 요트가 어떤가 물은 겁니다. 큰가요, 작은가요?"

"아, 대단합니다. 비용이 엄청났겠어요. 아주 크고, 멋지고, 모두 새것에다가 부티가 흐릅니다."

"바로 그거야."

푸아로가 기쁜 목소리로 외쳤다. 블랜드 경위는 어리둥절하여 물었다.

"무슨 생각을 하고 계시는 겁니까, 푸아로 선생?"

"에티엔느 드 수사. 그는 부자입니다. 친구여, 이건 아주 중요한 겁니다."

"왜요?"

"가장 최근 떠오른 내 생각이 들어맞았거든요."

"그럼 무슨 생각을 떠올리신 거군요?"

"그렇소. 마침내 한 가지 생각이 떠올랐습니다. 지금까지 전 아주 바보 같았습니다."

"우리 모두 바보 같았다는 말씀이겠죠?"

"아니, 특별히 제 자신을 가리키는 겁니다. 저는 운이 좋아 아주 분명하게 보이는 길 위에 있었는데, 그걸 제대로 보지 못했거든요."

"하지만 이제는 뭔가 분명히 알아차리신 거고요?"

"네, 그런 것 같습니다."

"이보세요, 푸아로 선생님······."

그러나 푸아로는 전화를 끊었다. 잔돈이 있나 주머니를 뒤진 후 올리버 부인의 런던 전화로 지명 전화를 걸었다.

"하지만 일을 하고 계시다면 굳이 전화를 받으라고 하지는 마세요."

그는 서둘러 교환원에게 덧붙였다.

그는 예전에 올리버 부인이 한창 소설을 구상하고 있을 때 의도치 않게 훼방을 놓은 적이 있었다. 부인은 그 바람에 세상의 독자들이 구식의 긴소매 모직 조끼를 중심으로 한 흥미로운 미스터리 소설을 읽을 기회를 뺏겼다며 매섭게 비난한 바가 있었다. 그러나 교환원은 그가 주저하는 것을 알 리 없었다.

"지명 전화를 하시겠다는 겁니까, 말겠다는 겁니까?"

"하겠습니다."

푸아로는 올리버 부인의 창조적 재능을 자신의 초조함에 희생시키기로 했다. 그러나 막상 올리버 부인과 이야기를 하고 나서야 그는 안심이 되었다. 그녀는 미안하다는 말을 끊으며 말했다.

"당신이 전화를 주다니 잘됐어요. '나는 어떻게 책을 쓰나' 하는 문제에 대해 막 강연을 해야 하던 참이거든요. 이제 비서에게 전화를 시켜서 어쩔 수 없는 사정이 생겼다고 말하게 하면 돼요."

"하지만 마담, 제가 방해가 되면 안 됩니다······."

올리버 부인은 즐겁게 말했다.

"방해가 되고 말고의 문제가 아니에요. 내가 아주 끔찍한 바보짓을 했어요. 책을 어떻게 쓰는지에 대해서 할 말이 뭐가 있겠어요. 우선 뭔가 생각해 내고, 생각이 났을 때 앉아서 억지로라도 써야 해요. 그게 전부예요. 그걸 설명하려면 3분이면 돼요. 그렇게 강연을 끝내면 청중은 질려 버리겠죠. 왜 모두들 그토록 작가에게 글을 쓰는 법에 대해 말하라고 하는지 모르겠어요. 말로 이야기하는 게 아니라 글을 쓰는 게 작가의 일이라고 생각하는데."

"하지만 제가 물어보려는 것도 글쓰기에 대한 이야기인데요?"

"물어보셔도 돼요. 하지만 제가 대답할 수 있을지 모르겠네요. 내 말은, 작가란 그저 앉아서 써야 한다는 거예요. 30초 강연을 하려고 아주 바보 같은 모자를 써 봤는데 벗어야겠어요. 이마가 긁혀요."

잠시 침묵이 흐른 뒤 올리버 부인은 안도감이 깃든 목소리로 말했다.

"모자라는 건 요즘 세상에서는 멋일 뿐이잖아요. 안 그래요? 이제 사람들은 모자를 기능적인 이유로 쓰지 않아요. 머리를 따뜻하게 해 주거나, 햇빛을 막아 주거나, 만나고 싶지 않은 사람으로부터 얼굴을 가려 준다거나. 미안하지만, 푸아로 선생님, 뭐라고 하셨어요?"

"그냥 탄성일 뿐이었습니다. 정말 대단하십니다."

푸아로의 목소리는 경외감에 차 있었다.

"부인은 언제나 제게 아이디어를 주십니다. 아주 오랫동안 못 본 친구 헤이스팅즈도 그랬죠. 방금 부인은 제가 품고 있는 문제에 대한 또 다른 실마리를 주셨습니다. 하지만 그 이야기는 그만하고요. 대신 질문을 하나 하겠습니다. 마담, 당신은 핵 과학자를 아십니까?"

"내가 핵 과학자를 아냐고요?"

올리버 부인이 놀란 목소리로 말했다.

"몰라요. 아니, 알 수도 있을 거예요. 그러니까 교수들이나 그런 분들을 내가 좀 알거든요. 그들이 실제로 뭘 하는지는 잘 몰라요."

"그렇지만 당신은 살인 추적의 용의자 중 하나로 핵 과학자를 넣었잖습니까?"

"아, 그거요! 그냥 유행에 맞추려고 그런 거예요. 지난 크리스마스에 조카들에게 줄 선물을 사러 갔더니 과학 소설하고 성층권 어쩌고와 초음파 장난감들만 있더라고요. 그래서 살인 추적을 구상할 때 '주요 용의자로 핵 과학자를 넣어서 현대적으로 만드는 편이 낫겠다'고 생각했어요. 기술적인 전문 용어가 필요하면 언제든 알렉 레게에게 물어보면 되니까요."

"알렉 레게⋯⋯ 샐리 레게의 남편? 그가 핵 과학자인가요?"

"예, 그래요. 하웰은 아니고요. 웨일즈 어딘가인데. 카디프 아니면 브리스톨. 맞죠? 헬름에 있는 건 그냥 휴가용 오두막이에요. 어머, 결국 제가 핵 과학자를 아는 게 되는군요."

"그를 나스 저택에서 만났기 때문에 부인의 머릿속에 핵 과학자라는 생각이 떠오른 거로군요? 하지만 그의 아내는 유고슬라비아 사람이 아니잖습니까?"

"네, 샐리는 영어 발음만큼이나 영국 토박이죠. 아셨군요?"

"그럼 왜 유고슬라비아인 아내라는 생각이 떠오르셨나요?"

"정말 모르겠어요⋯⋯. 피난민 때문인가? 학생들? 숲에 무단 침입하면서 엉터리 영어를 해 대는 호스텔의 외국 여자애들 때문인가?"

"알겠습니다……. 예, 여러 가지를 알겠습니다."

"때가 됐어요."

"뭐라고요?"

"때가 됐다고 했어요. 그러니까 이제 당신이 사정을 알 만한 때가 되었다고요. 지금까지는 아무것도 안 하신 것 같던데요?"

올리버 부인의 음성에는 비난이 섞여 있었다.

"한순간에 모든 해답에 도달할 수는 없잖습니까?"

푸아로는 자신을 변호했다. 그는 덧붙였다.

"경찰은 완전히 혼란에 빠졌더군요."

"오, 경찰 말씀이군요. 그러니까 만약 여자가 스코틀랜드 야드의 수장이었다면……."

부인의 상투어를 듣자마자 푸아로는 재빨리 끼어들었다.

"문제가 복잡했습니다. 아주 복잡했어요. 하지만 이제…… 자신 있게 말해도 좋습니다. 이제 전 해답에 도달했습니다!"

그러나 올리버 부인은 별 감명을 받지 않은 것 같았다.

"하지만 그동안 살인 사건이 2건이나 일어났잖아요."

"3건입니다."

푸아로가 그녀의 말을 정정했다.

"3건이요? 3번째는 누구지요?"

"머델이라는 노인이지요."

"그 사람 이야기는 들어보지 못했어요. 신문에 났나요?"

"아뇨. 지금까지는 다들 사고라고만 생각했습니다."

"그런데 사고가 아니라고요?"

"예, 사고가 아닙니다."

"자, 누가 그 일을……. 그러니까 왜 그런 일들을 저질렀는지 말해 주세요. 전화로는 말씀하실 수 없나요?"

"이런 일은 전화로 말하지 않는 법이죠."

"그럼 전화를 끊어야겠네요. 못 견디겠어요."

"잠깐만요. 부인께 또 한 가지 궁금한 게 있습니다. 음, 그게 뭐였더라?"

"나이 탓이에요. 나도 그래요. 자꾸 뭘 잊어버리죠……."

"뭔가 사소한 것 하나가 걸리는데…… 그것 때문에 걱정이 되었습니다. 저는 보트하우스에 있었어요……."

그는 기억을 되감아 보았다. 만화책 무더기. 여백에 마를린이 끼적여 놓은 구절. '앨버트는 도린과 간다.' 뭔가 부족하다……. 올리버 부인에게 물어보아야 할 것이 있었다.

"여보세요, 계신가요, 푸아로 선생님?"

올리버 부인의 목소리가 들리는 동시에 교환원이 돈을 더 넣으라고 요구했다.

푸아로가 다시 한번 올리버 부인을 불렀다.

"아직 계십니까, 마담?"

"아직 여기 있어요. 상대방과 아직 통화 중인지 물어보는 시간 낭비는 더 이상 하지 말자고요. 그게 뭐였죠?"

"아주 중요한 겁니다. 살인 추적을 기억하시지요?"

"물론 기억하지요. 지금 이야기하던 거잖아요, 안 그래요?"

"제가 중대한 실수를 했습니다. 부인이 참가자들을 위해 쓴 시놉시스를 한 번도 읽지 않았어요. 살인 사건을 밝혀내야 한다는 중압감에 시달려 대수롭지 않게 생각했던 것 같습니다. 하지만 제가 틀렸어요. 문제가 됩니다. 마담, 당신은 예민한 사람입니다. 당신은 분위기에 영향을 받고, 만나는 사람들의 개성에 영향을 받습니다. 그런 것들이 당신 작품에 반영되지요. 금방 알아볼 수는 없지만, 그런 것들은 부인의 창조적인 두뇌에 영감을 줍니다."

"아주 입에 발린 말씀을 하시네요. 그래서 도대체 진짜 하시고 싶은 말씀이 뭔가요?"

"부인은 부인이 생각하시는 것보다 이 범죄에 대해 더 많이 알고 계셨던 겁니다. 이제 부인께 묻고 싶었던 질문을 말씀 드리지요. 사실은 두 가지인데, 첫 번째 질문이 아주 중요합니다. 처음 살인 추적을 계획하기 시작했을 때, 부인은 보트하우스 안에서 시체가 발견되게 하려고 했나요?"

"아뇨, 아니에요."

"그럼 시체를 어디 두려고 했나요?"

"저택 근처 진달래 숲 뒤에 숨어 있는, 그 재밌게 생긴 작은 여름집 안이요. 나는 그곳이 안성맞춤이라고 생각했어요. 그런데 그때 누군가가, 정확히 누구인지는 기억나지 않지만, 시체는 폴리에서 발견되어야 한다고 고집 부리기 시작했어요. 음, 물론 바보 같은 생각이었죠! 살인 추적을 하지 않더라도 폴리는 누구든지 갈 법한 장소니까요. 단서를 못 찾았더라도 그리로 갈 수 있거든요. 사람들은 정말 바보 같다니까요. 물론 나는 거기에 찬성할 수 없었죠."

"그래서 대신 보트하우스를 받아들였군요?"

"그래요, 바로 그렇게 된 거였어요. 보트하우스는 정말 아무도 반대하지 않았어요. 나는 아직 그 작은 여름집이 더 나았을 거라고 생각하지만요."

"그래요, 첫날 부인이 내게 윤곽을 그려 주었지요. 또 한 가지 있습니다. 마를린에게 준 만화 중 1권에 마지막 단서가 씌어 있다고 하셨던 것 기억나십니까?"

"네, 물론이죠."

"이런 것이었나요?"

그는 보트하우스에서 읽은 구절들을 머릿속에 되살렸다.

"앨버트는 도린과 함께 간다. 조지 포지는 숲속에서 여행자들과 키스한다. 피터는 영화관에서 여자애들에게 치근거린다."

올리버 부인은 충격을 받은 목소리로 말했다.

"세상에! 아뇨! 그렇게 바보 같은 게 아니었어요. 아주 솔직한 단서였다고요."

그녀는 목소리를 낮추고 수수께끼 같은 어조로 말했다.

"여행자의 배낭 속을 봐라."

"에파탕(대단해)! 에파탕! 물론 그 구절이 씌어진 만화책은 치워야 했을 겁니다. 누가 그걸 보고 아이디어를 얻을 수도 있었으니까!"

"그 배낭은 시체 옆 마루에 있고……."

"아, 하지만 내가 생각하고 있던 것은 또 다른 배낭입니다."

"그놈의 배낭 이야기 때문에 헷갈리고 있어요. 내가 고안한 살인에는 하나밖에 안 나온다고요."

올리버 부인이 투덜거리다가 물었다.

"그 안에 뭐가 들어 있었는지 알고 싶지 않으세요?"

"전혀요."

푸아로가 다시 예의바르게 덧붙였다.

"물론 기꺼이 흥미롭게 듣겠지만요, 하지만……."

올리버 부인은 그 '하지만'을 깡그리 무시했다. 그녀는 작가의 자부심을 담은 목소리로 말했다.

"아주 독창적이랍니다. 아시죠, 마를린의 배낭, 유고슬라비아인 아내의 배낭이 되기로 되어 있던 거 말씀이에요……."

"네, 네."

푸아로는 다시 한 번 미궁에 빠질 마음의 준비를 했다.

"자, 그 안에는 독약이 담긴 약병이 있었어요. 그 시골 지주는 그것으로 아내를 독살했어요. 아시겠죠? 유고슬라비아 아가씨는 그곳에서 간호사 훈련을 받고 있었어요. 블런트 대령이 돈 때문에 첫 아내를 독살했을 때 집 안에 있었지요. 그 여자, 그러니까 간호사는 그 병을 몰래 빼돌렸다가 다시금 돌아와서 그를 협박했어요. 그래서 그가 그녀를 죽인 거예요. 다 들어맞지 않아요, 푸아로 선생님?"

"무엇에 들어맞습니까?"

"당신 생각하고요."

"전혀요."

푸아로는 서둘러 덧붙였다.

"하지만 축하합니다, 마담. 그 살인 추적은 정말 독창적입니다. 분명 아무도 상을 타지 못했을 겁니다."

"하지만 해냈어요. 아주 늦게, 7시쯤에요. 정말 끈덕진 노부인이 완전히 열중했나 봐요. 모든 단서를 다 손에 넣고 의기양양하게 보트하우스에 도착했어요. 하지만 물론 경찰이 그곳에 있었죠. 그래서 그때 그 살인자 이야기를 들었대요. 축제에 참가한 사람을 다 통틀어 맨 마지막으로 그 이야기를 들은 사람이었을 거예요. 하여간 그 부인이 상을 받았답니다."

그녀는 만족스러운 목소리로 덧붙였다.

"내가 물고기처럼 술을 마셔 댄다던 그 못된 주근깨투성이 젊은이는 동백나무 정원에서 한 발짝도 더 나가지 못했어요."

"마담, 언젠가는 그 이야기를 해 주십시오."

"사실은 그걸 책으로 쓰려고 생각하고 있어요. 그냥 버리기는 아쉬워서요."

3년쯤 지난 다음 에르퀼 푸아로가 아리아드네 올리버의 책 『숲속의 여인』을 읽으면서, 왜 등장인물과 사건이 어렴풋이 낯익을까 하고 생각했다는 이야기를 해 두어도 좋으리라.

18장

푸아로가 공식적으로는 '물레방앗간 오두막'이라고 불리고, 그 지방에서는 '로더의 냇물' 옆 '분홍빛 오두막'이라고 불리는 그곳에 갔을 때 이미 해는 저물고 있었다. 노크를 하자 문이 갑작스레 확 열리는 바람에 푸아로는 깜짝 놀라 뒤로 물러섰다. 문간에서 화난 듯한 젊은이가 그를 뚫어지게 쳐다보았다. 그는 푸아로를 잠시 동안 못 알아보는 듯했다. 하지만 다음 순간 짧게 웃으며 인사를 건넸다.
"탐정 나으리시군요. 어서 들어오세요, 푸아로 씨. 짐을 싸고 있는 중이었습니다."
푸아로는 초대를 받아들여 오두막 안으로 들어갔다. 그곳에는 소박하고 좀 초라한 가구가 놓여 있었고, 알렉 레게의 개인 소지품이 무질서한 상태로 방을 점령하고 있었다. 책과 신문, 갈 곳 잃은 옷가지가 흩어져 있었고, 여행 가방이 열린 채 마루에 서 있었다.

"가정의 최종 붕괴입니다. 샐리는 가 버렸어요. 무슨 일인지 아시겠지요?"

"아뇨, 몰랐습니다."

알렉 레게가 또다시 짧게 웃었다.

"당신이 모르는 것도 있다니 기쁘군요. 예, 그녀는 결혼 생활에 질려 버렸습니다. 그 유순한 건축가와 생활을 함께할 겁니다."

"그런 소식을 들어 유감입니다."

"왜 당신이 유감인지 모르겠네요."

푸아로는 2권의 책과 셔츠 하나를 내려놓고 소파 귀퉁이에 앉았다.

"부인이 당신과 함께 있을 때만큼 그와 함께 있어서 행복할 것 같지 않기 때문에 유감이지요."

"나와 함께한 지난 6개월도 그다지 행복하지 못했습니다."

"6개월은 평생이 아니지요. 길고 행복한 결혼 생활이 될 수도 있는 시간에 비하면 아주 짧은 기간입니다."

"목사님처럼 말씀하시는군요."

"아마도요. 이렇게 말해도 될지 모르겠지만, 레게 씨, 부인이 당신과 행복하지 않았다면 그건 부인보다는 당신의 잘못이 컸을 겁니다."

"그녀는 확실히 그렇게 생각하겠지요. 모든 게 내 잘못일 겁니다."

"모두 다는 아니고, 어떤 것들은요."

"오, 모든 걸 내 탓으로 돌리세요. 저 강에 뛰어들어 모든 걸 끝낼 테니까요."

푸아로가 생각에 잠긴 표정으로 그를 바라보았다.

"이제 당신이 세상 문제보다 자기 문제 때문에 더 동요하고 있는 걸 보니 기쁘군요."

"세상 같은 건 알 바 아닙니다."

레게 씨는 그렇게 말하다가 쓰디쓰게 덧붙였다.

"말을 하면 할수록 완전히 바보가 되는 것 같군요."

"예, 당신 행동은 비난받아 마땅하다기보다 운이 없었던 거지요."

푸아로가 말했다. 알렉 레게는 그를 뚫어지게 바라보았다.

"절 파헤치라고 당신을 고용한 사람이 누굽니까? 샐리입니까?"

푸아로가 날카롭게 되물었다.

"왜 그렇게 생각하지요?"

"공식적으로는 아무 일도 일어나지 않았잖습니까? 그러니 개인적인 일 때문에 저를 쫓은 게 틀림없다고 결론을 내릴 수밖에요."

"당신은 틀렸습니다. 저는 단 한순간도 당신을 파헤치거나 한 적이 없습니다. 여기 왔을 때 당신이 있는지도 몰랐습니다."

"그럼 내가 불운했다든가 나 자신을 바보로 만들었다든가 하는 것들은 어떻게 알았죠?"

"관찰과 숙고의 결과죠. 내가 조금 추측을 해 볼 테니 맞으면 맞다고 대답해 주시겠습니까?"

"마음대로 추측하세요. 하지만 내가 장단을 맞춰 줄 거라고는 생각하지 마십시오."

"몇 년 전 당신은 과학적 성향을 가진 다른 많은 젊은이들처럼 어느 정당에 흥미와 공감을 가졌습니다. 당신 직업에서 그런 공감과 경향은 당연히 의심을 받았습니다. 당신이 진지하게 그쪽과 타협했으리라고 생각하지는 않습니다. 하지만 당신의 지위를 두고 어떤 압박을 받았다고 생각합니다. 당신은 물러나려고 했지만 위협에 직면했습니다. 당신은 누군가와 만나기로 되어 있었습니다. 당신이 그 젊은이 이름을 아는가도 의심스럽습니다. 그는 언제나 내게 '거북이 셔츠를 입은 젊은이'로 통할 것입니다."

알렉 레게가 갑자기 웃음을 터뜨렸다.

"그 셔츠는 반쯤 농담입니다. 당신은 그 재미있는 것도 보지 못했군요."

에르퀼 푸아로가 계속 말을 이어 갔다.

"당신은 세계의 운명에 대한 걱정과 자신이 처한 상황에 대한 걱정으로, 이렇게 말해도 될지 모르지만, 당신은 어떤 여자와도 행복하게 살 수 없는 남자가 되어 버렸습니다. 당신은 아내에게 고백하지 않았습니다. 그래서 당신보고 운이 없었다고 하는 겁니다. 당신 부인은 충실한 여인입니다. 당신이 얼마나 불행한 사태에 빠졌는지, 당신이 얼마나 필사적인지 알았더라면 부인은 충심으로 당신 편에 섰을 겁니다. 하지만 당신이 그러지 않았기 때문에 부인은 예전 친구 마이클 웨이먼과 당신을 비교하게 되었을 뿐입니다."

그가 일어섰다.

"레게 씨, 될 수 있는 한 빨리 짐을 싸서 런던으로 돌아가십시오. 그리고 부인께 용서를 간청하며 당신이 겪은 일을 모두 털어놓으십시오. 진심으로 드리는 충고입니다."

"선생 충고는 그런 거로군요. 그런데 그 일이 선생과 도대체 무슨 상관이죠?"

"전혀 상관없죠."

에르퀼 푸아로는 문으로 가면서 한마디 덧붙였다.

"하지만 나는 언제나 옳습니다."

잠시 침묵이 흐르더니, 알렉 레게가 웃음소리를 거칠게 터뜨렸다.

"그거 아십니까? 저는 당신 충고를 받아들일 것 같습니다. 이혼이라는 건 엄청나게 값이 비싸더군요. 게다가 원하는 여자를 얻었는데 계속 옆에 둘 수 없다는 건 좀 굴욕적입니다. 그렇게 생각하지 않으십니까? 저는 첼시에 있는 샐리의 아파트로 가서, 그곳에서 마이클을 발견하면 그 녀석이 맨 수제품 팬지 색 넥타이를 잡아 목 졸라 죽여 버릴 겁니다. 기꺼이 그럴 겁니다. 기꺼이 그러고 말고요."

그의 얼굴에 갑자기 아주 밝고 매력적인 미소가 떠올랐다.

"못된 성질머리 때문에 죄송합니다. 그리고 정말 고맙습니다."

그는 푸아로의 어깨를 두드렸다. 그 일격에 푸아로는 비틀거렸지만 가까스로 넘어지는 신세는 면했다.

레게 씨의 우정은 그의 악의보다 확실히 더 아팠다.

"그런데 이제 난 어디로 가지?"

푸아로는 아픈 발로 '물레방앗간 오두막'을 떠나며 어두워지는 하늘을 쳐다보았다.

19장

에르퀼 푸아로가 안내되어 들어오자 경찰서장과 블랜드 경위는 열렬한 호기심을 갖고 쳐다보았다. 경찰서장은 기분이 썩 좋지 않았다. 블랜드가 은근한 고집을 부리는 바람에 그날 저녁 만찬 약속을 취소했기 때문이었다.

"알아, 블랜드, 알아. 자기 시대에는 몸집 작은 벨기에인 마법사였겠지. 하지만 이봐, 그의 시대는 갔잖아. 도대체 그 사람 몇 살이야?"

서장이 안달하며 말했지만, 블랜드는 이 질문을 세련되게 빠져나갔다. 어쨌거나 그 역시 답을 모르는 문제였다. 당사자인 푸아로도 자신의 나이에 대해서는 언제나 과묵했다.

"문제는 서장님, 그가 이곳에 있다는 겁니다. 현장에요. 그리고 우리는 다른 어떤 방식으로도 그 사건을 해결하지 못했고요. 막다른 골목에 왔다, 이게 바로 지금 우리가 처한 상황입니다."

경찰서장은 화가 나서 콧방귀를 뀌었다.

"알아, 알아. 매스터턴 부인의 변태 살인마 이야기가 믿어질 지경이야. 블러드하운드를 써먹을 만한 곳이 있다면 쓰고 싶을 정도라고."

"블러드하운드는 냄새를 따라 물속으로 들어가지는 못합니다."

"그래, 자네가 늘 무슨 생각을 하고 있는지 알아. 그리고 자네에게 동의하고 싶어. 하지만 아무런 동기도 없잖아. 알다시피 조금도 없다고."

"동기는 그가 살던 섬에서 나올 수도 있습니다."

"해티 스터브스가 드 수사에 대해서 뭔가 알고 있었다는 뜻인가? 그녀의 정신 상태를 생각해 보면 가능한 얘기지. 그녀는 단순해. 모두 거기에는 동의하지. 자기가 아는 것을 언제든지 누군가에게 불쑥 말해 버릴 수 있어. 자네는 그렇게 추리하는 건가?"

"비슷합니다."

"그렇다면 그는 참으로 오랫동안 기다렸다가 바다까지 건너와 일을 저질렀구먼."

"자, 서장님. 그녀가 어떻게 되었는지 그가 잘 몰랐다는 것도 가능합니다. 자기 이야기로는 사교계 잡지에서 나스 저택과 그 아름다운 샤틀레인(허리띠 장식 쇠사슬 — 옮긴이)이 나온 기사를 보았다는 겁니다. (블랜드는 설명하듯이 덧붙였다.) 그게 뭐냐면 쇠사슬이 달린 은빛 물건으로 장식이 주렁주렁 달렸는데, 할머니들이 허리띠에 이런 걸 꽂아 놓곤 했답니다. 여자들은 바보같이 늘 핸드백을 뒤에 남겨두고 떠나니까 그것도 나쁘지 않은 생각이죠. 어쨌든 여성들의 전문 용어로 샤틀레인은 집의 여주인을 말하는 모양이에요. 아마 이 얘기가 일어난 일을 그대로 보여 주는 걸 겁니다. 그의 말 역시 진실일 겁니다. 그는 그녀가 어디 있고 누구와 결혼했는지 그때까지는 전혀 몰랐던 겁니다."

"하지만 일단 알고 나니 잽싸게 요트를 타고 바다를 건너왔다? 그녀를 죽이기 위해? 억지야, 블랜드. 정말 억지야."

"하지만 그럴 수도 있습니다, 서장님."

"도대체 부인이 뭘 알았다는 거야?"

"남편에게 했다는 말을 기억하십시오. '그는 사람들을 죽여요.'라고 했답니다."

"살인 사건이라도 기억했다? 15살 때부터? 하지만 그 일에 대한 증거라곤 그녀의 말뿐일 텐데? 드 수사가 충분히 웃어넘길 수 있지 않았을까?"

"사실이 어떤지 우리는 모르잖습니까. 서장님도 아실 겁니다. 일단 누가 어떤 일을 했는지 알아내면 증거를 찾아낼 수 있습니다."

블랜드가 고집스럽게 말했다.

"흠, 우리는 드 수사에 대해 조사했어. 신중하게, 보통 때의 경로를 밟아서. 하지만 아무것도 얻지 못했지."

"바로 그것 때문입니다, 서장님. 이 우스운 벨기에 노인이 무엇인가를 우연히 발견했을 수도 있습니다. 그는 저택에 있었습니다. 중요한 것은 그것입니다. 레이디 스터브스는 그에게 여러 가지 이야기를 했습니다. 그녀가 아무렇게나 한 말 중에 어떤 것이 마음속에서 결합되어 의미를 갖게 되었을 수도 있습니다. 게다가 그는 오늘 하루 대부분의 시간을 나스컴에서 보냈습니다."

"그리고 자네에게 전화를 걸어서 에티엔느 드 수사가 어떤 요트를 갖고 있는지 물었다고?"

"처음 전화를 걸었을 때는 그랬습니다. 두 번째에는 저에게 이 모임을 주선해 달라고 했습니다."

경찰서장은 시계를 보았다.

"음. 만약 그가 5분 안에 오지 않는다면……."

바로 그 순간 에르퀼 푸아로가 들어왔다.

그의 외모는 평소만큼 정결하지는 않았다. 수염은 축축한 데번의 공기 탓에 흐느적거렸고, 에나멜가죽 구두에는 진흙이 더덕더덕 묻어 있었다. 그는 절뚝거렸고, 머리는 헝클어져 있었다.

"자, 오셨군요, 푸아로 선생. 우리 모두 한껏 긴장해서 선생님의 말씀을 기다리고 있답니다."

살짝 비꼬는 듯했으나 에르퀼 푸아로는 비록 육체적으로는 절뚝거려도 정신적으로는 절뚝이지 않았다.

"전에는 왜 이러한 진실을 보지 못했는지 모르겠습니다."

경찰서장은 푸아로의 이 말을 냉담하게 받아들였다.

"이제는 진실이 보인다는 겁니까?"

"예, 세부 사항이 남아 있습니다만…… 확실히 윤곽이 보입니다."

"윤곽 가지고는 안 됩니다. 우리는 증거를 원해요. 증거가 있습니까, 푸아로 씨?"

경찰서장이 차갑게 말했다.

"어디서 증거를 찾아야 할지 말해 줄 수는 있습니다."

블랜드 경위가 말했다.

"어떤 증거 말씀입니까?"

푸아로는 그를 보고 질문했다.

"에티엔느 드 수사는 아마 이곳을 떠났겠지요?"

"2주 전에 떠났습니다. 그를 도로 데려오기는 쉽지 않을 겁니다."

블랜드가 쓰디쓰게 말했다.

"그를 설득할 수도 있지요."

"설득을 해요? 범인 인도 명령을 받을 만한 증거가 충분하지 않은데요?"

"범인 인도 명령의 문제가 아닙니다. 사실을 그에게 들이밀면……."

"무슨 사실 말씀입니까, 푸아로 선생? 그렇게 그럴듯하게 말씀하시는 사실이라는 게 뭡니까?"

경찰서장은 좀 화가 나서 말했다.

"에티엔느 드 수사가 사치스러운 설비를 갖춘 값비싼 요트를 타고 이곳에 왔다는 사실, 즉 그의 가족이 부유하다는 것을 보여주지요. 저는 오늘까지 늙은 머델이 마를린 터커의 할아버지라는 사실을 몰랐습니다. 레이디 스터브스가 쿨리 타입의 모자를 쓰기 좋아했다는 사실, 그 자유분방하고 믿을 수 없는 상상력에도 불구하고 올리버 부인은 자신도 알지 못하지만 인물에 대한 아주 날카로운 판관이라는 사실, 마를린 터커가 장롱 서랍 뒤에 립스틱과 향수병을 숨겨 놓았다는 사실, 브루이즈 양이 레이디 스터브스가 마를린에게 다과 쟁반을 가져다주라고 했다고 주장한 사실들 말입니다."

경찰서장은 그를 빤히 쳐다보았다.

"사실들이라고요? 당신은 그걸 사실들이라고 부릅니까? 하지만 거기에는 새로운 것이 하나도 없군요."

"증거 쪽이 더 좋으십니까? 확실한 증거…… 이를테면…… 레이디 스터브스의 시체 같은 것?"

이제는 블랜드 경위가 그를 빤히 바라보았다.

"레이디 스터브스의 시체를 발견하셨습니까?"

"실제로 발견한 것은 아닙니다……. 하지만 나는 어디에 숨겨져 있는지 압니다. 여러분은 그 장소로 가야 합니다. 그리고 그걸 찾아냈을 때…… 그때는 증거를 손에 넣을 수 있을 겁니다. 여러분에게 필요한 모든 증거를. 왜냐하면 단 한 사람만이 시체를 그곳에 숨길 수 있었기 때문입니다."

"그게 누구지요?"

에르퀼 푸아로는 미소를 지었다. 크림 접시를 핥아먹은 고양이처럼 만족스런 미소였다.

"이런 사건에서는 남편인 경우가 많지요. 조지 스터브스 경이 자기 아내를 죽였습니다."

그가 부드럽게 말했다.

"하지만 그건 불가능합니다, 푸아로 선생. 그게 불가능하다는 걸 알지 않습니까?"

"아뇨. 불가능하지 않습니다, 전혀! 들어 보십시오. 제가 얘기해 드리지요."

20장

에르퀼 푸아로는 커다란 강철 문 밖에서 잠시 멈추었다. 그는 앞쪽의 굽이진 자동차 도로를 바라보았다. 마지막 금갈색 잎들이 나무에서 펄럭이며 떨어졌다. 시클라멘은 모두 져 버렸다.

푸아로는 한숨을 쉬었다. 그는 그 경치를 외면하고 작고 흰 벽기둥이 있는 문간채의 문을 두드렸다.

얼마 후 안에서 발소리가 들렸다. 느리고 머뭇거리는 발걸음. 폴리엇 부인이 문을 열었다. 그는 그녀가 얼마나 나이 들고 연약해 보이는지 보았지만, 이번에는 놀라지 않았다.

"푸아로 선생님? 또 당신인가요?"

"들어가도 될까요?"

"물론이지요."

그는 그녀를 따라 들어갔다.

그녀는 그에게 차를 권했고 그는 거절했다. 그녀가 조용한 목소리로 물었다.

"왜 오셨지요?"

"짐작하고 계실 텐데요, 마담."

그러나 돌아온 대답은 엉뚱했다.

"저는 매우 피곤해요."

"압니다."

푸아로는 말을 계속했다.

"지금 3명이나 죽었습니다. 해티 스터브스, 마를린 터커, 늙은 머델."

부인이 날카롭게 말했다.

"머델? 그건 사고였어요. 그는 부두에서 떨어졌어요. 그는 늙고, 반쯤 눈이 멀었어요. 게다가 술집에서 술을 마시고 있었잖아요."

"그건 사고가 아니었습니다. 머델은 너무 많이 알고 있었어요."

"머델이 뭘 알고 있었는데요?"

"얼굴을, 걷는 방식을, 목소리를…… 뭐 그런 것을 알아보았겠지요. 저는 처음 온 날 그와 이야기를 나누었습니다. 그때 그는 폴리엇 가족에 대한 모든 것을 제게 이야기해 주었지요. 당신의 시아버지와 남편, 그리고 전쟁에서 죽은 당신 아들들에 대해서. 다만…… 그들은 둘 다 죽은 게 아닙니다, 그렇죠? 당신의 아들 헨리는 배와 함께 전사했습니다. 그러나 둘째 아들 제임스는 죽지 않았습니다. 그는 탈영했습니다. 처음에는 아마 '전사한 것으로 추정되는 행방불명'으로 보고되었을 겁니다. 나중에는 당신이 모든 사람들에게 죽었다고 말했겠지요. 그 진술을 믿지 않는 사람은 아무도 없었습니다. 왜 안 믿겠습니까?"

푸아로는 잠시 말을 멈추었다가 계속 이어갔다.

"제가 당신께 아무 동정심도 느끼지 못한다고 생각하지는 마십시오. 삶은 당신에게 가혹했습니다. 그래요. 당신은 둘째 아들에 대해 아무런 환상도 품고 있지 않았을 것입니다. 하지만 그는 당신 아들이었고, 당신은 그를 사랑했지요. 당신은 그에게 새 삶을 주기 위해 할 수 있는 일은 모두 했습니다. 당신은 젊은 처녀를 맡았습니다. 정신 박약이지만 아주 부유한 처녀였지요. 네, 그녀는 부유했지요. 당신은 그녀의 부모가 재산을 몽땅 잃었다고, 그녀가 가난했다고 사람들에게 말했습니다. 그리고 자신보다 아주 나이가 많은 부자와 결혼하라고 충고했다고. 누가 왜 당신 이야기를 믿지 않겠습니까? 다시 한번, 그 일에는 누구도 관심을 갖지 않았습니다. 그녀의 부모와 가까운 친척들은 모두 죽었습니다. 파리의 프랑스 법률 회사는 산 미구엘의 변호사들이 지시한 대로 행동했습니다. 결혼식에서 그녀는 자신의 재산을 받게 되었습니다. 당신이 말한 대로 그녀는 유순하고, 상냥하고, 암시에 걸리기 쉬웠습니다. 남편이 서명해 달라는 것은 전부 서명했겠지요. 담보물이 여러 번 바뀌고 다시 팔렸겠지만 결국은 바라던 대로 되었습니다. 당신의 아들이 둔갑한 새 인물인 조지 스터브스 경은 부유한 사람이 되었고, 그의 아내는 가난뱅이가 되었습니다. 사기 행위로 돈을 얻기 위해 한 짓이 아니라면 자신을 '경'이라고 불러도 법에 어긋나지는 않지요. 칭호가 자신감을 만들어 냅니다. 칭호는 태생이나 부유함을 암시합니다. 그래서 더 나이가 들고 외모가 바뀌고 턱수염을 기른 부유한 조지 스터브스 경이 나스 저택을 사서 자기가 살던 곳에 살게 되었습니다. 어린 시절에 잠깐 살았을 뿐이지만요. 전쟁으로 황폐해진 후 그를 알아볼 만한 사람은 아무도 남지 않았습니다. 하지만 늙은 머델은 알아보았습니다. 그는 혼자서만 그것을 알고 있었지만 교활하게도 내게 '나스 저택에는 언제나 폴리엇 가문 사람들이 있을 거'라고 말했습니다. 혼자 하는 농담이었던 거죠.

그래서 모든 일이 잘되었습니다. 적어도 당신은 그렇게 생각했겠죠. 당신의 계획은 그것으로 끝이었으리라고 저는 전적으로 믿습니다. 아들은 부유해졌고, 조상 대대로 전해지는 집을 소유하게 되었고, 며느리는 정신 박약이지만 아름답고 유순한 아가씨였습니다. 당신은 아들이 그녀에게 친절하게 대하고, 그녀가 행복하기를 바랐습니다."

폴리엇 부인이 낮은 목소리로 말했다.

"그럴 거라고 생각했어요. 저는 해티를 돌보고 보살필 거였어요. 그런 일은 꿈도 꾸지 못했어요······."

"당신은 꿈도 꾸지 못했고, 당신 아들은 일부러 당신에게 말하지 않았습니다. 그가 이미 결혼한 몸이라는 것을요. 예, 우리는 반드시 있으리라고 생각했던 기록을 찾아보았습니다. 당신 아들은 트리에스테에서 한 처녀와 결혼했습니다. 지하 범죄 세계의 처녀로, 그가 탈영한 이후 함께 잠적했지요. 그녀는 그와 떨어질 생각이 없었고, 그도 그녀와 떨어질 생각이 없었습니다. 그는 재산을 얻기 위해 해티와의 결혼을 받아들였지만, 마음속으로는 처음부터 자기가 할 일을 알고 있었습니다."

"아뇨, 아뇨. 그런 말은 믿지 않을 거예요! 믿을 수 없어요……. 그건 그 여자 때문이에요……. 그 악독한 인간."

푸아로는 무정한 목소리로 계속 말했다.

"그는 살인을 하려고 했습니다. 해티는 친척이 없었고 친구도 적었습니다. 영국으로 돌아오자마자 즉시, 그는 그녀를 여기로 데려왔습니다. 하인들은 첫날 저녁 그녀를 거의 보지 못했습니다. 다음 날 아침 그들이 본 여자는 해티가 아니라 해티인 척하면서 해티의 행동을 비슷하게 흉내내던 그의 이탈리아인 아내였습니다. 살인은 거기에서 끝났을 수도 있었지요. 가짜 해티는 진짜 해티인 척하고 살아갈 것이었습니다. 그녀의 지능이 어느 날 예상치 못하게 발전하리라는 건 의심할 여지가 없었지요. 아마 애매하게 '최신 치료법' 덕택이라고 했을까요? 비서인 브루이즈 양은 이미 레이디 스터브스의 지능에 아무 결함이 없다는 것을 깨닫고 있었지요.

그러나 그때 예기치 못한 일이 일어났습니다. 해티의 사촌이 요트를 타고 영국으로 오겠다는 편지를 썼지요. 사촌은 그녀를 오랫동안 보지 못했지만, 그렇다고 사기꾼에게 속을 것 같지는 않았습니다. 참 이상한 일이지요."

푸아로가 갑자기 이야기를 끊었다.

"드 수사가 드 수사가 아닐 수도 있다는 생각은 머릿속에 떠올랐지만, 진실은 다른 방향에 놓여 있을지도 모른다는 생각은 한 번도 떠오르지 않았으니……. 즉 해티가 해티가 아니라는 생각 말입니다."

그는 말을 계속했다.

"이 상황에 대처하는 다른 방법이 몇 가지 있었을 수도 있습니다. 레이디 스터브스는 병을 구실로 만남을 피할 수도 있었습니다. 하지만 드 수사가 영국에 오래 남아 있다면 계속 피하기는 어렵겠지요. 그리고 이미 또 다른 귀찮은 문제가 있었습니다. 나이 때문에 말이 많아진 늙은 머델이 손녀에게 수다를 떨곤 했습니다. 그의 말을 수고스럽게도 귀담아들은 사람이라고는 그 손녀밖에 없었을 겁니다. 할아버지가 돌았다고 생각하고 대부분의 말은 흘려들었을지 모르지만, 그의 말 중 어떤 것들은 그녀에게 꽤 깊은 인상을 주었습니다. 그녀는 조지 스터브스 경에게 '숲속에서 어떤 여자의 시체를 보았다.'거나 '조지 스터브스 경은 사실 제임스 씨다.'라는 암시를 애매하게 주게 됩니다. 물론 그 아이는 자신의 사형 집행 영장에 서명을 한 것이죠. 조지 경과 그의 아내는 그런 이야기가 주위에 돌아다니게 할 수 없었습니다. 아마 그는 그녀에게 입막음용으로 돈을 조금씩 주었을 겁니다. 그리고 자기 나름의 계획을 짰겠지요.

그들은 아주 조심스럽게 계획을 짰습니다. 그들은 이미 드 수사가 헬머스에 도착하는 날짜를 알고 있었습니다. 우연히도 축제를 벌이기로 한 날과 겹쳤지요. 그들은 드 수사가 애매하게 의심받을 만한 상황에서 마를린이 살해당하고 레이디 스터브스가 '사라지도록' 하는 계획을 준비했습니다. 그래서 그가 '악독한 남자'라는 언급과 '그는 사람들을 죽여요.' 하는 비난이 나온 겁니다. 레이디 스터브스는 영원히 사라지기로 되어 있었습니다.(아마 편리하게도 언젠가 조지 경은 신원 미상의 시체를 확인했겠지요.) 그리고 새로운 인물이 그녀의 자리를 차지했겠죠. 사실 '해티'는 자신의 이탈리아인 신분을 되찾기만 하면 됩니다. 그녀는 24시간 동안 2명 역할을 하기만 하면 되었습니다. 조지 경이 도왔으니 쉬운 일이었지요. 제가 도착한 날 '레이디 스터브스'는 차 마실 시간 직전까지 자기 방에 머물러 있기로 되어 있었습니다. 조지 경을 제외하면 그곳에서 그녀를 본 사람은 아무도 없습니다. 사실 그녀는 살짝 빠져나가서 버스나 기차를 타고 엑서터로 갔습니다. 그리고 엑서터에서 다른 여학생들(이 계절에는 매일 몇 명씩 여행을 하지요.)과 함께 왔습니다. 그녀는 그들에게 상한 송아지 햄 파이를 먹은 친구 이야기를 하고요. 그녀는 호스텔에 도착해 침실을 예약하고 '탐험'을 나갔습니다. 차 시간에 레이디 스터브스는 거실에 있었습니다. 저녁을 먹은 후에는 일찍 자러 갔지요. 하지만 브루이즈 양은 그 직후 그녀가 집 밖으로 빠져나가는 것을 얼핏 보았습니다. 그녀는 호스텔에서 밤을 보냈지만 일찍 일어나 레이디 스터브스 역할을 하며 나스 저택으로 아침을 먹으러 돌아왔습니다. 그녀는 또 '두통' 때문에 아침 시간을 방에서 보냈고, 이번에는 '불법 침입자'로서 무대에 올랐습니다. 조지 경이 아내의 방 창문에서 그녀를 막았고, 돌아서서 방 안에 있는 아내에게 말하는 척 연기를 하기도 했지요. 의상을 바꿔 입는 것은 어렵지 않았습니다. 레이디 스터브스가 좋아했던 정교한 드레스 속에 바지와 남방셔츠를 입으면 됐으니까요. 레이디 스터브스가 하던 짙은 흰 화장과 얼굴을 깊이 가리는 커다란 쿨리 모자. 화려한 농부 스카프와 햇빛에 탄 피부, 그리고 이탈리아 처녀의 구릿빛 곱슬머리. 어느 누가 그 둘이 같은 여자일 거라고 상상이나 했겠습니까.

그래서 마지막 연극이 무대에 올랐습니다. 4시 직전에 레이디 스터브스는 브루이즈 양에게 마를린에게 차 쟁반을 갖다 주라고 시켰습니다. 브루이즈 양이 직접 그런 생각을 할까 봐 걱정이 되었기 때문입니다. 브루이즈 양이 엉뚱한 시간에 반갑지 않게 나타나면 치명적이었을 테니까요. 또한 범죄가 저질러질 즈음에 브루이즈 양이 범죄 현장에 있도록 꾸미면서 악독한 즐거움을 누리기도 했을 겁니다. 그 뒤 적당한 순간을 선택해 그녀는 비어 있는 점술 천막으로 슬쩍 들어가서 뒤쪽으로 빠져나왔습니다. 그리고 관목이 우거진 여름 집에 들어갔습니다. 그녀는 그곳에 갈아입을 옷이 든 배낭을 놓아두었죠. 그녀는 숲속으로 슬쩍 들어가 마를린을 불러 문을 열도록 했습니다. 그리고 아무런 의심도 하지 않은 소녀의 목을 졸랐습니다. 그 커다란 쿨리 모자를 강으로 던진 다음 하이커 옷을 입고, 화장을 하고, 시클라멘 조제트 드레스와 하이힐을 배낭에 꾸렸습니다. 그리고 곧 유스호스텔에서 온 이탈리아 학생이 네덜란드 친구와 함께 잔디밭에서 하는 프로그램을 함께했고, 계획대로 지방 버스를 타고 친구와 함께 떠났습니다. 그녀가 지금 어디 있는지는 모르겠습니다. 아마 소호가 아닐까 싶군요. 거기라면 틀림없이 자기

나라의 지하 세계 친구들이 필요한 서류를 구비해 줄 수 있을 테니까요. 어쨌건 경찰이 찾고 있는 것은 이탈리아 처녀가 아니라 단순하고 정신 박약인 이국인 부인이었으니까요.

그러나 가엾은 해티 스터브스는 이미 죽었습니다, 마담. 당신 자신이 누구보다 잘 아실 겁니다. 당신은 축제날 거실에서 우리와 이야기를 나누며 그 사실을 드러냈습니다. 마를린의 죽음은 당신에게 심한 충격을 주었습니다. 그들이 무슨 계획을 꾸몄는지 당신은 전혀 몰랐으니까요. 하지만 당신은 분명히 그 사실을 드러냈습니다. 그 당시 저는 그것을 전혀 알아차리지 못했지요. '해티'에 대해 이야기할 때 당신은 2명의 다른 사람에 대해 이야기하고 있었습니다. 차라리 죽었으면 할 정도로 싫어하고, 그녀의 말을 믿지 말라고 내게 경고했던 여자. 그리고 당신이 과거 시제로 이야기하며 따뜻한 애정으로 감싼 여자. 마담, 저는 당신이 기엾은 해티 스터브스를 매우 좋아했다고 생각합니다……."

방 안에는 긴 침묵이 흘렀다.

폴리엇 부인은 조용히 의자에 앉아 있었다. 마침내 그녀는 일어나서 말했다. 그녀의 목소리는 얼음처럼 차가웠다.

"당신 이야기는 전부 꿈 같아요, 푸아로 선생. 정말 당신이 미쳤나 보다 싶어요……. 이 이야기는 당신 머릿속에나 있을 뿐, 증거라고는 하나도 없잖아요?"

푸아로는 창가로 다가가서 창문을 열었다.

"들어 보세요, 마담. 무엇이 들립니까?"

"난 귀가 좀 어두워요……. 내가 뭘 들어야 하죠?"

"곡괭이 찍는 소리…… 사람들이 폴리의 콘크리트 기초부를 부수고 있습니다……. 시체를 파묻기에는 아주 좋은 장소죠. 나무가 뿌리째 뽑혀 있고, 땅이 이미 파헤쳐진 곳이니까요. 모든 것을 안전하게 감추기 위해 시체가 묻힌 땅 위에 콘크리트를 붓고, 콘크리트 위에 폴리를 세웠죠……."

그는 부드럽게 덧붙였다.

"조지 경의 폴리……. 나스 저택 소유자의 폴리지요."

폴리엇 부인이 떨면서 긴 한숨을 내쉬었다.

"이렇게 아름다운 곳인데, 단 하나만 악독하군요. 그곳을 소유한 사람……."

"알아요."

그녀가 목쉰 소리로 말했다.

"저는 언제나 알고 있었어요……. 어린아이일 때도 그 애는 나를 놀라게 했어요……. 무정하고…… 남을 동정할 줄 모르고…… 양심도 없었고……. 하지만 그 애는 내 아들이었고 나는 그 애를 사랑했어요……. 해티가 죽은 다음 내가 사실을 밝혔어야 했어요……. 하지만 그 애는 내 아들이었어요. 다른 사람도 아닌 내가 어떻게 그 애를 버리겠어요? 결국 내 침묵 때문에…… 그 가엾고 어수룩한 아이가 살해당했어요……. 그 애 다음에는 늙은 머델이…… 어디서 끝날까요?"

"살인자가 있으면 끝나지 않습니다."

그녀는 고개를 숙였다. 잠시 동안 그녀는 손으로 눈을 덮은 채 앉아 있었다.

이윽고 나스 저택의 폴리엇 부인은, 용감한 남성들의 오랜 혈통이 낳은 딸은 몸을 바로 세웠다. 그녀는 푸아로를 똑바로 바라보며 차갑고 사무적인 목소리로 말했다.

"직접 와서 말씀해 주셔서 감사합니다, 푸아로 선생님. 이제 떠나 주시겠습니까? 어떤 일들은 혼자서 맞서야만 하니까요……."

〈끝〉

옮긴이 | 송경아

1971년생. 연세대학교 전산학과를 졸업하고 1994년부터 소설을 발표했다. 대표작으로 『성교가 두 인간의 관계에 미치는 영향에 대한 문학적 고찰 중 사례 연구 부분 인용』, 『책』, 『테러리스트』, 역서로 『철학자의 돌』, 『불사 판매 주식회사』, 『제인 에어 납치 사건』, 『에드워드 고리 걸작선』 등이 있다. 현재 연세대학교 국어국문학과 박사과정을 밟고 있으며 웹진과 일간지에 칼럼과 서평을 다수 썼다.

애거서 크리스티 전집
죽은 자의 어리석음

3판 1쇄 찍음 2025년 6월 27일
3판 1쇄 펴냄 2025년 7월 4일

지은이 | 애거서 크리스티
옮긴이 | 송경아
발행인 | 박근섭
편집인 | 김준혁
책임편집 | 정미리
펴낸곳 | 황금가지

출판등록 | 2009. 10. 8 (제2009-000273호)
주소 | 135-887 서울 강남구 신사동 506 강남출판문화센터 5층
전화 | 영업부 515-2000 편집부 3446-8774 팩시밀리 515-2007
홈페이지 | www.goldenbough.co.kr

ⓒ ㈜민음인, 2025. Printed in Seoul, Korea
ISBN 978-89-8273-772-5 04840
ISBN 978-89-8273-700-8 04840 (set)

㈜민음인은 민음사 출판 그룹의 자회사입니다.
황금가지는 ㈜민음인의 픽션 전문 출간 브랜드입니다.